Arena-Taschenbuch

Band 50288

Weitere Bücher von Andy Briggs im Arena-Taschenbuch:
Blizzard (Band 50268)
Basilisk (Band 50269)
Chamäleon (Band 50289)

Andy Briggs
war Computerlehrer, hat Pizza ausgeliefert und Filme gedreht, bevor er herausfand, dass ihm Schreiben am besten gefällt. Wenn er nicht gerade an einem Drehbuch sitzt, schreibt er Romane und hat eine Menge Spaß dabei. Er lebt an einem geheimen Ort in Südost-England. Seine Behauptung, Superkräfte zu besitzen, mag ein bisschen übertrieben sein . . .

ANDY BRIGGS

TROJAN

Arena

Für Sab – ein echter Held

FSC
www.fsc.org
MIX
Papier aus verantwortungsvollen Quellen
FSC® C022125

Dieses Werk erschien erstmals 2008 bei
Oxford University Press unter dem Titel *Hero.com, Virus Attack*

1. Auflage als Arena-Taschenbuch 2011

Dieses Buch ist bei Arena erstmals unter dem Titel
Superhelden, Superschurken. Virusattacke erschienen.
Aus dem Englischen von Anke Knefel
Covergestaltung: Frauke Schneider
Umschlagtypografie: knaus. büro für konzeptionelle
und visuelle identitäten, Würzburg
Gesamtherstellung: Westermann Druck Zwickau GmbH
ISSN 0518-4002
ISBN 978-3-401-50288-5

www.arena-verlag.de
Mitreden unter forum.arena-verlag.de

INHALT

EINE ZWEITE CHANCE

Vor dem dunklen Himmel stiegen graue Schwaden aus Qualm und Asche über dem Meer auf und doch durchdrang ein schwacher Schimmer Sonnenlicht den Dunst. Gerade genug Licht für die verbrannte Gestalt, um zu sehen, wo sie den nächsten sicheren Handgriff setzen konnte, während sie sich den Hügel hinaufzog, der aus dem brennenden Urwald ragte.

Es schien Stunden her zu sein – oder waren es nur Minuten gewesen? –, dass Basilisk auf der Flucht vor einem Superhelden um sein Leben gerannt war. Er hatte seinen Verfolger im Dickicht des Urwalds abschütteln können, nicht zuletzt dank des Qualms, mit dem der Vulkan die ganze Landschaft überdeckte. Doch er hatte mehrere Verletzungen davongetragen und sich beinahe ein Bein gebrochen, als er in eine Schlucht gestürzt war.

Oben auf dem Hügel angekommen, rang er nach Atem und beobachtete, wie am Strand ein Chinook-Doppelrotorhubschrauber landete. Trotz des Vulkanqualms war das Logo der Vollstrecker auf seiner Seite deutlich zu erkennen, ebenso wie der reptilienartige, gestaltwandlerische Superheld namens Chamäleon, der gerade auf die Rampe am Rumpfende kletterte. Fünfzehn Sekunden später stieg der Helikopter auf und verschwand Richtung Horizont. Basilisk atmete pfeifend, während der schweflige Rauch ihn einhüllte. Nie hätte er damit gerechnet, dass er seine letzten Atemzüge einmal auf einem Plateau über einem Meer glühender Lava machen würde. Bilder seiner Kindheit in Ungarn, vor langer Zeit, zogen an ihm vorüber, als er sich aus der kleinen Hütte, die er Zuhause nannte, fortgeschlichen hatte, um den Sternschnuppen zuzusehen, die den nächtlichen Himmel erhellten. Er erinnerte sich genau an den Moment, als einer dieser Sterne größer geworden war, sodass das Land ringsherum aufleuchtete, bevor er mit einer grellen Explosion in die Erde eingeschlagen war.

Er wusste es nicht, aber das Licht war Strahlung, obwohl zu jener Zeit der Begriff »Strahlung« noch nicht einmal in der Fantasie existierte. Die Strahlung hatte seine Augen verbrannt und seinen Körper auf eine Art verändert, die er eben erst, Jahrhunderte später, angefangen hatte zu begreifen. Er dachte, er wäre geblendet worden. Sein Vater hatte ihn gefunden und Wasser über das Gesicht des Jungen gegossen, um ihn zu wecken. Dann hatte er ihm gewaltsam die Augen geöffnet – und die neuen Kräfte des Kindes freigesetzt. In einem grellen Strahl blauen Lichts war der Vater durch den Blick seines Sohnes zu Stein erstarrt.

Basilisk schüttelte traurig den Kopf. Von diesem Moment an gab es keine Normalität mehr in seinem Leben, das Böse in ihm war erwacht.

An jenem Tag wurde Basilisk geboren.

Die Ironie des Schicksals wollte es nun, dass der Mann, der andere zu Stein verwandeln konnte, auf einer Insel sterben würde, die sich in rasender Geschwindigkeit zu flüssigem Gestein auflöste. Es musste an den Dämpfen liegen, die ihm so zusetzten. Der Boden schien unter ihm wegzugleiten. Einen Moment dachte Basilisk, das Plateau, auf dem er lag, würde zerbrechen – es begann, sich zu bewegen, als wollte es lebendig werden. Aus allen Richtungen hüpften kleine Steinchen auf einen Punkt in der Mitte zu, wo die Erde anfing, zu einer Beule anzuschwellen. Eine Gestalt erhob sich direkt aus dem Boden, sie bestand aus Millionen fließender Staubpartikel.

Schweigend sah Basilisk dem Trugbild zu, während es sich zu einer gedrungenen Gestalt formte, etwas mehr als einen Meter groß, in purpurrote wallende Gewänder gehüllt. Eine glitzernde Brosche, die Nachbildung eines sich spiralförmig windenden Wurms, reflektierte auf hypnotisierende Weise die schwachen Sonnenstrahlen. Als die letzten Staubklumpen dem Neuankömmling seine vollständige Form gegeben hatten, kam ein nahezu unmenschliches Gesicht zum Vorschein: ein plumper Schädel mit einer breiten, flachen Nase, zwei Löchern anstelle der Ohren und ohne ein einziges Haar.

Basilisk fixierte die Brosche, sie schien sich zu drehen, ihn an sich zu ziehen, sein Gehirn zu vernebeln. Er riss seinen Blick los, um die hypnotische Kraft der Brosche zu brechen. Ein flüchtiges Erkennen huschte über Basilisks Gesicht.

»Bin ich tot?«, fragte er heiser. »Ja, es muss so sein. Ich weiß doch, dass du schon lange gestorben bist, Wurm!«

Wurm schenkte ihm ein humorloses Lächeln. Als er sprach, klang es wie ein Seufzer.

»Du bist weder tot noch wahnsinnig geworden. Zu deinem Glück wurde ich nicht getötet. Man hat mich in eine Falle gelockt und während des Krieges ins Grab gelegt. Ich wurde eingefroren, in einen eisigen Kryogenschlaf versetzt, erst seit Kurzem genieße ich wieder den Atem der Freiheit. Ich muss sagen, ich bin entsetzt zu sehen, wie drastisch die Welt sich verändert hat. Doch meine Talente sind noch immer sehr nützlich, wie ich erfahren habe, selbst in diesen modernen Zeiten.«

Basilisk schüttelte den Kopf. Er kannte Wurms Geschichte – oder zumindest das, was die Geschichtsschreibung der Superschurken über ihn berichtete. »Wurm ist der schlimmste Schurke, der die Pläne der Alliierten während des Zweiten Weltkrieges durchkreuzt hat«, zitierte er. »Bis Commander Courage dich getötet hat.«

»Commander Courage? Dass ich nicht lache! Was für ein herzloser Geist dieser sogenannte Held war! Er hat mich nicht getötet, das sieht man ja! Er hat mich einfach dagelassen, vergessen!« Das Gesicht des Bösewichts glühte vor Ärger. »Du solltest nicht alles glauben, was in den Geschichtsbüchern steht, zumal ich sowieso vorhabe, sie neu zu schreiben. Aber das ist eine andere Geschichte. Wie ich sehe, hat während meiner Abwesenheit der Rat des Bösen die Kontrolle über das Weltverbrechen übernommen.«

Basilisk versuchte ein Lachen, brachte jedoch nur ein trockenes Hüsteln hervor. Vor einigen Stunden hatte er seinen Plan umsetzen wollen, den Rat des Bösen zu stürzen, doch leider war alles furchtbar schiefgegangen. »Diese Idioten haben doch alle keine Ahnung.«

»Du sagst es! Was für eine dämliche Erfindung, dieser Rat! Fast siebzig Jahre war ich eingefroren, und als ich wieder aufwache, wollen sie als Erstes meinen Ausweis sehen! Einen Ausweis? Um Verbrechen zu verüben? Ich wusste gar nicht, was ich sagen sollte! Diese ganzen Formulare, der reinste Papierkrieg! Zum Frühstück ein paar Staaten erpressen und zum Abendessen den Mond in die Luft jagen, ja, das waren noch Zeiten! Ich sollte mir eine einflussreiche Position in diesem Rat verschaffen, damit ich ihn unter Kontrolle habe. Ihnen zeigen, dass die alten Zeiten immer noch die besten waren!«

Während er redete, drehte Wurm sich unablässig auf der Stelle und Basilisk bemerkte, dass Erde und Gestein wie eine sirupartige Masse an seinen Füßen klebten.

»Und es gibt keinen besseren Weg, ihr Vertrauen zu gewinnen, als dich auszuliefern. Sie haben eine fette Belohnung auf dich ausgesetzt. Tot oder lebendig.«

Basilisk verkniff sich ein verächtliches Grunzen, als er den stechenden Schmerz spürte, der ihm in die Rippen zu fahren drohte.

»Ein Kopfgeldjäger ist also aus dir geworden? So tief sind die Mächtigen gesunken!«

Wurm hörte auf zu kreisen und ein drohender Finger

schoss auf Basilisk zu. »Vergiss nicht, tot oder lebendig, habe ich gesagt. Mir ist das einerlei.«

Sein ganzer Körper schmerzte, doch Basilisks Verstand war glasklar, sein Gehirn arbeitete auf Hochtouren. Er wusste, dass Wurm einst großes Ansehen als kriminelles Superhirn genossen hatte. Doch ebenso eindeutig war, dass er darauf in der modernen Welt nicht mehr bauen konnte. Wie auch immer, er war Basilisks einzige Hoffnung, von dieser Insel runterzukommen. Er musste Wurm nur noch dazu bringen, ihn nicht dem Rat auszuliefern. Außerdem verfügte der Alte über Kräfte, die für seine eigenen Pläne nützlich werden könnten.

Basilisk hob ergeben die Hände. »Warte! Wir wollen doch beide, dass sich im Rat des Bösen einiges ändert. Aber er ist zu mächtig, um ihn direkt anzugreifen. Glaub mir, ich hab's versucht. Es gibt da allerdings eine andere Möglichkeit.«

Wurms Neugier war geweckt. »Weiter!«

»Der Rat ist dabei, über Villain.net neue Bösewichte heranzuziehen.«

Wurm nickte. Seine kurze Einführung ins Internet hatte ihn grenzenlos verwirrt, aber davon musste Basilisk ja nichts erfahren. »Das weiß ich. Man hat mir gesagt, dass weniger Primes mit Superkräften geboren werden als früher. Ohne Zweifel eine vernünftige Lösung, um unser Überleben zu sichern.«

»Aber die Hero Foundation hat ihre eigene Website, um neue Helden zu rekrutieren. Und die wird von Commander Courage betrieben.«

Bei der Erwähnung dieses Superhelden schienen sich Wurms nicht vorhandene Nackenhaare zu sträuben. Es war schon schlimm genug festzustellen, dass der Superheld, der ihn für mehr als siebzig Jahre gefangen gehalten hatte, immer noch lebte. Aber dass er immer noch an der Spitze der Hero Foundation stand – einer Gruppe, die er im Laufe des Zweiten Weltkriegs aufgebaut hatte –, bedeutete eine zusätzliche, empfindliche Beleidigung für ihn.

Basilisk sah, wie Wurm die Fäuste ballte und der Hass seine hässlichen Züge verdunkelte. Trotz der quälenden Schmerzen gelang Basilisk ein Lächeln. Er hatte schon immer eine besondere Gabe gehabt, andere zu manipulieren. Der Plan, den sich sein Schützling Jake Hunter ausgedacht hatte, zeugte jedoch von einer gewissen Genialität.

»Hero.com ist die wichtigste Verteidigungslinie der Foundation. Wenn wir einen Virus-Angriff auf die Hero.com-Website loslassen, wird sie das für eine Weile außer Gefecht setzen. In der Zeit können wir in aller Ruhe unseren kleinen Überfall auf die Hero Foundation durchführen, ohne dass uns irgendwelche lästigen Superhelden in die Quere kommen.«

Wurm nickte, obwohl er nicht ganz verstanden hatte, was Basilisk meinte. »Ich werde Courage eigenhändig umbringen.«

»Und sobald Commander Courage ausgeschaltet ist, übernehmen wir die Kontrolle der Foundation. Stellen Hero.com wieder ins Netz und setzen es als Waffe ein im Kampf gegen den Rat des Bösen – Kopf an Kopf.«

Dieser Plan hatte in Basilisks Gehirn Gestalt angenommen, von dem Augenblick an, als Hunter ihm den Vorschlag gemacht hatte. Besser noch, seit Hunter von der Bildfläche verschwunden war, konnte er es als seine eigene Idee verkaufen. »Denk darüber nach, Wurm. Stell dir vor: eine Welt ohne Helden und keine Möglichkeit mehr, welche zu machen. Wir wären mindestens so mächtig wie der Rat.«

Aus Wurms Kehle stieg ein hüstelndes Geräusch, als er über den Vorschlag nachdachte. »Ich muss zugeben, dass ich mit diesem modernen Jargon nicht ganz mitkomme, nach all der Zeit, in der ich weggesperrt war. Ich will also gar nicht so tun, als wüsste ich genau, was du meinst.«

Basilisk seufzte. Er hatte jetzt nicht die Kraft, die Entwicklung der Computer-Technologie und die Entstehung des Internets, angefangen von seinen bescheidenen Anfängen als geheimes Projekt der US-Regierung, haarklein zu erklären. Doch Wurms Unwissenheit konnte für ihn durchaus von Vorteil sein. »Deswegen brauchst du mich. Ich habe diesen ganzen technologischen Boom miterlebt. Es gibt kaum etwas, das ich nicht weiß.«

Wurm ließ den Gedanken noch etwas auf sich wirken. Im Wesentlichen ging es ihm darum, sich an seinem Erzfeind zu rächen, gepaart mit der Tatsache, dass er, sobald er bei der Foundation die Fäden in der Hand hielt, operieren konnte, ohne dass ihm ständig dieser Rat des Bösen im Nacken saß.

»Ich denke, ich könnte einen Handlanger gebrauchen«, überlegte er. Bei der Vorstellung, ein Handlanger zu sein, zuckte Basilisk kurz zusammen, doch glücklicherweise bemerkte Wurm es nicht. Am anderen Ende der Insel begann der Vulkan, eingehüllt in dichte Qualmwolken, ein weiteres Mal unter lautem Grollen Feuer zu spucken. Die Erde bebte bedenklich.

Endlich hatte Wurm seinen Entschluss gefasst.

»Und du glaubst, dieser *technologische* Plan wird funktionieren?«

Basilisk nutzte seine letzte Kraft, um sich mit dem Ellbogen hochzustemmen. »Das versichere ich dir. Ich habe einen Drei-Schritte-Plan, um *sämtliche* Superhelden auf diesem Planeten in die Knie zu zwingen und die Hero Foundation ein für alle Mal zu vernichten. Sobald *wir* dann Hero.com unter unserer Führung wiederbelebt haben, wird der Rat des Bösen uns nicht mehr aufhalten können. Die ganze Welt wird uns auf einem Silbertablett serviert werden! Dann wirst du deine eigenen genialen Pläne *ungehindert* in die Tat umsetzen können.« Basilisk hasste es, kriecherisch zu sein, aber manchmal heiligte eben der Zweck die Mittel.

Wurm nickte und zeigte die Andeutung eines Lächelns. »So soll es sein. Lass uns von diesem grauenvollen Ort verschwinden.«

Ohne Vorwarnung packte er Basilisks Arm. Basilisk spürte eine Art Kitzeln, während seine Atome in Schwingungen versetzt wurden und sich voneinander lösten. In Windeseile hatten sich die beiden Gestalten in winzige Partikel aufgelöst und verschwanden im Untergrund.

NICHTS BESONDERES

Der verrostete Bug eines Frachtschiffs pflügte durch den Ozean und steuerte auf den schmalen Streifen Land am Horizont zu. Der Name des Schiffes zierte in verblichenen Buchstaben den Bug: *The Watchman*. Seine Lichter waren ausgeschaltet, wie ein schwarzer Wal schoss es durch die See. Dichter Qualm stieg aus dem verwitterten Schornstein, ansonsten machte das Schiff einen verlassenen Eindruck. Auf den ersten Blick hätte niemand vermutet, dass die Besatzung aus skrupellosen Schmugglern bestand, vollkommen gewissenlos, dafür umso besser ausgestattet mit automatischen Waffen.

Verfolgt wurden sie von Superhelden, die schweigend über dem Schiff flogen. Die drei Helden hatten alle denselben Gedanken: Weit gefährlicher als das Waffenarsenal unter ihnen war die Tatsache, dass sie laut Anweisung ihrer Eltern schon längst hätten zu Hause sein sollen. Über die Konsequenzen wollten sie lieber gar nicht erst nachdenken.

Toby versuchte, mit zusammengekniffenen Augen Einzelheiten auf dem Schiff unter ihnen zu erkennen. Warum hatte er nur nicht daran gedacht, sich bei Hero.com entsprechende Kräfte runterzuladen, um im Dunkeln besser sehen zu können. Aber da hatte er nicht geahnt, dass sie so spät noch unterwegs wären – außerdem war er nicht sicher, wie das Icon dafür aussehen sollte. Er hoffte nur, dass keiner von ihnen irgendwelche nutzlosen Kräfte runtergeladen hatte, wie schon so oft.

Lorna und Emily flogen dicht beieinander Seite an Seite und unterhielten sich halblaut.

»Mir wird langsam kalt«, beschwerte sich Lorna. Die Erfahrung hatte sie gelehrt, bei ihren Abenteuern immer warme schwarze Kleidung zu tragen, doch allmählich kroch die Eiseskälte durch ihre Anzüge.

Toby überhörte das Gejammer seiner Schwester geflissentlich. In den letzten Wochen waren ihre Klagen mit jedem Auftrag, den sie bei Hero.com übernommen hatten, ein bisschen mehr geworden. Sie hatte damit sogar schon seinen besten Freund Pete angesteckt, was Toby überhaupt nicht gefiel. Zum Glück war Pete gerade außer Hörweite. Toby blickte sich um, als ihm plötzlich klar wurde, dass sein Freund schon länger wegblieb als geplant. Er sah zu den Lichtern am Horizont.

»Die Zeit läuft uns davon«, warnte er. »Wir können nicht auf Pete warten. Wir müssen dieses Ding sofort stoppen.«

»Das ist ein riesiges Schiff. Wie sollen wir es aufhalten?«, fragte Emily.

»Was haben wir überhaupt damit zu tun? Das sollten wir der Polizei überlassen«, brummte Lorna.

»Die Polizei patrouilliert hier draußen nicht«, gab Toby gereizt zurück.

»Küstenwache, Zoll oder Grenzschutz, wie sie heißen, ist doch egal. Was nützt es, Superkräfte zu haben, wenn wir immer nur *stinknormale* Menschen aufhalten? Was ist mit den ganzen Superschurken da draußen? Gegen die sollen wir schließlich kämpfen.«

Toby verdrehte die Augen. »Es stand in der Auftragstafel und musste erledigt werden.«

Die Liste mit Aufträgen auf der Hero.com-Website wurde von Tag zu Tag länger, auch wenn nicht jeder von ihnen mit den Machenschaften eines Superbösewichts zu tun hatte. »Außerdem dachte ich, wir wollten die Sache nach dem Theater mit Blizzard etwas vorsichtiger angehen?«

»*Du* wolltest das, Toby«, gab Lorna zurück.

Emily versuchte, sich nicht in den Streit der beiden Geschwister hineinziehen zu lassen. Und das war auch gut so, denn in diesem Moment tat sich unten auf dem Schiffsdeck etwas. Ein paar Gestalten waren aus einer Kabine getreten und rannten gerade zum Bug des Schiffes. Das Mondlicht glänzte verräterisch auf den Waffen, die sie in beiden Händen trugen.

»Klappe, ihr zwei! Seht mal nach unten, sie kommen raus!«, sagte sie – wohl ein wenig zu laut, denn eine der Gestalten blickte nach oben, brüllte etwas auf Spanisch und zeigte mit dem Gewehrlauf auf die drei Superhelden in der Luft.

Toby stellte bestürzt fest, dass sie sich während ihrer Auseinandersetzung so bewegt hatten, dass sie jetzt den

Mond im Rücken hatten – und ihre Schatten für die Männer da unten perfekte Zielscheiben abgaben.

»Runter!«, schrie er.

Sie setzten alle gleichzeitig zum Sturzflug an, als im nächsten Augenblick unter ihnen die Schnellfeuergewehre losknatterten. Die Geschosse heulten an ihnen vorbei, so nah, dass ihnen ganz anders wurde.

Toby tauchte ab bis knapp über die Meeresoberfläche, er wusste, dass er keine Kraft runtergeladen hatte, die ihn kugelsicher gemacht hätte. Er flog so tief, dass die Gischt vom Fahrwasser des Schiffes seinen Oberkörper durchnässte. Ein kurzer Blick nach oben sagte ihm, dass Lorna einen Energie-Schutzschild aktiviert hatte, an dem die Kugeln wirkungslos abfielen. Emily war dicht hinter ihr in Deckung gegangen. Typisch Lorna, dachte Toby, sich eine Kraft herunterzuladen, die der Verteidigung diente. Obwohl es oft nicht leicht zu erkennen war, welche Kraft man auf Hero.com ausgewählt hatte.

Chamäleon, der einzige Superhelden-Prime, den Toby je getroffen hatte, hatte ihnen von einem Handbuch auf der Website erzählt. Als er es endlich gefunden hatte, hatte Toby von dem komplizierten Fachchinesisch zunächst überhaupt nichts begriffen. Allerdings hatte er gelernt, dass die Anordnung der Strichmännchen-Icons, die die verschiedenen Superkräfte darstellten, anscheinend einer gewissen Logik folgte. Lorna schaffte es offenbar jedes Mal, sich für ihre Aufträge die nützlichsten Kräfte herauszupicken, während er meist die auswählte, die am lustigsten aussahen.

Er wurde jäh aus seinen Gedanken gerissen, als ein Deckarbeiter sich über das Dollbord des Schiffes beugte und ihn erspähte. Toby erkannte das klobige Gestell der Nachtsichtbrille, die der Mann trug. Das Mündungsfeuer blitzte auf und eine Salve pfiff knapp an ihm vorbei.

Zeit, dem Ganzen ein Ende zu setzen, dachte er.

Toby drehte zur Seite ab, um weiteren Salven zu entgehen. Er streckte seine Hände aus und dünne schwarze Ranken schossen aus seinen Fingerspitzen, jede einzelne nicht dicker als ein Baumwollfaden, doch gebündelt erreichten sie die Stärke eines Seils. Die klebrigen Stränge klatschten auf die Nachtsichtbrille und die Waffe des Mannes. Mit einem kräftigen Ruck entriss Toby ihm seine Ausrüstung. Er schüttelte die Hände, die Fäden fielen von ihm ab, hinunter ins Meer. Entsetzt starrte der Mann in Tobys Richtung, als habe er soeben einen Geist gesehen, und rannte laut schreiend über das Deck davon.

Oberhalb spähte Emily an Lornas Energieschild vorbei und holte kurz mit den Händen aus. Zwei goldene Kugeln, kaum größer als Tischtennisbälle, entsprangen ihren Handflächen und schossen auf die Schiffsbesatzung zu. Fasziniert sah sie zu, wie die Wärme suchenden Kugeln direkt auf zwei Männer zusteuerten und sie mitten auf die Brust trafen, mit einem gedämpften *Plopp* explodierten und die Männer über das Deck katapultierten. Sie flogen gegen die Schottwand, wobei ihnen ihre Waffen entglitten. Ein dritter Mann sah staunend zu, wie seine beiden Kollegen davonflogen, dann blickte er nach oben, als habe er die beiden Mädchen, die wie in einer Zaubernummer über ihm in der Luft schwebten, eben erst bemerkt. Er reagierte nicht schnell genug und Emily feuerte zuerst: Wieder schoss ein Satz goldener Tischtennisbälle aus ihren Händen.

Der Mann ließ seine Waffe fallen und ergriff die Flucht. Als er sich umsah, erblickte er die beiden Kugeln, die über das Deck sausten und Kurs auf ihn nahmen. Er schlitterte um eine Ecke auf das Kabinendeck zu und musste feststellen, dass die Geschosse sich so leicht nicht abschütteln ließen. Daraufhin beschleunigte er seine Schritte, machte einen Hechtsprung durch die nächste offene Stahltür und stemmte sich mit seinem ganzen Körpergewicht von innen dagegen.

Es war, als würden zwei Kugelblitze gleichzeitig in die Tür einschlagen. Das Metall gab nach und die Tür wurde aus den Angeln gerissen und schleuderte den Mann quer durch die Kabine gegen die rückwärtige Wand, wo er bewusstlos liegen blieb.

Toby gewann an Höhe und gesellte sich zu Emily und Lorna.

»Ich hätte nicht gedacht, dass es nur so wenige sind«, stellte er fest. »Und ich hätte gedacht, dass Piraten sich nicht so leicht unterkriegen lassen.«

»Diese hier haben eindeutig den Beruf verfehlt«, meinte Lorna lässig.

»Es dreht bei!«, rief Emily. Das Schiff schien zu beschleunigen und einen anderen Kurs aufzunehmen. »Da muss noch jemand auf der Brücke sein.«

Toby war etwas enttäuscht angesichts dieses scheinbar so leichten Sieges – er hatte erwartet, dass der Auftrag mehr Spaß machen würde, doch diese Bemerkung verkniff er sich wohlweislich. »Pete, den alten Drückeberger, haben wir eigentlich gar nicht gebraucht. Also dann, auf zur Brücke, dann haben wir die Sache erledigt.«

Toby fragte sich, ob mit Pete alles in Ordnung war. Als er ihn vor einigen Minuten zuletzt gesehen hatte, hatte Pete sich gerade ins Wasser fallen lassen, weil er meinte, irgendwelche Schwimmkräfte runtergeladen zu haben. Allzu große Sorgen machte sich Toby nicht, denn Pete war ein guter Schwimmer. Allerdings hatte sich das Verhalten seines Freundes verändert, seit sie diese Superkräfte benutzten. Hoffentlich stieg Pete das Heldsein nicht zu Kopf wie seiner Schwester.

Vorsichtig huschten sie weiter Richtung Brücke, die dunkel am Bug des Schiffes lag. Bald waren sie nahe genug, um die vom schwachen Schein der Kontrolllämpchen beleuchtete Gestalt des Kapitäns zu erkennen, der sich ganz auf seine Instrumente zu konzentrieren schien und nicht aufblickte. Das Schiff gehörte noch zu der Generation, auf denen es anstelle kleiner Bordcomputer mit Joystick ein großes Steuerrad gab. Der Kapitän stemmte sich mit dem ganzen Körper dagegen, um es hart backbord zu halten.

Toby landete auf dem erhöhten Deck und machte gerade einen Schritt nach vorn, als Lorna einen spitzen Schrei ausstieß. Sie hatte ihrem Bruder gerade durch die Tür zur Brücke folgen wollen, als sie plötzlich von einer unsichtbaren

Kraft hochgerissen und in den Himmel gezogen wurde. Dann wurde sie abrupt gestoppt, hing einen Moment in der Luft und sauste dann im Zickzackkurs wie ein Ballon durch die Luft – bis sie erneut festhing. Für den Bruchteil einer Sekunde hörte sie auf zu schreien, bevor sie ins Wasser stürzte.

Lornas Schreie hatten den Kapitän alarmiert. Er wirbelte herum und sah vor sich Toby, der ihm in diesem Moment den Rücken zukehrte und den Absturz seiner Schwester beobachtete. Somit konnte er nicht sehen, wie der Kapitän nach einem kleinen Feuerlöscher griff und zum Schlag auf Tobys Kopf ausholte.

Gerade noch rechtzeitig riss Emily ihren entsetzten Blick von der abstürzenden Lorna los und sah, dass Toby kurz davor war, vom Kapitän niedergestreckt zu werden.

»Tobe!«, rief sie und streckte ihre Hände vor. Und wieder erschienen die Kugeln – und zerplatzten wie harmlose Seifenblasen. Im ersten Moment blieb ihr vor Schreck fast das Herz stehen. Konnte es sein, dass die begrenzte Zeit, in der sie über die Superkräfte verfügen konnten, bereits abgelaufen war? Doch dann hätte sie auch nicht mehr fliegen können.

Toby hörte ihre Warnung und drehte sich in dem Augenblick um, als der Kapitän den Feuerlöscher auf ihn niedersausen ließ. Toby tauchte seitlich weg, doch das Ding traf ihn noch an der Schulter. Die Wucht des Angriffs zwang ihn in die Knie, der rechte Arm war von dem Schlag ganz taub. Der Kapitän stand drohend über ihm und zischte etwas in einer unbekannten Sprache. Toby sah nur zwei blutdurstig funkelnde Augen . . .

Ein Geräusch wie Tausende von Wasserfällen ließ den Kapitän aufhorchen. Nach all den Jahren auf See konnte er sich auf sein Gehör verlassen und wusste sofort, wann das Meer zu einer Gefahr wurde. Er sah hinaus – und als Toby dem Blick des Kapitäns folgte, wurden seine Augen größer und größer.

Vor dem Schiff erhob sich eine Wand aus Wasser, mehr als dreißig Meter hoch und viermal so breit. Eine gigantische Flutwelle – mit dem Unterschied, dass diese hier sich nicht bewegte, sondern wie eine flüssige Wand aus dem Meer aufragte. Auf der einen Seite stieg das Wasser hoch, auf der anderen stürzte es in Kaskaden zurück ins Meer. Der Wellenkamm perlte und schäumte und ließ die gewaltige Kraft der Wassermassen beinahe vergessen – obenauf stand Pete wie ein Weltklasse-Surfer, in seinem schwarzen Neoprenanzug, die Arme vor der Brust verschränkt, und lachte aus vollem Halse.

Sobald sie den Auftrag angenommen hatten, ein Piratenschiff daran zu hindern, Schmuggelware ins Land zu bringen, hatte Pete die ganze Website nach Kräften durchforstet, die irgendwie mit Wasser zu tun hatten. Es hatte sie vierzig Minuten ihrer wertvollen Zeit gekostet, in denen er sich abgemüht hatte, wohlbegründete Vermutungen darüber anzustellen, durch welche Icons sie dargestellt sein könnten.

Als sie dann den Frachter ausfindig gemacht hatten, hatte Pete sich ins Meer fallen lassen. Und hatte zu seiner Freude und Erleichterung festgestellt, dass er unter Wasser genau so gut atmen konnte wie darüber. Während die anderen über ihm das Schiff verfolgten, hatte er eine Weile gebraucht, um sich mit seinen neuen Kräften vertraut zu machen. Nach einigem Herumexperimentieren gelang es ihm, einen Schwarm neugieriger Fische zu verschrecken, indem er eine dichte Kugel aus Seewasser erzeugte, die beinahe so hart war wie Stein.

Als oben der Kampf entbrannt war, hatte er unter Aufbietung aller Kräfte versucht, eine ganze Wand aus Wasser zu erschaffen, um das Schiff aufzuhalten. Und zu seiner Überraschung hatte es sogar noch besser geklappt, als er vermutet hatte.

Emily war die Einzige der Superhelden, die die ganze Szenerie im Blick hatte. Sie war sicher, dass die riesige Flutwelle, die Pete hervorgerufen hatte, weit über das hinausging, was für sie an Superkräften eigentlich vorgesehen war.

»Wie schafft er das nur?«, murmelte sie vor sich hin.

Sie sah nach, ob Lorna immer noch auf der rechten Seite des Schiffes – an Steuerbord, korrigierte sie sich selbst – dabei war, Wasser zu treten. Toby hockte immer noch vor der Tür zur Brücke auf den Knien.

Als sie zurück zu Pete blickte, machte er gerade mit beiden Händen eine Bewegung, als würde er einen Vorhang zuziehen – und die Flutwelle brandete nach vorn.

»Nein, Pete, tu das nicht!«, schrie sie, so laut sie konnte.

Die Wucht der Welle würde Lorna im Wasser mit Sicherheit erschlagen und Pete schien nicht bemerkt zu haben, dass sie dort unten schwamm.

Pete genoss seinen Auftritt so sehr, dass er Emilys aufgeregtes Winken gar nicht wahrnahm, und das Tosen der entfesselten Wassermassen übertönte ihre Warnrufe.

Ohne lange nachzudenken, tauchte Emily im Sturzflug Richtung Ozean ab.

Obwohl ihn die Höhe der Welle selbst überraschte, nahm Pete an, dass er seine Kräfte wie ein echter Meister unter Kontrolle hatte. Die Welle bewegte sich weiter vorwärts auf das Schiff zu. Als sie gerade den Bug erreicht hatte, bemerkte er aus den Augenwinkeln eine Bewegung – Emily kam herabgeflogen. Stirnrunzelnd blickte Pete sich um, als ihm plötzlich auffiel, dass sonst keiner seiner Freunde in der Luft flog.

Toby rappelte sich auf und umklammerte die Reling, gerade als die Flutwelle auf das Schiff traf. Der Vorderteil schnellte fast senkrecht in die Höhe. Toby rutschte ab und er verlor den Halt. Das steil aufragende Deck wurde zu einer Art Rutsche und er schoss auf ein Stahlgeländer zu, das den Brückenturm abschirmte. Der Aufprall ließ ihn im ersten Moment nach Luft schnappen.

Seine Schulter schmerzte so stark, dass er sich gerade noch mit einer Hand einigermaßen aufrecht halten konnte, während die Welle das Schiff in steilem Winkel nach hinten beförderte und direkt über seinem Kopf brach, sodass die Wassermassen auf ihn herabregneten und dabei in Sekundenschnelle sturzbachartig anschwollen.

Salzwasser brannte in seinen Augen und er schmeckte nichts anderes mehr. Toby wollte sich abstoßen und zum Fliegen ansetzen – musste jedoch feststellen, dass seine Superkräfte verschwunden waren. Hilflos ging er in einem wilden Strudel aus schäumendem Meerwasser unter.

Emily brauchte beide Hände, um Lorna aus dem Wasser zu ziehen. Durch das zusätzliche Gewicht hatte sie große Schwierigkeiten, wieder an Höhe zu gewinnen.

»Höher!«, schrie Lorna, als die Welle das Schiff einhüllte.

»Geht nicht! Du bist zu schwer!«

»Was?« Empört angesichts dieser Anspielung auf ihr Gewicht schnappte Lorna kurz nach Luft. Doch jetzt war für einen Streit keine Zeit. Emily entschied sich dafür, der Welle durch Geschwindigkeit zu entkommen, und trat die Flucht nach vorn an. Während die Welle sich hinter ihnen brach, hatte Lorna das Gefühl, die Welt um sie herum bewege sich in Zeitlupe. Entgeistert sahen sie zu, wie die Welle das Schiff überschwemmte – dann fiel die ganze Wasserwand mit einem Schlag in sich zusammen und zurück ins Meer, als hätte jemand auf STOPP gedrückt. Nach einem ohrenbetäubenden Platschen folgte absolute Stille.

Ebenso plötzlich schoss Lorna in die Luft und riss sich von Emily los, als ihre Flugkräfte wie auf Knopfdruck wieder aktiviert waren. Seite an Seite schwebend sahen sie unter sich, dort wo eben noch das Schiff gewesen *war*, die Meeresoberfläche blubbern und schäumen. Gepäckstücke und jede Menge persönlicher Gegenstände tauchten aus dem Wasser auf, ebenso wie acht wild strampelnde Besatzungsmitglieder, die bald zwischen Tausenden DVD-Hüllen herumpaddelten. Die verteilten sich wie Treibholz auf dem Meer, als sie eine nach der anderen dem Bauch des Schmugglerschiffs entwichen.

Pete sauste schwungvoll heran.

»Wow! Ich war einfach unglaublich, was? Habt ihr gesehen, was ich gemacht habe? Echt unglaublich!«

Emily starrte ihn ungläubig an. »Das war *Teamwork.*« Aber Pete hörte ihr gar nicht zu. Wie schon bei den letzten Aufträgen, die sie erledigt hatten, gab er mit seinen eigenen Leistungen an. Damit ging er den anderen mehr und mehr auf die Nerven.

Dann sah er sich auf einmal besorgt um. »Wo ist Toby?«

Emily zeigte nach unten. »Er war *auf* dem Schiff, du Idiot!«

Eine Schrecksekunde lang starrten sie auf die Wasseroberfläche, dann raste Pete im Sturzflug nach unten . . .

Und prallte ab, als wäre er auf eine Gummimatte gesprungen. Er rollte über die schaukelnde Oberfläche, ohne dass auch nur ein Zentimeter seines Körpers nass wurde.

Lorna und Emily beobachteten ihn erschrocken. Die Männer vom Schiff schwammen ganz normal, Pete dagegen schaffte es nicht, ins Wasser einzutauchen. Er kniete auf den Wellen wie auf einer schwankenden Hüpfburg und hämmerte auf die rätselhaft feste Oberfläche ein.

»Ich komm nicht rein!«, schrie er.

Emily ging plötzlich ein Licht auf. »Unsere Kräfte sind gestört!«

Ein lautes Platschen ließ Pete zurücktaumeln, als plötzlich Toby prustend und nach Luft schnappend zwischen den Plastikhüllen auftauchte.

»Hey, Kumpel!«, rief Pete, während er noch auf dem Wasser stand – dann gab es plötzlich unter ihm nach und er stürzte mit einem lauten Klatscher ins Meer, als sich die Gesetze der Physik wieder zurückmeldeten. Er schwamm neben Toby.

»Alles in Ordnung mit dir?«

Toby nickte. Dann sah er, wie ein Stück weiter der Kapitän auftauchte und eilig zu seiner Mannschaft paddelte.

»Wollt ihr etwa die ganze Nacht da rumschwimmen?«, erkundigte Lorna sich und grinste erleichtert.

Pete und Toby hoben aus dem Wasser ab und flogen zu den beiden Mädchen. Toby warf einen Blick nach unten und erfasste, was passiert war. Überall auf dem Meer dümpelten Kisten und die Schiffsbesatzung versuchte, sich schnellstmöglich von den Superhelden abzusetzen. Abgesehen von ein paar Trümmern, war von dem Frachter nichts mehr zu sehen. In der Ferne kreiste der Strahl eines Suchscheinwerfers über die Wasseroberfläche und sie hörten das dumpfe Dröhnen eines herannahenden Bootes der Küstenwache.

»Schiff versenkt heißt so viel wie Schiff gestoppt, oder?«, meinte Pete.

»Wir haben verhindert, dass sie ihre Raubkopien ins Land schmuggeln«, sagte Emily. »Damit ist der Auftrag erfolgreich ausgeführt.«

»Ich finde trotzdem, es ist Zeitverschwendung«, warf Lorna ein. Die anderen sahen sie überrascht an. »Ist doch wahr! Du bist beinahe umgekommen, Toby. Und wofür?«

»Weil ich getan habe, was Superhelden tun.«

»Und es hat uns einen Haufen Heldenpunkte eingebracht«, ergänzte Pete.

Lorna schüttelte den Kopf. »Genau das meine ich. Wir haben den Behörden ihre Arbeit abgenommen. Okay, das mag vielleicht heldenhaft sein, aber es ist trotzdem nicht die Aufgabe von *Superhelden.* Wir sollten Größeres vollbringen, Spektakuläreres, damit man uns *wahrnimmt.«*

Toby verdrehte die Augen. Das war Lornas neuestes Argument. Sie wollte die Kräfte nutzen, um damit berühmt zu werden, nicht um irgendeinen Auftrag zu erledigen. »Darüber haben wir doch schon gesprochen. Das Letzte, was wir wollen, ist, *wahrgenommen* zu werden. Wenn die Leute wüssten, dass wir diese Kräfte haben und dass es so etwas wie Superhelden überhaupt gibt, dann . . .«

»Ja, genau: Was dann?«, fiel Lorna ihm ins Wort. »Wir würden ein bisschen berühmt werden und sogar dafür bezahlt werden, das ganze Zeug zu erledigen. Ich würde lieber in einer Talkshow sitzen und von unseren Taten erzählen, als ewig Zeitungen auszutragen.«

»Das finde ich auch«, sagte Pete.

Toby schoss Pete einen bösen Blick zu. Seiner Schwester den Rücken zu stärken, war in seinen Augen ein schwerer Fall von Verrat. »Wir haben das doch alles schon durchgekaut«, seufzte Toby. »Ihr wisst doch, dass es ganze Regierungsabteilungen und die Vollstrecker gibt, die verhindern wollen, dass die Öffentlichkeit davon erfährt!«

»Und was wollen sie außerdem verheimlichen?«, fragte Pete, der ganz versessen war auf diese Verschwörungstheorie.

»Ist doch egal, wir sollten uns über wichtigere Dinge Gedanken machen«, schaltete sich Emily ein, die das ewige Gezanke satthatte. »Zum Beispiel über die Frage, warum unsere Kräfte auf einmal nicht mehr richtig funktioniert haben?«

Pete zuckte die Achseln. »Wieso, ich hab mich super gefühlt. Besser als je zuvor. Außer als ich vom Wasser abgeprallt bin. Das war *echt* ein merkwürdiges Gefühl.«

»Deine Kräfte waren sogar etwas zu *super*«, meinte Emily.

»Neidisch?«

»Nein, ich will damit nur sagen ... findest du nicht, dass deine Kräfte, ich weiß nicht, irgendwie *verstärkt* erschienen, während unsere geschwächt waren?«

Pete wechselte einen Blick mit Toby und nickte. »Sie ist neidisch, eindeutig, oder?«

Emily wandte sich ab, sie wollte sich nicht auf einen Streit einlassen. Das Boot der Küstenwache kam näher. Der Suchscheinwerfer schwenkte über das Wasser und fing ein Mitglied der Schiffsbesatzung ein. Der Mann winkte verzweifelt mit den Armen, um auf sich aufmerksam zu machen.

»Wir sollten lieber sehen, dass wir schleunigst verschwinden«, sagte Toby. »Unsre Arbeit hier ist erledigt.«

Die Superhelden erhoben sich in den nächtlichen Himmel und flogen in Richtung Heimat. Wenn die Leute der Küstenwache ein besseres Gehör gehabt hätten, hätten sie vielleicht den aufgebrachten Wortwechsel über ihnen gehört, als vier Gestalten pfeilschnell die Lichtbahn des Vollmondes kreuzten.

Mondlicht tanzte über dem wogenden Heidekraut der Lizard Peninsula am äußersten Zipfel von Cornwall. Grelles Flutlicht zerschnitt die dunkle Landschaft und erleuchtete Goonhilly Downs, die größte und älteste Satelliten-Erdstation der Welt, bis in den letzten Winkel aus. An die sechzig Satellitenschüsseln in allen Formen und Größen waren gen Himmel ausgerichtet. Im Zentrum der Anlage gab es eine Vielzahl von Gebäuden, in denen vom Touristeninformationscenter bis zur den Kontrollräumen alles untergebracht war. Die Anlage war rund um die Uhr in Betrieb, sodass auch zu dieser nächtlichen Stunde ein ganzes Aufgebot an Mitarbeitern Dienst hatte. Nur auf den Straßen außerhalb des Geländes war es ruhig. Ein einsamer Jeep des Sicherheitsdienstes rollte vorbei, der darin sitzende Wachmann ahnte nicht, dass sich in diesem Moment bereits Eindringlinge innerhalb des Komplexes befanden.

Einer der großen Kontrollräume, der den Bereich der Satellitenschüsseln überwachte, war etwas altertümlich eingerichtet, wies aber modernste Computertechnik auf. Die Mitarbeiter der Nachtschicht lagen bewusstlos auf dem Boden, ein Unglücksrabe hatte sich in eine Steinstatue verwandelt, als er versucht hatte, den Sicherheitsdienst zu alarmieren. Seine versteinerte Hand umklammerte noch immer den Telefonhörer.

Basilisk hockte zusammengesunken in einem Sessel und stützte sich auf den y-förmigen Schreibtisch in der Mitte, während er auf einen Computerbildschirm starrte. Er hatte soeben zu seinem grenzenlosen Ärger festgestellt, dass er sich nach all den Wochen, die sie auf Wurms Basis damit verbracht hatten, ihren Plan auszuarbeiten, immer noch nicht von den Qualen auf der Vulkaninsel erholt hatte. Der pochende Schmerz in seinem Bein zwang ihn dazu, am Stock zu gehen. Unter dem neuen dunkelgrünen Ganzkörperanzug ließen sich die Narben gut verstecken und die tiefe Kapuze seines Umhangs verdeckte einen Großteil seines schwer verbrannten Gesichtes – ein Gesicht, das so entstellt aussah, dass er sich selbst nicht mehr wiedererkannte. Seine Regenerationskräfte hätten längst wirken müssen, doch es tat sich nichts. Es war Zeit für eine grundlegende Erneuerung, für einen völlig neuen Satz DNA, der ihn verjüngen würde, wie schon so oft in den vergangenen Jahrzehnten. Doch das würde im Moment warten müssen.

Wurm stand ihm gegenüber auf der anderen Seite des Tisches und betrachtete eingehend einen großen Bildschirm, auf dem die zahlreichen Satelliten-Anordnungen der Anlage zu sehen waren. Wurm war immer noch vollkommen hingerissen von dem sprunghaften Fortschritt, der sich während seiner Gefangenschaft ereignet hatte, und nützte jede Gelegenheit, sich darüber in Staunen zu ergehen.

»Unglaublich«, brummte er kaum hörbar. »Geradezu unfassbar. Wer hätte je gedacht, dass der Menschheit dies gelingen würde und sie schließlich sogar den ersten Schritt in den Weltraum machen würde, und das alles ohne die Hilfe von Superkräften?«

Basilisk schüttelte den Kopf. Er hatte sein Bestes getan, um Wurm die Errungenschaften von mehr als einem halben Jahrhundert nahezubringen, doch die moderne Technologie war weitaus fortgeschrittener als alles, wovon Wurm je geträumt hatte. Seine ständigen erstaunten Ausrufe machten Basilisk mittlerweile fix und fertig. Doch als seine Insel zerstört worden war, hatte er alles verloren und er war auf Wurms Unterstützung angewiesen. Die einzigartigen Fähigkeiten des Bösewichts waren jetzt wesentlicher Bestandteil von Basilisks Plan.

Wurms Fähigkeiten erlaubten ihm, sich durch die Erde fortzubewegen, idealerweise durch Lockergestein oder Sand, indem er sich in Milliarden von Zellpartikeln zerlegte und sich durch den Boden sickern ließ – zwischen den einzelnen Partikeln, die die Erde fest erscheinen ließen, hindurch. Wenn er seine Technik nur leicht veränderte, konnte er durch feine Risse in Wänden schlüpfen oder unter Türritzen hindurch in einen Raum hinein, wobei seine Kräfte keineswegs auf irgendeiner Technologie beruhten. Der Nachteil war, dass sie bei besonders dichter Materie wie Stein oder Metall ihre Wirkung verloren.

Nachdem sie die Insel verlassen hatten, hatten Basilisk und Wurm wochenlang Ausrüstungsgegenstände zusammengetragen, wie Laptops und Basilisks neue Körperpanzerung, damit sie ihren ehrgeizigen Plan in die Tat umsetzen konnten.

Basilisk hatte mit Wurm trainiert, um ihm beizubringen, wie er seine Kräfte auch bei Computern einsetzen konnte. Sie waren allerdings nur recht schleppend vorangekommen, zumal Wurm sich ständig beklagte und jedes Mal, wenn etwas schiefging, damit drohte, Basilisk an den Rat des Bösen auszuliefern. Doch schließlich hatte Wurm unter Basilisks Anleitung gelernt, wie er seine Fähigkeit nutzen konnte, um atomisierte Teilchen seines Fingers in einen Computer hineinzuschicken. Seine Kraft stieß schnell an ihre Grenze, sie reichte nur bis zu einem Punkt, an dem der Schmerz nicht mehr zu ertragen war. Seine Körperteilchen durch Sand fließen zu lassen, war leicht, doch das Metall war wesentlich dichter und elektronische Systeme waren voll von Magnetfeldern und Elektronenströmen, die an jedem einzelnen Atom zerrten – es war, als würde man durch einen Strudel schwimmen, der einen auseinanderzureißen drohte. Doch seine Reichweite von knapp zwölf Zentimetern genügte, um in das Herz eines Prozessor-Chips vorzustoßen – der lediglich so etwas wie eine ausgeklügelte Serie digitaler Schalter darstellte. Sobald er dahinein gelangt war, konnte Wurm das Computersystem manipulieren.

Aufgrund von Wurms geringer Reichweite gestaltete sich die Umsetzung von Basilisks Plänen etwas schwieriger. Er hatte gehofft, dass sie Phase eins bequem von

Wurms Versteck aus steuern konnten. Stattdessen waren sie gezwungen gewesen, in die Anlage von Goonhilly einzubrechen, um direkten Zugang zu dem notwendigen Computersystem und der Satellitenschüssel zu haben.

Nachdem Wurm sie hineingebracht hatte, konnte Basilisk die Satellitenschüssel lokalisieren, die den Internetverkehr für Hero.com kanalisierte. Ob die Mitarbeiter der Station es wussten oder nicht, die Helden-Website übermittelte ihre Superkräfte inmitten von normalem Netzwerkverkehr, Fernsehsignalen und Radioübertragungen. Basilisk hatte sogar herausgefunden, welchen Satelliten Hero.com für seine Kommunikation benutzte. Unnötig zu erwähnen, dass es natürlich keine offizielle Registrierung eines solchen Satelliten gab, und Basilisk vermutete ganz richtig, dass man ihn heimlich ins All geschossen hatte.

Basilisk hatte versucht, Wurm zu erklären, dass Superkräfte in enormen Behältern gelagert wurden, nachdem sie von Superhelden gespendet und seit Neuestem auch künstlich hergestellt worden waren. Dann wurden sie in einem komplexen quantenphysikalischen Verfahren digitalisiert und über Satelliten ins Internet und von dort auf einen Menschen übertragen. Der Prozess beruhte auf einem konstanten, mit einem Herzschlag vergleichbaren Informationspuls, der direkt auf die Superhelden übertragen wurde, ohne dass sie es merkten und unabhängig davon, wo sie sich aufhielten. Der Puls funktionierte wie ein Handy-Signal. Durch ihn bekam der Körper des Superhelden die Anweisung, wie er mit den Kräften umgehen musste. Falls der Körper diese Information aus irgendeinem Grunde nicht bekam, wurden die Kräfte instabil und damit geschwächt, was dann – hoffentlich – verheerende Nebenwirkungen hatte. Villain.net arbeitete nach dem gleichen Prinzip.

Unter Basilisks Anweisungen schleuste Wurm sich in die Satellitenübertragung von Hero.com ein und unterbrach sie. Zwar nur kurz, aber nun hatte Basilisk den Beweis, dass es möglich war.

»Ich sehe nicht, was uns das bringen soll, wenn wir das Signal von hier aus nicht dauerhaft unterbrechen«, maulte Wurm, als er seine Hand vom Computer zurückzog und seine schmerzende Fingerspitze leckte.

»Sie würden ohnehin einfach zu einer anderen Bodenstation umschalten.«

»Und was haben wir dann soeben erreicht? Nichts!«

Basilisk seufzte. Er kam sich vor wie ein Kind, das einem verwirrten Elternteil einen simplen technischen Vorgang erklärt. »Wir haben gerade den Beweis erbracht, dass mein Plan funktionieren wird. Wir können das Signal unterbrechen. Jeder, der seine heruntergeladenen Kräfte in diesem Moment benutzt hat, wird die Wirkung sofort gespürt haben. Jetzt müssen wir die Hero.com-Website überlasten und vorübergehend lahmlegen.«

»Und dann greifen wir die Hero Foundation an? Töten Courage?«, fuhr Wurm gut gelaunt fort. Er war ein alter Fußsoldat, nicht an solche taktischen Winkelzüge gewöhnt.

Basilisk war nahe daran, die Beherrschung zu verlieren. Das hatten sie alles schon durchgekaut, Tag für Tag.

»Nein. Unsere vereinten Fähigkeiten reichen nicht aus, um die Foundation in die Knie zu zwingen.«

»Ich glaube, du unterschätzt mich«, hielt Wurm mit einem Anflug von Stolz dagegen.

Basilisk sah ihn lange und durchdringend an. »Nein. Nein, das tue ich nicht.« Es dauerte etwas, bis Wurm die Beleidigung voll erfasst hatte. Er wollte schon den Mund aufmachen und zum Gegenschlag ausholen, aber Basilisk redete unbeeindruckt weiter. »Vergiss nicht, die Website ist nur eine Waffe, eine Verteidigungslinie, um Angriffe von der Foundation fernzuhalten. Dahinter stehen immer noch die Köpfe der Organisation und das Hauptquartier der Foundation hat ein eigenes internes elektronisches System, das ausgeschaltet werden muss.«

»Ich habe genug Waffen, um einen Angriff zu starten ...«

»Deine Waffen sind so alt, dass sie auseinanderfallen, wenn du abdrückst!«, bemerkte Basilisk schnippisch. »Wir überlassten jetzt die Website vorübergehend mit einem Virus. Damit gewinnen wir Zeit und lenken die Primes ab, sodass sie sich in ihr Versteck zurückziehen. Dann leiten wir Phase zwei ein, indem wir ein paar Schurken rekrutieren, die ich bereits ins Auge gefasst habe. Sie werden uns helfen, das Satellitensystem der Hero Foundation unschädlich zu machen.«

»Ich verstehe kein Wort.«

Basilisk holte tief Luft. Wenn er jemand anderen vor sich

gehabt hätte, hätte er ihn aus vollem Halse angebrüllt. Doch er musste immerhin so tun, als habe er Respekt vor Wurm.

»Du weißt doch, dass wir Hero.com benutzen wollen, um den Rat zu bekämpfen. Wir wollen die Website nicht zerstören. Wir müssen sie so lange lahmlegen, bis wir den Satelliten der Foundation runtergeholt haben. Denn dann haben sie, selbst wenn ihre Techniker die Website wieder in Gang bringen, keine Möglichkeit mehr, ihre Superkräfte zu verteilen.«

»Okay. Ich verstehe. Glaube ich.«

»Und wenn wir dann den Satelliten haben, werde ich die genaue Position des Hauptquartiers der Stiftung orten können.«

»Und *dann* greifen wir an?«

»Ja. Phase drei: Wir hauen ein paar Köpfe zusammen, wenn sie keine Helden haben, die bereit sind, ihr Leben zu riskieren, um uns aufzuhalten.«

»Verstehe, verstehe!« Wurm tänzelte geradezu beschwingt herum. Wenn er erreichte, was Basilisk ihm da versprach, würde er auf ein Fingerschnippen über mindestens ebenso viel Macht verfügen wie der Rat. Sollte der Plan scheitern, könnte er stattdessen immer noch Basilisk – tot oder lebendig – an den Rat ausliefern. »Worauf warten wir dann noch? Fangen wir an!«

»Wir haben nur darauf gewartet, dass dein Erbsengehirn endlich begreift, was der Plan ist«, brummte Basilisk kaum hörbar und holte einen schmalen USB-Memorystick aus den Tiefen seines Umhangs. Er sah ihn an wie einen wertvollen Edelstein.

»Zeit, dein besonderes Talent einzusetzen.«

Auf dem USB-Stick war ein in jeder Hinsicht hochkomplexer Virus gespeichert. Basilisk hatte mehrere Wochen gebraucht, um ihn zu erstellen. Er hatte dafür die Grundstrukturen mehrerer hässlicher Viren, die vor Kurzem große Unternehmen heimgesucht hatten, kopiert und sie mit seinen Grundkenntnissen der Hero.com-Website kombiniert. Und die waren sehr umfangreich, da er zu den Leuten gehört hatte, die geholfen hatten, sie zu stehlen und daraus Villain.net zu machen.

Sobald er den Virus ins System der Bodenstation einschleuste, wäre er sofort vom Antiviren-Programm identifiziert worden. Um dieses zu umgehen, brauchte er Wurms spezielle Fähigkeiten.

Wurm ließ seinen Finger in das System *eintauchen*. Er schloss die Augen und sah die Cyberwelt vor sich, durch die sich seine Atome ihren Weg suchten. Er konnte Basilisks Virus, einen Elektronen-Klumpen, *sehen*. Wie einen Hockey-Puck trieb er den heimtückischen Code vor sich her, am Sicherheitsprogramm vorbei und direkt hinein ins zentrale System. Erst dort konnte sich seine zerstörerische Wirkung voll entfalten. Der Virus schnellte von der Bodenstation zum Privatsatelliten der Hero Foundation, von dort zurück zum Hauptquartier der Stiftung, wo er sich in die HERO-Server hineinfraß und einen manipulierten Datenstrom nach außen abgab.

Der Virus funktionierte auf äußerst subtile Art und Weise, gerade genug, um das Computersystem der Stiftung abzuschalten, ähnlich wie ein plötzlicher Stromstoß, bei dem eine Sicherung durchbrennt. Während die Techniker der Stiftung hektisch versuchten, den Schaden zu beheben, breitete sich der Stromstoß wie eine verheerende Welle im ganzen Satellitensystem aus und es würde Stunden dauern, bis sie abgeebbt war.

Am nächsten Tag herrschte stürmisches Schauerwetter und Toby blickte besorgt in den Himmel. Er rechnete schon halbwegs damit, dass Blizzard im nächsten Augenblick durchs Fenster platzen und ihn mit sich fortreißen würde. Dieser Gedanke, gepaart mit der Erinnerung an seinen Kampf gegen Blizzard, bei dem der Superbösewicht am Ende unter einem Eisblock begraben worden war, verfolgte ihn bis in seine Träume. Auch wenn es einer seiner allerersten Superhelden-Einsätze gewesen war. Hinzu kamen jetzt noch die beunruhigenden Erinnerungen an sein letztes Abenteuer, bei dem er um ein Haar ertrunken wäre.

Nach alldem wuchs in Toby die Sorge, dass dieses Superhelden-Dasein ihn schwer überforderte.

Doch heute war ein fauler Sonntag und Lorna und er hatten sich gegenseitig beglückwünscht, weil es ihnen gelungen war, sich so spät in der Nacht wieder unbemerkt ins Haus zu schleichen. Sie hofften nur, dass Pete und Emily es ebenso leicht gehabt hatten.

Auf dem Weg nach unten massierte Toby seine Schultern. Der Kapitän hatte ihn ganz schön erwischt. Ein Glück, dass er sich dabei nichts gebrochen oder ausgerenkt hatte. Dafür zeichnete sich auf seiner Haut ein hässlich dunkelvioletter Bluterguss ab, den er schon bei der leichtesten Berührung spürte. Er bog Richtung Wohnzimmer ab – fand sich jedoch in der Küche wieder. Als ihr altes Haus nach Tempests Angriff für einsturzgefährdet erklärt und abgerissen worden war, waren sie in ein neues gezogen. Toby gefiel das neue Haus. Es war etwas größer und hatte noch immer diesen *neuen* Geruch an sich. Und im Augenblick war es von oben bis unten mit Weihnachtsdeko geschmückt.

Im Wohnzimmer saßen schon seine Eltern und seine Schwester Lorna und ein kurzer Blick in ihr Gesicht sagte ihm, was ihn erwartete. Der Fernseher lief und ihr Vater war gerade dabei, ihnen zum x-ten Mal die DVD über seine letzten archäologischen Ausgrabungen in Mexiko vorzuführen.

John Wilkinson war ein hochgewachsener, schlanker Mann, der sich für scheinbar banalste Dinge unglaublich begeistern konnte. Normalerweise fand Toby das recht unterhaltsam. Aber nachdem sie denselben Film wieder und wieder hatten anschauen müssen, hatte er wirklich jedes Interesse daran verloren.

Toby ließ sich neben seiner Mutter Sarah nieder und wünschte ihr herzlich einen guten Morgen. Sarah erwiderte sein Lächeln und wechselte einen angenehm überraschten Blick mit ihrem Mann. Nachdem das Haus von einem

Tornado verwüstet worden war, erinnerte sie sich lediglich daran, dass sie auf einem angrenzenden Feld wieder zu sich gekommen war. Doch seitdem schien Toby wie verwandelt, er war auf einmal unglaublich nett und liebevoll zu ihr. Vorher hatte er sich vehement gegen jede Umarmung, jedes Zeichen von Zuneigung gesträubt, jetzt bedurfte es nicht einmal mehr einer Aufforderung ihrerseits. Früher hatte er geglaubt, sein Vater wäre gar kein Archäologe, sondern ein heimlicher Superheld. Doch wie sich herausstellte, war sein Vater *leider* weit davon entfernt, ein solches Doppelleben zu führen.

»Ich wollte nur noch einmal alles genau durchgehen«, erklärte John Wilkinson eifrig, »denn ich werde den Film vor der Eröffnung meiner Ausstellung am Dienstag heute Abend im Museum vorführen.«

Er blickte sich suchend nach der Fernbedienung um, die er ständig irgendwo verlegte. Lorna warf Toby einen verschwörerischen Blick zu und schüttelte nur den Kopf, bevor sie sich in die Hochglanzseiten ihrer Klatschzeitschrift vertiefte.

»Es kann losgehen«, verkündete John, als er die Fernbedienung schließlich unter seinem Bein gefunden hatte. Toby hatte aus dem Augenwinkel das Programm verfolgt, das gerade im Fernsehen lief. Eine Sendung über die neue russische Raumfähre, die von Kasachstan aus Touristen ins Weltall brachte. Lorna und er waren ganz versessen darauf, solch einen Flug einmal selbst zu erleben, doch angesichts der Kosten von zwanzig Millionen Dollar würde es wohl ein Traum bleiben.

John drückte auf »Play« und die Bilder der glänzenden Raumfähre wurden abgelöst von verwackelten Camcorder-Aufnahmen archäologischer Ausgrabungen. Für Tobys ungeschulte Augen sah es aus wie ein Schutthaufen im tiefsten Urwald.

»Der Dschungel war so dicht, dass wir zwei Tage gebraucht haben, um uns eine Schneise zur Ausgrabungsstelle frei zu schlagen«, erzählte sein Vater. Dann runzelte er plötzlich nachdenklich die Stirn. »Meinst du, ich sollte ihnen auch von der Heimreise erzählen? Etwas mehr Spannung hineinbringen?«

»Nein, John«, sagte Sarah bestimmt.

Wieder schielte Lorna hinter ihrem Magazin hervor und warf Toby einen seltsamen Blick zu.

John hatte die Ausgrabungsarbeiten abgebrochen, als er erfahren hatte, dass sein Haus von einem Tornado verwüstet und seine Frau dabei verletzt worden war. Kurz vor der Landung hatte der Kapitän Probleme mit dem Fahrwerk gemeldet.

John war in Panik geraten und hatte von Bord seine Frau angerufen, überzeugt, dass es eine Bruchlandung geben würde. Doch ein paar Minuten später, während das Flugzeug noch über der Landebahn kreiste, war etwas Seltsames geschehen. John hätte schwören können, dass er *irgendetwas* neben ihnen hatte fliegen sehen. Gleich darauf hatte der Flugkapitän verkündet, dass das Vorderrad ausreichend ausgefahren war und sie nun sicher landen konnten.

Toby zwang sich, die Filmaufnahmen anzusehen und dem zunehmend aufgeregten Bericht seines Vaters zu lauschen, in dem er schilderte, wie sie das Grab eines lange verschollenen Maya-Herrschers entdeckt hatten. Er lief mit großen Schritten im Zimmer auf und ab, während er die Spannung beim Öffnen der Grabkammer beschrieb und seine Stimme zu einem Flüstern senkte, bevor er verriet, dass sie nur bis zur äußeren Kammer vorgedrungen waren, als er nach Hause gerufen worden war. Die innere Kammer wartete also noch darauf, von ihnen erforscht zu werden.

Toby unterdrückte ein Gähnen, als die Kamera Großaufnahmen von rätselhaften Symbolen und Wandzeichnungen einfing. Er hatte die mit groben Schwüngen aufgetragene rituelle Zeichnung schon so oft gesehen, dass er schon davon geträumt hatte, und die freihändige Kameraführung seines Vaters verursachte bei ihm leichte Schwindelgefühle.

Sein Dad mochte ein hervorragender Archäologe sein, doch – wie sämtliche Familienfotos bestätigten – ein denkbar schlechter Kameramann.

Der Rest des Tages schleppte sich träge dahin wie ein durchschnittlicher Sonntag. Gegen Abend kam Emily vorbei, verschwand aber sofort mit Lorna in deren Zimmer. Sarah und John brachen gerade zum Museum auf, als Pete vor der Tür stand. Und ein Abend ohne die wachsamen

Blicke der Eltern bedeutete: endlich wieder eine Gelegenheit, mit Hero.com herumzuexperimentieren.

Pete sah Toby stirnrunzelnd an.

»Mann, du siehst ja furchtbar aus.«

»Na, vielen Dank. Ich habe in letzter Zeit nicht besonders gut geschlafen.«

»Wieso das denn?«

»Hab schlecht geträumt. Was ist mit dir? Ich meine, nach allem, was wir erlebt haben. Macht dir das nicht zu schaffen?«

Pete zuckte die Achseln und schob sich an seinem Freund vorbei. »Nee. Im Gegenteil, ich schlafe besser als vorher. Bin an so viel Sport nicht gewöhnt!«

Pete steuerte geradewegs auf das neue Büro der Wilkinsons zu. Dort sah es schon fast so aus wie im alten: Tobys Vater hatte nicht lange gebraucht, um ihm alles Sterile, Unbewohnte auszutreiben. Ihre alte Festplatte war aus Petes Computer aus- und in ein nagelneues System eingebaut worden, das sie mit dem Geld aus der Versicherungssumme bezahlt hatten.

»Sind die anderen da?«, fragte Pete, als er sich wie selbstverständlich vor dem Rechner niederließ und ihn startete.

Toby antwortete nicht gleich. Ihm war aufgefallen, dass Petes Selbstbewusstsein manchmal fast an Unhöflichkeit grenzte, seit sie die Website entdeckt hatten.

»Darf ich?«, sagte Toby und zeigte auf den Schreibtischstuhl. Pete sah erstaunt auf, bevor er aufstand und sich einen freien Stuhl heranzog und – wieder ganz der alte Pete – verlegen murmelte:

»Natürlich, klar, entschuldige. Bin wohl etwas aufgeregt. Wo stecken sie denn?«

»Hier«, kam es von Emily, die in dem Augenblick mit Lorna in der Tür stand. »Kommandiert Toby dich schon wieder rum?«

»Na klar«, antwortete Pete lachend. Toby warf ihm einen schrägen Blick zu. Bildete er es sich nur ein oder klang das Lachen wirklich etwas gezwungen? Lorna und Emily holten sich zwei Stühle und setzten sich zu ihnen. Ihnen schien nichts aufgefallen zu sein.

»Wie fühlst du dich nach dem Schwimmstunt gestern, Toby?«, fragte Emily besorgt.

»Meine Schulter bringt mich um und meine Ohren fühlen sich an, als hätte ich immer noch den halben Ozean darin, aber das legt sich schon wieder.«

Emily knuffte ihn mitfühlend in die unverletzte Schulter. Toby rutschte unbehaglich auf seinem Stuhl zur Seite, als er Petes Blick auf sich spürte.

Im Handumdrehen hatten sie sich eingeloggt und innerhalb weniger Sekunden waren sie auf der Seite von Hero.com. Pete hinterließ mal wieder einen seiner fettigen Fingerabdrücke auf dem Bildschirm.

»Seht mal! Unser Punktestand ist ganz schön in die Höhe geschossen!«

Tatsächlich war die Anzahl der von der Website für jeden erfolgreich erfüllten Auftrag vergebenen Heldenpunkte erheblich angestiegen. Und das war auch gut so, denn wenn sie versagt hätten, müssten sie für die Benutzung der Superkräfte bezahlen, bis sie den Verlust durch gute Taten wieder wettgemacht hätten. Mit einer entsprechenden Anzahl von Heldenpunkten konnten sie die Kräfte kostenlos herunterladen.

Toby hatte auf eine Videobotschaft von Chamäleon gehofft. Er hatte ihn schon einige Male online um Rat gefragt. Doch das hatte er den anderen bisher nicht gesagt.

»Wollt ihr euch wirklich für heute Nacht noch einen Auftrag geben lassen?«, fragte Emily matt.

»Was ist los? Schon keine Lust mehr?«, stichelte Pete.

»Das nicht, aber ich bin müde. Außerdem haben wir morgen Schule.«

»Super«, meinte Pete ohne Begeisterung. »Weiß auch nicht, warum wir ausgerechnet am Montag in die Schule müssen.«

Eine seltsame Woche lag vor ihnen. Dienstag und Mittwoch waren zu Studientagen erklärt worden, weil die Schule wegen Renovierungsarbeiten geschlossen werden musste, nachdem vor ein paar Wochen die Werkräume aus bisher ungeklärter Ursache abgebrannt waren.

»Dann lasst uns nur einen Blick auf das Anweisungshandbuch werfen«, schlug Toby vor.

»Na toll«, maulte Pete.

Toby fuhr über verschiedene Icons auf dem Bildschirm, doch bei keinem von ihnen wurde eindeutig klar, wofür es stand. Bei einem, das aussah wie ein Schraubenschlüssel, hielt er inne. Wie immer floss der Text in verschiedenen Sprachen über den Bildschirm, bis er schließlich bei Englisch anhielt. Es sah aus wie ein technisches Handbuch, mit Icons, Ablaufdiagrammen und einfachen Zeichnungen.

Pete sah ihn an und zog erstaunt die Stirn kraus. »Das hast du ja ziemlich schnell gefunden.«

Als sie Chamäleon, einen Superhelden, der seine Gestalt verändern konnte, zum ersten Mal getroffen hatten, war er sehr erstaunt gewesen, dass sie die Bedienungsanleitung der Website nicht gelesen hatten. Bei nächster Gelegenheit hatte Toby die Seite durchsucht und nach mehreren Tagen endlich die Anweisungen gefunden.

Pete rutschte nervös auf seinem Stuhl herum. »Also warst du auf der Seite?«

»Ich wollte das hier lesen.«

»Warst wohl schon öfter auf der Seite?«, bohrte Pete weiter.

Emily und Lorna wechselten einen Blick. Sie ahnten, worauf Pete hinauswollte; er machte schon seit ein paar Wochen solche Bemerkungen.

»Ganz schön viel zu lesen«, fuhr Toby begeistert fort, ohne den scharfen Unterton in Petes Frage zu registrieren. »In diesem Abschnitt wird zum Beispiel erklärt, wie die Kräfte übertragen werden und . . .« Er brach ab, als ihm die angespannte Atmosphäre im Raum auffiel. Pete starrte ihn an.

»Was denn?«

»Ich wollte nur darauf hinweisen, dass du in letzter Zeit ziemlich viel auf *unserer* Website gewesen bist. Ohne uns.«

Toby stöhnte. »Komm schon, Pete, fang jetzt nicht damit an.«

»Aber es ist doch nicht fair, dass du Zugang dazu hast und wir nicht. Wir haben sie gemeinsam gefunden . . .«

»Auf *meinem* Computer!«

»Auf Dads Computer«, korrigierte Lorna. Toby warf ihr einen verärgerten Blick zu.

Pete schlug auf die Tischplatte. »*Dein* Computer? So ist das jetzt also?«

»So meinte ich das doch nicht . . .«

»Wir sollten uns beim Überwachen der Website alle abwechseln«, fuhr Pete fort. »Oder deine Festplatte kopieren, damit wir sie alle auf unserem Rechner haben. Es ist einfach nicht fair, dass wir immer nur über dich drankommen können.«

»Was soll das?«, sagte Toby. »Wir sind ein Team, wir machen alles *gemeinsam*.«

»Genau! Das ist der Punkt . . .«

Das kreischende Geräusch einer Rückkopplung aus den Computerlautsprechern übertönte ihn. Im selben Moment flackerte die Deckenbeleuchtung und der Bildschirm des Monitors blinkte in allen Regenbogenfarben, bevor er sich plötzlich in eine gleißende Lichtkugel verwandelte und explodierte.

INFEKTION

Dicke elektrische Blitze zuckten aus dem Monitor über den Fußboden und die Decke. Bücher stürzten aus den Regalen und Stiftbecher flogen vom Schreibtisch. Pete und Lorna kippten von ihren Stühlen rückwärts um – während Toby und Emily sich kopfüber unter den Schreibtisch stürzten und in Deckung gingen, als der Lichtsturm das Zimmer verwüstete.

Mit einem lauten Krachen liefen sich die Blitze schließlich tot. Toby spähte vorsichtig unter dem Schreibtisch hervor. Abgesehen von überall wild im Raum verstreuten losen Blättern, schien glücklicherweise nichts beschädigt worden zu sein, als wäre nur eine kräftige Windböe durchs Haus gefegt.

Oder ein Tornado, dachte Toby düster.

Pete untersuchte seine Kleidung; obwohl der Blitz sie alle getroffen haben musste, waren keine körperlichen Spuren zu erkennen. Als er aufsah, merkte er, dass ihn die anderen breit grinsend anstarrten.

»Dein Haar!«, kicherte Emily. »Es steht in sämtliche Himmelsrichtungen ab!«

»Mein Haar? Ihr seht auch nicht schlecht aus!«

Alle hatten die gleiche, wild vom Kopf abstehende Frisur, feiner Rauch stieg aus ihnen auf. Pete hatte es sogar geschafft, schwarze Schmierflecke ins Gesicht zu bekommen.

»Was war denn das?«, fragte er und rappelte sich hoch.

Emily wischte das schnurlose Telefon beiseite, das auf sie gefallen war. »Es fühlte sich an, als würde mich jemand kitzeln.«

Sie sahen auf den Bildschirm. Die Hero.com-Website war immer noch da, aber ein Warnhinweis nahm den ganzen Bildschirm ein:

»FUNKTIONSSTÖRUNG: Hero.com ist vorübergehend offline. Bitte versuchen Sie es später noch einmal.«

Pete zeigte anklagend auf Toby. »Das ist deine Schuld!«

»Sei doch nicht blöd!«

»Was ist denn dann passiert?«

Toby fand die schnurlose Maus am anderen Ende des Zimmers und legte sie zurück auf den Schreibtisch. Er versuchte, die Icons anzuklicken, doch der Computer gab nur ein störrisches Piepgeräusch von sich. Frustriert schloss er den Browser. »Vielleicht war es eine Überspannung? Die Seite ist in letzter Zeit merkwürdig gelaufen. Wisst ihr noch, was gestern passiert ist?«

»Wir können also nichts machen?«, fragte Pete verschnupft.

»Wir können es auf jeden Fall später noch einmal versuchen«, sagte Toby nachdenklich. »Irgendwann muss es ja wieder funktionieren. In der Zwischenzeit sollten wir hier Ordnung schaffen.«

»Na toll«, brummte Pete.

»Ich habe ein neues Spiel für meine X-Box bekommen. Nachher kannst du dich ja von mir dabei schlagen lassen.«

Der Rest des Abends verlief relativ friedlich. Als sie es später noch einmal versuchten, ließ sich die Website noch immer nicht aufrufen. Das brachte Pete dazu, für ihre Zukunft als Helden schwarz zu sehen.

Basilisk war ähnlich düsterer Stimmung wie Pete. Wenn er ungeduldig wurde, hatte er die Angewohnheit, mit kurzen, energischen Schritten auf und ab zu gehen, was auf seine Untergebenen in der Regel eine einschüchternde Wirkung hatte. In diesem Augenblick wünschte er, er könnte auf der Waldlichtung auf und ab schreiten, doch sein verletztes Bein machte ihm einen Strich durch die Rechnung. Er hasste es, sich auf einen Stock stützen zu müssen. Der war zwar aus schwarzem Karbon, ließ ihn aber immer noch allzu verletzlich aussehen.

Er harrte jetzt bereits seit einer knappen Stunde auf der Lichtung des Kiefernwäldchens aus. Die dunklen Wolken kündigten Regen an und er blies beim Atmen weißen Dampf in die feucht-kühle Luft. Bitter dachte er an sein Tropenparadies, von dem nach seinem gescheiterten Putschversuch auf den Rat des Bösen nur noch ein Haufen Schutt übrig geblieben war. Außerdem ärgerte es ihn maßlos, dass er nun unter der Fuchtel dieses Kopfgeldjägers stand. Natürlich hätte er Wurms Abwesenheit nutzen können, um sich aus dem Staub zu machen, doch so leicht würde sich der zu kurz geratene Gauner nicht abschütteln lassen. Außerdem brauchte er Wurm noch für seinen eigenen Plan. Wenn Basilisk etwas war, dann erfinderisch. Falls die Sache mit Wurm gut lief, würde es Basilisk viel Anstrengung und Mühe ersparen. Danach würde er mit dem Winzling abrechnen – er war ein Relikt aus alten Geschichtsbüchern, in einer modernen Welt vollkommen fehl am Platz.

Ein Kreischen im Wald riss Basilisk aus seiner Grübelei. Wahrscheinlich eine Eule. Er sah hinüber zu der Schurkin, die er angeworben hatte, die dort an einem Baum lehnte. Sie war ein Prime, genau wie er selbst, jemand, der von Geburt an über verborgene Superkräfte verfügte, die darauf warteten, zum Leben zu erwachen. Meist in Zeiten von Stress und hoher Belastung oder, klassischerweise, durch einen Industriestörfall.

Sie war etwa Mitte zwanzig, schlank und hochgewachsen und hatte eine enge weiße Kapuze über den Kopf gezogen, aus deren schmalen Schlitzen nur ihre Augen herausschauten. Sie zog einen Streifen Kaugummi aus den Tiefen ihres Umhangs, der sie sicher schön warm hielt, dachte Basilisk zähneklappernd. Wenn die Frau sich bewegte, schien der Umhang regelrecht zu leben, er bauschte sich hinter ihr in seiner ganzen Weite auf und zuckte unnatürlich.

Basilisk hatte schon vor ein paar Jahren von ihr gehört und er hatte nur einen Tag gebraucht, um sie aufzuspüren und für sein Projekt zu verpflichten. Teilweise reizte sie das Geld, das Basilisk ihr versprochen hatte, aber mehr noch die Aussicht, dem Joch des Rats des Bösen zu entkommen. Sein ständiges Einmischen hatte gerade den jüngeren Schurken das Leben schwer gemacht.

Basilisk und sie standen jetzt schon mehrere Stunden hier im Wald und warteten auf Wurm, der sich hier mit ihnen treffen wollte. Sie hatte bislang kein Wort geredet, sondern nur missmutig in die Wildnis gestarrt, die sie umgab. Sie war ein Stadtmädchen. Bei den ersten Regentropfen hatte sie dann doch den Mund aufgemacht und sich beschwert, in diesem triefenden Wald herumstehen zu müssen.

Die Kunst der Konversation scheint völlig aus der Mode gekommen zu sein, dachte Basilisk und beschloss, ihr mit Schweigen zu antworten.

Nach einer Minute meinte Basilisk, ein leichtes Vibrieren unter seinen Füßen zu spüren, das sich in Sekundenschnelle verstärkte. Lose Steine und verrottende Äste schienen plötzlich auf dem Waldboden zu tanzen, während die Erde erzitterte. Dann tauchte eine bronzene Maschine von der Größe eines Busses schräg aus dem Boden auf, deren knirschende Schaufeln Erde, Zweige und Laub verschlangen.

Basilisk sah zu, wie das schlanke Fahrzeug sich selbst auf Hunderten an seinem Rumpf befestigten, beweglichen Stacheln aus der Erde zog. Das Vorderteil bestand aus einem einzigen riesigen Maul mit runden Zähnen, die die Erde zerkleinerten, sie in einen Schlauch an der Seite des Fahrzeugs beförderten und an seinem Hinterteil wieder ausspuckten. Ein einfaches System, mit dem sich die Maschine unterirdisch fortbewegen konnte, ohne einen Tunnel oder eine andere Spur zu hinterlassen. Mit seinen beiden grünen Frontscheiben sah das Ding aus wie ein Käfer und die seitlich angebrachten Flossen waren ein Stilmerkmal, das auf sein Baujahr um 1930 hindeutete.

Eine Klappe öffnete sich zischend und Wurm kletterte grinsend heraus. »Mein altes Schiff! Die *Nematode*. Sie funktioniert immer noch, nach all den Jahren!«

Basilisk untersuchte das Vehikel mit fachmännischem Blick. »Ich habe dieses Ding bislang nur auf Fotos gesehen. Vor ein paar Wochen hätte ich so was gut gebrauchen können.«

Die junge Frau beäugte das Gefährt skeptisch. »Das Ding gehört ins Museum . . . oder auf den Schrottplatz.«

Wurm erwiderte den skeptischen Blick. »Ah, du bist bestimmt die Kletterkatze?«

»Ich werde Trojan genannt«, erwiderte die Frau mit leicht amerikanischem Akzent und einem humorlosen Lächeln. »Und *Fluchtkünstlerin* wär mir lieber. Hab auch von dir gehört, Opa. Dachte, du wärst längst tot.«

»Dieb bleibt Dieb«, schnappte Wurm hochmütig zurück. »Und zu meiner Zeit schlugen die Frauen einen höflicheren Ton gegenüber Respektspersonen an.«

»Das war einmal, Opi. Das hier ist meine Zeit.« Sie schritt die Seite des Fahrzeugs ab und nahm es kritisch unter die Lupe.

Wurm verkniff sich eine scharfe Erwiderung und wandte sich stattdessen zu Basilisk. »Und du glaubst, dieses dahergelaufene Frauenzimmer kann unserem ehrgeizigen Plan nützlich sein?«

»Und ob«, versicherte Basilisk. »Niemand sonst verfügt über solche Fähigkeiten. Aber wir brauchen noch jemanden.«

»Und was ist mit dir?«, fragte Wurm und warf Basilisk einen verschlagenen Seitenblick zu. »Dieser Plan von dir ist das Einzige, was mich davon abhält, dich dem Rat auszuliefern und meine Belohnung zu kassieren. Ich kann allerdings deinen Beitrag zu der ganzen Sache noch nicht erkennen.«

Basilisks Augen flackerten neonblau, und obwohl Wurm nicht unter die dunkle Kapuze sehen konnte, wusste er, dass der andere grinste.

»Mein Beitrag? Ich bin das Superhirn. Ohne mich gäbe es gar keinen Plan. Zumindest bin ich der, der dich davor bewahrt, von Trojan in der Luft zerrissen zu werden. Sie ist wesentlich stärker, als sie aussieht, und ich habe den Eindruck, ihr beide hattet keinen besonders guten Start.«

Wurm warf einen kurzen beunruhigten Blick zu Trojan. Auch wenn sie sehr schmal wirkte, war es nicht von der Hand zu weisen, dass sie ihn töten könnte, wenn er sie provozierte. Wie die Zeiten sich geändert haben, dachte Wurm. Es hatte eine Zeit gegeben, da hatten die anderen *ihn* gefürchtet.

Basilisk schlug mit der Hand auf den Bronze-Körper des Gefährts. »Das Ding ist veraltet. Vielleicht bräuchten wir etwas ... Moderneres?«

Wurm sah ihn überrascht an. »Die *Nematode* ist auf dem neusten Stand der Technik . . . nun ja, sie war es einmal.«

Basilisk winkte Trojan herbei. »Los, geht's. Diese Blechkiste wird uns immerhin zu unserem nächsten Schritt bringen.«

»Wohin fahren wir?«, fragte Wurm, der allmählich das Gefühl bekam, dass Basilisk sich für einen Gefangenen auf Bewährung etwas zu sehr aufspielte.

»Zur Hölle«, gab Basilisk glucksend zurück.

* * *

In der Schule war es in den letzten Wochen viel besser gelaufen, fand Pete. Auch wenn er keine Superkräfte geladen hatte, hatte er viel mehr Selbstvertrauen als früher. Das lag vielleicht auch daran, dass Jack Hunter und seine Gang seit einer Weile nicht mehr in der Schule aufgetaucht waren.

Doch heute waren Big Tony und Knuckles auf einmal wieder da. Pete sah sie, angeregt ins Gespräch vertieft, auf dem Weg zur Schule. Auch wenn er sich bei den beiden keine längere Unterhaltung vorstellen konnte, die über irgendwelche Schimpfwörter und die üblichen Adjektive hinausging.

Pete hielt sich hinter ihnen, wohl wissend, dass er Gefahr lief, zur Zielscheibe zu werden, sobald er sie überholen würde. Nach ein paar Minuten war ihm klar, dass irgendetwas nicht stimmte.

Die beiden Schläger verhielten sich ungewöhnlich zurückhaltend, fast so, als wollten sie keine Aufmerksamkeit auf sich ziehen.

Als ein Junge aus einer Klasse unter Pete in die Straße einbog und den Rowdys genau in den Weg lief, zuckten sie nicht einmal mit der Wimper. Der Junge rannte davon, so schnell er konnte, vollkommen unbehelligt.

Erst jetzt fiel Pete auf, dass die anderen beiden Mitglieder des üblichen Trupps mit einstelligem IQ fehlten: Scuffer und der Anführer, Jake Hunter. Pete lächelte, das konnte nur ein gutes Zeichen sein.

Das sollte nicht die letzte Verwirrung für diesen Tag sein. Abgesehen von dem Berg Hausaufgaben, die sie an den kommenden beiden »Ferien«-Tagen erledigen sollten, konnte er Toby, Emily und Lorna in der Pause nirgends finden. Kurz durchfuhr ihn der Gedanke, dass die drei sich mit Hero.com vergnügten. Er wischte ihn beiseite. Er vertraute Emily und Lorna mehr als Toby. Er war sicher, sie würden nichts hinter seinem Rücken tun. Dann dachte er plötzlich in einem Anflug von Eifersucht, dass Emily und Toby vertrauter schienen als sonst. Oder war das wieder nur seine Paranoia?

Er fühlte sich einsam und verwirrt und beschloss, in den Toilettenräumen Schutz zu suchen. Als er dort ankam, klingelte es gerade zum Pausenende und er musste zu seiner Englischstunde zurücksprinten. Der Schulhof war bereits leer gefegt, als Pete ihn im Laufschritt überquerte – und Knuckles und Big Tony direkt in die Arme lief, die gerade eilig den Naturwissenschaftstrakt verließen.

Knuckles starrte ihn böse an. »Pass bloß auf, Professor. Oder willste 'nen gebrochenen Arm?«

Petes Mund wurde ganz trocken. Er hatte sich mit bewaffneten Bankräubern, Schmugglern und Superschurken herumgeschlagen, aber ohne die beruhigenden Superkräfte fühlte er sich auf einmal hilflos ausgeliefert.

Big Tony zerrte seinen Kumpan am Ärmel weiter. »Lass stecken, Knuckles. Wir müssen ... äh ... zum ... zum Unterricht, weißte nicht mehr?« Er zeigte mit dem Daumen über den Schulhof.

Zu Petes grenzenlosem Staunen ließ Knuckles sofort von ihm ab und die beiden eilten, ohne sich noch einmal umzudrehen, über den Hof davon. Aus einschlägiger Erfahrung wusste Pete, dass er normalerweise mindestens einen Fausthieb auf den Arm eingesteckt hätte.

Mr Rush empfing Pete mit einem strengen Blick, als er im letzten Moment ins Klassenzimmer huschte.

»Ah, Pete Kendall. Wie nett von dir, dass du bei all deinen Terminen die Zeit gefunden hast, zu uns zu stoßen.«

Unterdrücktes Gelächter war zu hören.

»Tut mir leid, Sir, ich war ...«

»... unterwegs, um die Welt zu retten, wie könnte es auch anders sein. Jetzt setz dich, wir haben heute einiges zu schaffen. Ich habe euch in Zweiergruppen eingeteilt. Du arbeitest mit Miss Forshaw zusammen.«

Pete warf einen Blick zu Toby, der mit einem chinesischen Mädchen eingeteilt war. Widerstrebend ging Pete zu seinem Platz neben einem Mädchen, das fast zweimal so groß war wie er und ihm beinahe so viel Angst machte wie Knuckles.

Die Schulstunde schleppte sich dahin, während Mr Rush in den literarischen Glanzleistungen der Lektüre schwelgte, die er ihnen aufgezwungen hatte. Angeblich handelte es sich um einen Klassiker, obwohl Pete nicht verstand, warum. Es passierte nichts und die Hauptpersonen hatten eine höchst merkwürdige Art, sich auszudrücken. Dennoch machte er sich gehorsam Notizen, während der Lehrer ihnen erklärte, *warum* die Geschichte so ungemein wichtig war.

Ein Geräusch ließ ihn zusammenfahren: Toby hatte seinen Stift vom Tisch gestoßen oder der Stift hatte vor Langeweile beschlossen, Selbstmord zu begehen. Toby griff nach unten – dabei wurde sein Arm beinahe noch mal so lang, sodass er sich nicht einmal bücken musste. Er sah aus, als wäre er aus Gummi. Sprachlos beobachtete Pete ihn. Toby starrte auf seinen Arm, der nun wieder auf seine normale Größe geschrumpft war. Dann blickte er sich hastig um, als wollte er sichergehen, dass niemand diese Demonstration übermenschlicher Fähigkeit beobachtet hatte. Als er bemerkte, wie Pete ihn ansah, schien es – zumindest kam es Pete so vor –, als heuchle er Erstaunen, und seine Lippen formten ein stummes »Wow!«.

Pete war am Boden zerstört; sein Verdacht hatte sich bestätigt. Toby hatte ohne das Wissen der anderen Superkräfte runtergeladen. Dabei hatten er und Lorna sich tagelang gestritten, als sie vorgeschlagen hatte, mit ihren Fähigkeiten an die Öffentlichkeit zu gehen und ihren Ruhm zu Geld zu machen. Pete hatte sich auf ihre Seite gestellt, er hatte nichts dagegen gehabt, reich und berühmt zu werden. Gerade jetzt konnte seine Familie jeden Cent gebrauchen. Aber Toby hatte den Moralapostel gespielt und sie zur Vernunft gemahnt.

Der Verräter!

Pete konnte dem Unterricht nicht länger folgen. Während er ins Buch starrte, war er mit seinen Gedanken ganz woanders. Er dachte darüber nach, wie er Toby die Meinung sagen würde. Angesichts des Verrats spürte er plötzliche Übelkeit in sich aufsteigen.

Petes Hand schoss in die Luft. »Sir, mir ist schlecht!«

Ohne auf die Erlaubnis zu warten, stürmte er aus dem Klassenzimmer und hielt sich den Bauch.

Glücklicherweise war auf den Gängen gerade niemand zu sehen, als Pete davonrannte. Sobald er den Raum verlassen hatte, ließ das flaue Gefühl in seinem Magen nach. Er verließ das Schulgebäude und ging bis zum Lehrerparkplatz, wo er sich an die Mauer lehnte, um wieder zu Atem zu kommen.

Warum sollte Toby lügen?

Erschreckt fuhr er zusammen, als die Tür, durch die er gerade gekommen war, mit einem kräftigen Tritt aufflog und gegen die Wand knallte. Knuckles und Big Tony rannten nach draußen, deutliches Entsetzen stand auf ihren Gesichtern. Als sie Pete entdeckten, blieben sie wie angewurzelt stehen und blickten wild um sich, bis sie begriffen, dass von ihm keine Gefahr drohte. Ihre eben noch panisch verzerrten Gesichter nahmen einen lauernden Raubtierausdruck an.

Nach einem kurzen Blick über den leeren Parkplatz war klar, dass Pete in der Falle saß, allein. Big Tony sah sich nervös um.

»Die Luft ist rein«, verkündete er.

Knuckles hatte sich schon wieder gefangen. Mit einem fürchterlichen Krachen dehnte er seinen Hals von der einen auf die andere Seite, dann ließ er an beiden Fäusten sämtliche Gelenke knacken.

»Alles klar, Prof?«, sagte er und machte einen Schritt nach vorn. »Solltest du nicht im Unterricht sitzen, wie es sich für einen Streber gehört?«

Pete hielt aus den Augenwinkeln verzweifelt nach einem Fluchtweg Ausschau. Er merkte, wie ihm der nächste Satz rausrutschte, bevor er ihn aufhalten konnte. »Solltet ihr beide nicht lieber schnell zu eurem Förderunterricht zurücklaufen?«

»Was?«, kreischte Knuckles und lief blutrot an. »Du kleine Ratte! Dafür polier ich dir die Fresse!«

Pete sah die geballte Faust bereits auf sich zukommen. Er kniff die Augen zusammen und wartete auf den Schlag. Eine Ewigkeit schien zu vergehen, doch er spürte immer noch nichts. Er öffnete die Augen, um nachzusehen, ob Knuckles irgendwie weggezaubert worden war – leider nein. In Wahrheit war nur eine Sekunde vergangen und er sah in Großaufnahme vor sich, wie Knuckles' Faust auf seine Nase traf.

Der Schmerz war kaum zu ertragen. Farbige Blitze tanzten vor Petes Augen. Er ging zu Boden und spürte dabei den eigenartig salzigen Geschmack seines eigenen Blutes, das ihm aus der Nase schoss. Sein billiges Brillengestell landete einen Meter neben ihm.

Knuckles grölte vor Lachen, als er sah, wie Pete die eine Hand schützend über seine Nase hielt, während die andere nach der Brille tastete.

Big Tony klatschte seinen Freund ab. »Volltreffer!«

Knuckles grinste selbstzufrieden. Der Professor hatte sich kampflos niederstrecken lassen, so hatte er es am liebsten. Je schneller sie umfielen, desto stärker sah er selbst dabei aus. Doch da verging ihm plötzlich das Grinsen und seine Kinnlade sackte nach unten. . . .

Petes Nase bewegte sich wie von selbst und sie hörten ein lautes Knacken, als der Knorpel sich wieder ausrichtete. Die Schwellung auf seinem Gesicht schrumpfte wie ein geplatzter Luftballon und es hörte mit einem Schlag auf zu bluten.

Pete schob sich die Brille wieder auf die Nase und spürte, wie eine regelrechte Kraftwelle seinen Körper durchlief. Er sprang auf die Füße, war auf einmal wieder voller Energie und *sehr, sehr* böse.

»Das machst du nicht noch mal!«, brüllte er wutschnaubend.

Bevor er wusste, was er tat, sauste seine winzige Faust

mit voller Wucht in Knuckles' Magengrube. In einem normalen Kampf hätte er den Schläger bestimmt verfehlt oder, falls er ihn mit etwas Glück getroffen hätte, wäre es nicht mehr geworden als ein leichter Klaps.

Aber das hier war kein normaler Kampf.

Pete sah, wie seine Faust zu doppelter Größe anschwoll, ein bläulicher Schimmer schien von ihr auszustrahlen. Als sie Knuckles traf, fühlte es sich an, als wäre in seinem Magen eine Bombe explodiert.

Er schnappte nach Luft und hörte ein paar Rippen krachen. Der Hieb riss ihn von den Füßen und schleuderte ihn zehn Meter über den Parkplatz. Er hinterließ eine Beule in der Motorhaube eines Mini, prallte von einem Ford ab, bei dem er das Dach eindrückte, sodass die Fenster zersprangen, bis er schließlich gegen die Seite eines BMW krachte und die Türen eindrückte, als wäre ein anderer Wagen hineingerast. Alarmanlagen heulten auf und der Airbag des BMW blähte sich mit einem Schlag auf.

Knuckles stöhnte laut auf, er lebte also noch. Pete schwang herum zu Big Tony, der weiß geworden war wie eine Wand.

»Du bist einer von denen! Du bist ein Monster! Komm mir bloß nicht zu nahe!«

Big Tony stolperte über seine eigenen Füße, so eilig hatte er es, aus Petes Reichweite zu kommen. Der Zustand seines Kumpels interessierte ihn dabei anscheinend überhaupt nicht. Pete starrte auf seine Hand, die immer noch doppelt so groß war wie sonst; man sah die Adern unter der bläulichen Haut pulsieren. Er schüttelte die Hand und sofort nahm sie wieder ihre normale Größe an.

»Ich habe Superkräfte?«, murmelte er halblaut. »Wie ist das möglich?«

Aus einem Fenster über ihm ertönte eine bellende Stimme, dem Klang nach zu urteilen, stammte sie eindeutig von Mr Harris, dem Schuldirektor.

»Was zum Teufel ist da draußen los?«

Pete drückte sich flach an die Wand. Er hatte keine Ahnung, wie er sich aus diesem Schlamassel hätte herausreden sollen. Ein kurzer Blick zu Knuckles sagte ihm, dass der in absehbarer Zeit nirgends hingehen würde. Pete schlüpfte zurück ins Schulgebäude und rannte zu den Toiletten, dabei hoffte er inständig, dass ihm dieses Mal niemand über den Weg laufen würde.

Nicht nur die Jungen erlebten dieses plötzliche Aufflammen ihrer Superkräfte. Emily hatte sich im Sportunterricht durch einen Geländelauf dahingequält, als ihre Beine verschwammen und sie mit dem nächsten Wimpernschlag wie eine Rakete über die Ziellinie schoss. Glücklicherweise ging alles so schnell, dass niemand gesehen hatte, wie sie sich bewegt hatte. Alle anderen Schüler hatten nur erschöpft vor ihre eigenen Füße gestarrt.

Dieses Erlebnis brachte sie vollkommen aus der Fassung und sie schlich mit weichen Knien zurück zum Umkleideraum, obwohl die Kraft anscheinend so plötzlich wieder verschwunden war, wie sie aufgetaucht war.

Lorna, die in den meisten Kursen mit Emily zusammen war, hatte sich davor gedrückt, in der Kälte herumzulaufen, indem sie sich freiwillig gemeldet hatte, um die weihnachtliche Kunstausstellung in der Aula mit aufzubauen. Die Kunstlehrerin Mrs Skinner hatte ihr und Mary Sommers aufgetragen, die Stellwände zu dekorieren, und war gegangen. Lorna beobachtete Mary mit finsterem Blick. Nicht nur, dass sie Lorna in den meisten Fächern ständig übertrumpfte, sie stach sie auch noch bei den meisten Jungen aus und schien sich ausgerechnet immer für genau dieselben zu interessieren, auf die auch Lorna ein Auge geworfen hatte. Jetzt erklärte Mary gerade, wie viel besser ihre Gestaltung der Stellwände werden würde, während sie sie eifrig hin und her schob.

Lorna war so wütend, dass sie in Flammen ausbrach.

Orangefarbene Flammen erfassten wellenartig ihren Körper, genau wie bei Pete an dem Tag, als sie die Website gerade entdeckt hatten. Es fühlte sich an, als würde sie in ein angenehm warmes Bad eintauchen – allerdings sengten die Flammen den Stoffbezug der nächsten Stelltafeln an, bis sie schwarz verkohlt aussahen.

Sekunden später erloschen die Flammen wieder mit einem dumpfen Geräusch, Lorna und ihre Kleidung hatten sie unversehrt gelassen. Im selben Moment spähte Mary um die Tafel herum, die sie noch einmal zurechtgerückt hatte. Ihr Blick fiel sofort auf die Brandspuren.

»Was ist passiert?«, fragte sie stirnrunzelnd.

Lorna wusste nicht, was sie sagen sollte. Sie drehte sich

auf dem Absatz um und rannte davon, während Mary Sommers hinter ihr herkeifte, sie solle gefälligst zurückkommen und ihr helfen. Lorna rannte an einer weiteren Reihe von Türen vorbei, bevor sie am Treppenaufgang anhielt und schnell ihre Hände untersuchte. Sie sahen ganz normal aus. Dann hörte sie einen Knall.

»Was war das?«, überlegte sie laut.

Statt einer Antwort ertönte ein lautes Geräusch wie von einem umgekippten Tisch. Es kam aus dem unteren Stockwerk, aus einem Raum im Untergeschoss, zu dem die Schüler normalerweise keinen Zutritt hatten, obwohl sich manchmal doch einige dort hinunterwagten. Angeblich hausten Geister in den dunklen Räumen. Lorna wusste, dass der Hausmeister dort überzählige Stühle und Tische lagerte. Vielleicht kam das Geräusch von ihm? Sie spähte über das Treppengeländer nach unten.

Es brannte kein Licht, demnach war es sicher nicht der Hausmeister. Man hörte gedämpfte Geräusche. Kein Zweifel, da unten war jemand.

»Hallo?«

Neugierig ging sie die Treppe hinunter, ihre Schritte hallten auf den Stufen. Dann sah sie im Halbdunkel eine Bewegung und hörte eine vertraute Stimme.

»Hallo, Lorna.«

In der Mittagspause hielten Pete und Toby sich so weit wie möglich von den anderen Schülern auf. Toby fragte sich, was mit Pete los war, und ging zu ihm hinüber.

»Du hast gesehen, was mir im Unterricht passiert ist?«

»Ja. Ich dachte, du hättest heimlich hinter unserem Rücken Superkräfte runtergeladen.«

Toby schüttelte den Kopf. »Hab ich aber nicht. Es ist einfach passiert, ich hab nicht mal drüber nachgedacht!«

»Schwörst du es?« Pete wusste genau, dass das, was heute passiert war, nichts mit Toby zu tun hatte. Doch wer weiß, vielleicht hatte er in der Vergangenheit die Website doch ohne das Wissen der anderen benutzt und jetzt war der passende Moment, ihm auf den Zahn zu fühlen.

»Warum sollte ich das tun? Ich war nur auf der Website, um die Instruktionen zu lesen, die ewig lang sind. Und ein paarmal habe ich mit Chamäleon gesprochen, aber sonst nichts, das schwöre ich!«

»Sieht nur verdächtig aus, wenn du so plötzlich, aus heiterem Himmel Superkräfte entwickelst«, schnaubte Pete und spielte weiter den Ahnungslosen.

Toby sah ihn ruhig an. »Was soll ich sagen? Ich war genauso überrascht wie du. Wir sind doch schon so lange Freunde, traust du mir etwa nicht?«

Pete hielt seinem Blick ein paar Sekunden stand, dann zuckte ein Grinsen um seinen Mund. »Klar doch. Mir ist dasselbe passiert.«

»Was? Du machst mich hier an, obwohl du es die ganze Zeit schon weißt?«, fauchte Toby.

Pete ging nicht darauf ein, er war viel zu versessen darauf zu berichten, wie er mit Knuckles fertig geworden war. Während er noch in den glühendsten Farben beschrieb, wie er sich erfolgreich vom Schauplatz des Geschehens verdrückt hatte und Mr Harris entwischt war, sah Toby, wie Emily auf sie zukam.

»Da kommt Em«, sagte Toby und winkte ihr zu.

»Sie hat ihre eigenen Superkräfte. Sie findet uns immer überall«, bemerkte Pete schnippisch.

»Dich scheint sie auf jeden Fall immer zu finden«, witzelte Toby und unterdrückte ein Grinsen. Pete zog die Stirn kraus und wollte etwas erwidern, doch Toby schnitt ihm das Wort ab.

»Hi, Em.« Der Ausdruck auf ihrem Gesicht sagte ihm alles, was er wissen musste. »Lass mich raten: Dir ist gerade was Merkwürdiges passiert?«

Emily sah ihn überrascht an, dann nickte sie. »Dir auch?«

»Uns beiden. Und da kommt Lorna.«

»Lorna, wo hast du gesteckt?«, fragte Emily.

Lorna lief rot an und stammelte: »Ich, wieso? Ich war nur unten im Keller und ich . . . äh . . .«

»Im Keller?« Emily musterte ihre Freundin scharf.

»Du hattest eine Art Fehlzündung von Superkräften, stimmt's?«, fragte Toby.

Lorna fing sich wieder. »Wenn ich das richtig verstehe, ist uns allen das Gleiche passiert?«

»Gestern Abend hat die Website angefangen zu spinnen und jetzt das? Da scheint wirklich was schiefgegangen zu sein. Ich frage mich, ob es wieder ausbricht oder ob es eine einmalige Sache war?«

»Schiefgegangen?«, sagte Emily, die ihre Freundin immer noch seltsam von der Seite ansah. »Ich will keine Superkräfte, die zufällig losgehen. Das ist mir zu gefährlich. Wir haben Glück gehabt, dass uns niemand beobachtet hat, aber das kann beim nächsten Mal schon anders sein.«

»Könnte ein Virus sein«, vermutete Pete. »Computer kriegen ständig Viren. Und wenn dein Virenschutzprogramm nicht aktualisiert ist – peng! Schon ist es passiert und irgendwelche Superkräfte laden sich unkontrolliert selbst runter.«

»Wir haben ein Virenprogramm und aktualisiert ist es auch.«

»Ja, aber haben *sie* auch eins?« Pete sah auf einmal sehr nachdenklich aus. »Wenn wir Kräfte haben und die Website funktioniert nicht mehr, haben wir sie dann für immer?«

»Unmöglich. Wir sind keine Primes. Sie werden nachlassen . . . irgendwann.«

»Vielleicht sind wir ja Primes?«, überlegte Pete. »Primes werden mit Superkräften geboren, wissen aber nichts davon, ist es nicht so? Nicht, bis sie durch irgendetwas ausgelöst werden.«

Lorna machte große Augen. »Vielleicht hast du recht.«

»Nein, bestimmt nicht.« Toby schüttelte den Kopf.

»War ja klar, dass du das sagst«, schoss Pete zurück. Sein harscher Ton ließ Toby überrascht aufhorchen. »Immer versuchst du, uns davon abzuhalten, das zu tun, was *wir* wollen. Aber was hindert uns jetzt noch daran, mit unseren Kräften an die Öffentlichkeit zu gehen? Ein bisschen Geld aus der ganzen Sache herauszuschlagen. Wenn wir sie haben und niemand Zugang zu der Website hat, haben wir nichts mehr zu verstecken.«

Lornas Gesicht leuchtete auf. »Wir könnten in Fernsehshows auftreten!«

Toby hob die Hände, in dem Versuch, sie zur Vernunft zu bringen. »Ausgeschlossen. Das haben wir doch längst besprochen.«

»Falsch, *du* hast gesprochen. Wir haben zugehört«, bemerkte Lorna spitz. »Wir sind diejenigen, die die ganze Zeit da rausgehen und ihren Hals riskieren. Und was kriegen wir dafür? Die blöde Website betet uns die ganze Zeit vor, unseren Mund zu halten.«

Pete stimmte ihr zu. »Und jetzt sieht es so aus, als hätten wir Superkräfte, die wir nicht einmal runterladen müssen. Ich finde, wir sind etwas Besonderes.«

Lorna nickte heftig. »Genau!«

Ihre Stimmen wurden immer lauter und Toby sah sich hastig um, ob ihnen auch niemand zuhörte. Ihm fiel auf, dass Emily sehr still blieb, wahrscheinlich wollte sie sich nicht mit Pete und Lorna streiten. »Aber unsere Kräfte bewirken Gutes. Sie bekämpfen das Böse. Ich weiß, es klingt ätzend, aber wir tragen dazu bei, die Welt zu verbessern. Und man verlässt sich darauf, dass wir nicht darüber reden. Und wenn etwas schiefläuft, sind wir dafür verantwortlich herauszufinden, warum, und wie wir helfen können!«

»Da stimme ich Ihnen voll und ganz zu«, sagte eine Stimme hinter ihnen und ließ sie erschrocken herumfahren. Dicht hinter ihnen stand ein hochgewachsener Mann. Er hielt die Hände verschränkt und musterte sie mit dem Anflug eines Lächelns. Er blickte durch dünne rechteckige Brillengläser mit breitem schwarzem Rahmen, der perfekt zu seinem tadellos geschnittenen schwarzen Anzug, dem blütenweißen Hemd und einer schmalen schwarzen Krawatte passte.

»Wer sind Sie?«, fragte Toby mit fester, aber gedämpfter Stimme.

»Oh, Sie können ruhig lauter reden«, sagte der Mann und wie mit einer Handbewegung über den Schulhof. »Sie können uns nicht hören.«

Toby sah sich um. Alles schien wie immer, im Hintergrund hörte er das übliche Geschrei und Stimmengewirr auf dem Schulhof. Ein Fußball rollte zu ihnen, ein Schüler aus einem der unteren Jahrgänge rannte hinterher und versuchte, ihn einzufangen. Der Ball prallte gegen Petes Bein.

»Pass doch auf!«, knurrte Pete.

Der Junge stand dicht neben ihnen und sammelte mit verwirrt gerunzelter Stirn seinen Ball auf. Seine Augen wanderten über die Gruppe, ohne sie jedoch direkt anzusehen. Dann lief er achselzuckend zu seinen Freunden zurück.

»Sie haben uns unsichtbar gemacht!«, sagte Pete vorwurfsvoll.

»Nicht unsichtbar«, sagte der Mann beiläufig, als redete er übers Wetter. »Nur vorübergehend nicht wahrnehmbar.

Sie sehen uns genau, aber ihr Gehirn zieht es vor, diese Information nicht zu registrieren. Aus den Augenwinkeln sehen sie uns vollkommen klar, doch wenn sie uns direkt ansehen, filtert ihr Gehirn uns heraus. Es ist alles sehr . . . *quantenmechanisch.*«

»Sie haben meine Frage noch nicht beantwortet«, sagte Toby. »Wer sind Sie?«

Der Mann lächelte, allerdings ohne jede Spur von Humor. Seine klugen grauen Augen musterten Toby. »Sie müssen Toby Wilkinson sein. Jaja . . . Sie haben das Zeug zum Anführer. Wenn Sie Ihr Team nur besser auf Kurs halten könnten.«

»Wir sind nicht sein Team«, murmelte Pete, doch der Mann beachtete ihn nicht, seine ganze Aufmerksamkeit galt Toby.

»Ich bin die Person, die Sie rufen müssen, wenn es etwas zu verbergen gilt oder wenn es ein Problem zu lösen gibt.«

In Petes Hinterkopf machte etwas »klick«. Haufenweise unnütze Informationen aus Filmen, Comics und Science-Fiction-Geschichten sprudelten hervor.

»*Men in Black!*«, platzte er heraus. »Sie sind einer von denen!«

Emily lachte verächtlich. »Du hast wohl zu viele Filme gesehen!«

»Nein«, gab Pete unerschütterlich zurück, »die gibt es wirklich. Sie haben die Aufgabe, Leute einzuschüchtern, die glauben, fliegende Untertassen und so 'n Zeug zu sehen, das sie eigentlich nicht sehen sollen.«

»Er hat recht«, bestätigte der Mann ernst und Emilys Grinsen erstarb. »Ich bin einer von diesen zahlreichen Agenten, die gemeinhin als *Men in Black* bezeichnet werden. Es ist ein trauriges Zeichen unserer Zeit, dass man von der Masse ausgesondert wird, weil man elegant gekleidet ist. Betrachten Sie mich als eine Art Anwalt.«

Emilys Eltern waren auch Anwälte, das war ihr vertraut. »Und für wen arbeiten Sie?«

»Für die gleiche Seite wie Sie. Kommen Sie bitte mit, dann erkläre ich es Ihnen.« Er zeigte auf einen schwarzen Geländewagen, der direkt vor dem Schultor stand. Auf dem Parkplatz wimmelte es von Lehrern und Polizisten, die die Schäden begutachteten, die Pete bei seinem Angriff auf Knuckles angerichtet hatte, doch keiner von ihnen beachtete den Wagen im Halteverbot.

»Falls Sie Bedenken haben, sich von einem Fremden mitnehmen zu lassen, kann ich Ihnen versichern, dass Sie nichts zu befürchten haben.«

Lorna lächelte gezwungen. »Ich dachte nicht, dass *wir* diejenigen sind, die ein Risiko eingehen. Sie sind es, der mit vier tödlichen Superhelden in ein Auto steigt.«

Der Mann warf einen Blick auf den Parkplatz, der einem Trümmerfeld glich, dann sah er Lorna mit ernster Miene an. »Verstehe. Dann hoffe ich also, dass ich Ihnen vertrauen kann?«

Die bequemen Rücksitze des Geländewagens boten ihnen zu fünft reichlich Platz. Sie waren so angeordnet, dass sie einander gegenübersaßen, und erst als der Mann die Schiebetür hinter ihnen geschlossen hatte, bemerkte Toby, dass hinter der dunkel abgetönten Trennscheibe ein Fahrer saß. Nur ein sanftes Schaukeln des Wagens verriet, dass sie sich bereits in Bewegung gesetzt hatten.

»Wohin fahren wir?«, fragte Toby scharf.

»Wir haben keine Zeit zu verlieren, also fand ich es besser, unterwegs zu reden.«

Toby sah seine Freunde an. Emily verzog keine Miene, doch sie ließ den Mann keine Sekunde aus den Augen und ihre Finger zuckten, als warteten sie nur auf ein Zeichen, Flammen auf ihn zu werfen. Lorna zuckte die Achseln und lehnte sich in ihrem Sitz zurück. Pete verschränkte die Arme. »Du bist der Teamleiter, wie's aussieht.«

Der Mann klappte einen kleinen Monitor aus der Decke und schwang ihn herum, sodass sie ihn alle im Blick hatten.

»Ich nehme an, Sie würden es gern von jemandem hören, dem Sie vertrauen.«

Ein flimmerndes Bild erschien auf dem Bildschirm: Chamäleon, in seiner natürlichen Gestalt eines gut aussehenden Zwanzigjährigen. Er war blasser als sonst, was durch den spitzen Ansatz seines pechschwarzen Haars noch verstärkt wurde. Eine Narbe, die das letzte Mal, als Pete ihn gesehen hatte, noch nicht da gewesen war, zog sich quer über sein Gesicht.

»Seid gegrüßt, Helden.« Chamäleons Stimme klang angespannt und zögernd. »Dies ist eine Aufzeichnung. Bitte verzeiht die ungewöhnliche Kontaktaufnahme, aber wir sehen harten Zeiten entgegen und die Foundation hat mich beauftragt, einen Superschurken übelster Sorte zur Strecke zu bringen: den Hunter. Ihr könnt Mr Grimm vertrauen. Er wird euch die Lage erklären und ich hoffe, wir können auf eure Unterstützung zählen. Viel Glück.«

Das Bild verschwand wieder.

»Das erklärt so ziemlich alles«, bemerkte Pete sarkastisch.

Ohne sich von Pete aus der Ruhe bringen zu lassen, erklärte Mr Grimm: »Ich habe von der HyperEnergieRechercheOrganisation, kurz H.E.R.O., den Auftrag erhalten, Sie zu finden.«

»Äh . . . von wem oder was, bitte?«, sagte Pete.

»Der Hero Foundation. Sie wissen doch, die Stiftung, die Leute, die Ihnen all die netten Superkräfte gegeben haben, mit denen Sie herumgespielt haben.«

»Hero? Ich dachte, das ist das, was wir sind, nicht die, für die wir arbeiten!«, rief Pete aus.

»Ein Held zu sein, ist ein Geisteszustand, nicht bloß eine Kraft, die man sich aus dem Internet laden kann. Dazu sind selbst Kriminelle fähig.«

Pete sank in seinen Sitz zurück und wurde das Gefühl nicht los, dass Mr Grimm wie eine Kombination sämtlicher Lehrer war, die er nicht ausstehen konnte.

Mr Grimm sah Toby fest an. »Die Website von Hero.com ist einem Sabotageakt zum Opfer gefallen. Zuerst wurde die weltweite Hauptleitung unterbrochen, daher sind Ihre

Kräfte bei der letzten Mission etwas außer Kontrolle geraten. Denn es wurde ein Virus in das System eingeschleust. Und zwar direkt in die Hauptleitung der Bodenstation, sodass sämtliche Firewalls und Virenscanner umgangen wurden. Das war ein regelrechtes Meisterstück. Metamorphe Codierung, wie sie uns bisher noch nie untergekommen ist. Sie löste seltsame Kreisläufe aus und beinhaltete sogar genetische Modifizierungsalgorithmen, die wiederum . . .« Er brach ab, als ihm bewusst wurde, dass seine Gesprächspartner ihn nur verständnislos anstarrten.

»Also . . . es war ziemlich schlimm?«, fasste Toby das Wenige zusammen, das er verstanden hatte.

»Verheerend«, bestätigte Mr Grimm und fasste sich wieder. »Es brauchte fast vierundzwanzig Stunden, um sich auszubreiten, aber am Ende löste es eine biologische Rückkopplung aus. Äh . . . das hübsche Feuerwerk, das aus Ihrem Computerbildschirm schoss.« Es war eindeutig, dass Mr Grimm es nicht gewohnt war, mit Kindern zu reden, und Lorna gefiel die gefühllose Selbstbeherrschung dieses Mannes immer weniger.

»Es war also eine Art Rückkopplung, die uns erwischt hat?«, sagte sie. »Und die Sache mit den Genen, von der Sie sprachen, bezieht sich auf die Art, wie Hero.com unsere Körper verändert und uns Superkräfte gibt, ist das richtig?«

Mr Grimms Augenbraue zuckte kaum merklich, das einzige Anzeichen dafür, dass er beeindruckt war.

»In der Tat. Wie es der Zufall wollte, waren Sie zu dem

Zeitpunkt die Einzigen, die auf der Website eingeloggt waren. Andere Nutzer auf der Erde hatten bereits im Vorfeld ihre Hyperenergie ... äh ... Superkräfte runtergeladen, die seitdem erloschen sind. Andere haben es nach dem Zusammenbruch der Website versucht, ohne Erfolg.«

Pete runzelte die Stirn. Der Ledersitz quietschte, als er sich nach vorn beugte. »Also sind wir ... logischerweise ... die einzigen Helden mit Superkräften?«

Mr Grimms stählerner Blick ruhte auf Pete.

»In der Tat. Das ist auch der Grund, warum jetzt *alles* von Ihrer Entscheidung abhängt. Sie sind die letzten Helden.«

DER AUSBRUCH

Fassungsloses Schweigen folgte Mr Grimms Aussage. Toby meldete sich als Erster zu Wort.

»Das ist unmöglich. Was ist mit Chamäleon oder mit Ihnen? Sie sind doch beide Primes, oder? Wir können unmöglich die Einzigen sein, die noch Superkräfte haben!«

Mr Grimm stützte sein Kinn mit den Fingerspitzen. »Vergessen Sie nicht, was ich gesagt habe: Ein Held zu sein, ist ein Geisteszustand. Es gibt weniger Primes als je zuvor. Früher gab es mal eine Theorie, die besagte, dass Primes in der Evolution des Menschen die nächste Weiterentwicklung wären. Etwas vollkommen Neues. Aber leider brachte die Geschichte mehr Primes hervor, als es heute tatsächlich gibt. Dafür wurden vielfältige Erklärungen herangezogen: Klimaveränderung, Konservierungsmittel in der Nahrung, chemisch gereinigtes Trinkwasser. Was einem gerade einfiel, irgendjemand hatte immer eine Erklärung parat. Tatsache ist allerdings, dass wir den wahren Grund nicht kennen. Jene Primes, die mit Superkräften geboren werden, die sie erst später entdecken, werden immer mehr von, wie soll ich sagen, niederen, gewinnorientierten Motiven beeinflusst.«

Nach kurzem Nachdenken sagte Emily: »Wollen Sie damit sagen, sie werden zu Schurken?«

»Ja. Ich nehme an, ›Kriminelle‹ wäre die passende Bezeichnung. Selbst diejenigen, die nicht darauf aus sind, die Welt zu beherrschen, die guten Jungs, landen irgendwann im Schatten, weil es ständig weniger werden. Dazu verdammt, sich bedeckt zu halten, um nicht ausgerottet zu werden. Die Zeiten, als ein Prime noch für etwas kämpfte, woran er glaubte, sind längst vorbei – sie sind keine Helden mehr, nur noch Menschen, die mit besonderen Kräften ausgestattet sind. Deshalb gibt es Hero.com, um echte Helden zu erschaffen, wenn die, die über Superkräfte verfügen, zu viel Angst haben, sie auch zu benutzen. Ohne Hero.com ist die Hero Foundation nur eine weitere Organisation, die in Schutt und Asche zerfällt, und die Menschheit wird einer Horde von Superschurken gegenüberstehen, denen sie hoffnungslos ausgeliefert ist.«

Die Freunde sahen sich an. So hatten sie sich das Superhelden-Leben garantiert nicht vorgestellt. Eine aussterbende Rasse? Ausrottung? Bislang hatte Mr Grimm nichts beantwortet, im Gegenteil, er hatte noch viel mehr Fragen aufgeworfen. Toby sprach es laut aus.

»Gut«, erwiderte der Mann in Schwarz. »Fragen sind gesund. Das Streben nach Wissen ist eine Aufgabe für Helden, nicht wahr?«

Pete schnippte mit den Fingern und kam sich schlau vor, weil er die Puzzleteile vor allen anderen zusammengefügt hatte. Auch wenn das Bild nicht sehr reizvoll aussah.

»Deshalb haben sie Hero.com geschaffen, um ihre Kräfte mit Leuten zu teilen, die keine hatten? Damit die Helden unter den Primes nicht gezwungen waren, sich zu outen. Um nicht zur Zielscheibe der Bösen zu werden.«

»Eine exzellente Schlussfolgerung. Das wissenschaftliche Zusammentragen von Primes-Kräften war ein Projekt, das unter der Schirmherrschaft der HyperEnergieRechercheOrganisation gestartet wurde, unter Leitung der herausragendsten Köpfe dieser Welt. Mithilfe genetischer Forschung gelang es ihnen, ihre Superkräfte herauszufiltern und zu vervielfältigen. Von dort war es nur ein kleiner Schritt, bis man in der Lage war, die Kräfte in ihrer reinsten Form zu beleben und auf einen normalen Menschen anzuwenden. Die digitale Schnittstelle der Website ist lediglich eine Methode des Quantentransports, um die genetische Information in Ihren Körper einfließen zu lassen. Das ist alles ziemlich kompliziert. Aber die Website sendet ständig Impulse zu Ihrem Körper. Wenn die Impulse aufhören, lassen die Kräfte nach. Irgendwie hat der Impuls zu viele Kräfte in Ihre Körper gebracht, als dass wir sie sicher kontrollieren könnten. Deshalb sind sie instabil und man weiß nie, wann sie ausfallen.«

Toby zog angestrengt die Augenbrauen zusammen. »Ich glaube, ich verstehe es so einigermaßen.«

Mr Grimm zeigte einen Anflug von Lächeln. »Wie ich schon sagte, es ist alles sehr *quantenmechanisch.*«

»Aber warum haben wir jetzt Superkräfte? Ohne einen Download gemacht zu haben?«, wollte Emily wissen.

»Eine unerwartete Nebenwirkung des Viren-Angriffs. Weil Sie als Einzige online waren, haben Sie die volle Wucht der Rückkopplung abbekommen. Dutzende, vielleicht Hunderte von Kräften haben Sie gleichzeitig getroffen. Wir haben keine Ahnung, welcher Natur diese Kräfte sind, wie lange sie anhalten werden oder wie Sie sie steuern könnten. Aber hypothetisch betrachtet müssten sie für eine ganze Woche reichen. Die Zeit müsste genügen.«

»Wofür genau?«, fragte Toby misstrauisch.

»Um bei der Verteidigung der Hero Foundation mitzuhelfen.«

»Nur eine kleine Sache also?«, bemerkte Pete bissig.

»Sie könnten damit anfangen, den Übeltätern auf die Spur zu kommen, die den Sabotageakt auf Hero.com verübt haben, und sie aufhalten, bevor sie zu einem Großangriff auf die Stiftung durchstarten. Sogar jetzt gerade arbeiten unsere Techniker daran, die Website wieder online zu bringen, aber das kann eine Weile dauern. Der Virus hat erheblichen Schaden angerichtet. Solange Hero.com offline bleiben muss, sind die Hero Foundation und die ganze Welt in Gefahr.«

»Verstehe ich das richtig: Wir gehen da raus und riskieren unseren Hals, um eine Bande Superhelden wie Sie zu schützen, die sich feige irgendwo verkriechen, damit die großen bösen Schurken sie nicht verletzen?«, fragte Pete.

Mr Grimms Augen wurden eine Spur schmaler. »Ich hätte es vielleicht etwas eleganter formuliert. Aber Sie haben recht. Wir sind zu wertvoll, um uns einer solchen Gefahr auszusetzen.«

»Mit anderen Worten, auf uns kann die Welt verzichten?«, fauchte Lorna ihn an.

»Sie haben bereits bewiesen, dass Sie Helden sind. Sie haben ihr Leben schon bei mehreren Aufgaben riskiert – angefangen bei Blizzard, bis hin zu den üblichen Kleinkriminellen. Aber jede Handlung, sei es, einen Schläger auszuschalten oder diese Piraten, hat eine riesige Auswirkung auf die ganze Welt.«

Lorna war nicht so leicht zu überzeugen. »Das war etwas ganz anderes! Diese blöden kleinen Jobs, die Toby ausgesucht hat, haben überhaupt nichts verändert. Was macht das schon, wenn eine Schiffsladung von DVD-Raubkopien durch den Zoll kommt? Ein paar Filmgesellschaften verlieren ein bisschen Geld. Das ist doch wohl kaum ein Verbrechen.«

Mr Grimm dachte einen Moment nach. »Haben Sie schon mal vom Schmetterlingseffekt gehört? Das hat auch mit Quantenmechanik zu tun.«

Lorna setzte verwirrt zurück. »Jetzt lenken Sie vom Thema ab.«

»In London schlägt ein Schmetterling mit den Flügeln, wodurch Luftteilchen in Bewegung geraten. Diese Teilchen treffen wiederum andere Teilchen, wie bei einem Flipper. Ein Luftteilchen trifft zwei Teilchen. Die beiden stoßen wieder an zwei Teilchen. Das sind schon vier, die wiederum auf weitere vier treffen und so weiter. Dann acht, sechzehn, zweiunddreißig. Die Anzahl der in Bewegung gebrachten Luftpartikel wächst exponentiell. Mit anderen Worten, bis um den halben Erdball Luftteilchen aufeinandergeprallt sind, ist die Zahl der bewegten Teilchen auf mehrere Tausend Milliarden angewachsen. Das reicht aus, um zum Beispiel einen Wirbelsturm auszulösen, der ganz China verwüsten könnte.«

»Verdammt, ein echter Todesschmetterling!«, murmelte Pete. »Man sollte ihn schnellstens totmachen.«

Emily legte konzentriert die Stirn in Falten. »Also kann eine klitzekleine Aktion viel, viel größere Konsequenzen nach sich ziehen?«

»Die Raubkopien wären verkauft worden, das Geld wäre an organisierte Kriminelle geflossen, die damit Waffen gekauft hätten, um Terroranschläge zu verüben, die viele Menschenleben gekostet hätten. Indem Sie den Frachter gestoppt haben, haben Sie möglicherweise mehreren Hundert Menschen das Leben gerettet.«

»Okay, das verstehe ich jetzt«, sagte Lorna. »Aber das heißt immer noch nicht, dass wir entbehrlich sind.«

»Sie haben dieses Schiff gestoppt, weil Sie dachten, sie würden etwas Gutes tun. Jetzt bittet man Sie darum, eine Katastrophe zu verhindern. Es gibt mehr kriminelle Primes als gesetzestreue. Hero.com wurde geschaffen, um das auszugleichen. Wir können zwar keine neuen Primes erschaffen, aber neue Helden. Ohne das wären Primes gezwungen, sich zu verstecken, wenn sie nicht ausgerottet werden wollen. Es gibt Ausnahmen, eine Handvoll von

Primes, die ihr Leben riskieren. Ich bin einer von ihnen, Chamäleon ist auch so einer.«

»Warum halten Sie dann die Verbrecher nicht selbst auf?«, fragte Pete. Es machte ihn wütend, als »entbehrlich« angesehen zu werden. Irgendwie schien das sein ganzes Lebensgefühl zusammenzufassen.

»Ein guter Einwand. Wir haben alle Hände voll damit zu tun, die Öffentlichkeit zu schützen und die Kriminellen da draußen aufzuhalten, die die Lage zu ihrem Vorteil ausnutzen wollen. Das würde totale Anarchie hervorrufen und die Öffentlichkeit auf unsere Existenz aufmerksam machen.«

»Ist das so schlimm?«, fragte Lorna. »Ich meine das, was Sie als Letztes gesagt haben.«

»Superhelden haben sich jahrhundertlang aus dem öffentlichen Leben herausgehalten, sich so gut wie unsichtbar gemacht. Es würde der Welt nur noch mehr schaden, wenn sie jetzt von unserem Geheimnis erfahren würde. Die Menschen wollen, dass alles seinen gewohnten Gang geht, und möchten gern glauben, dass ihre Anführer alles im Griff haben. Sie fänden die Wahrheit viel zu ... beunruhigend.«

Es folgte ein langes Schweigen, während die Freunde über die Lage nachdachten, in die sie da hineingeraten waren.

Toby nickte. Sein Entschluss war gefasst. »Okay. Wir machen es.«

Lorna starrte ihn entgeistert an. *»Wir?«*

»Komm schon, Lorna, das ist eine Gelegenheit, wirklich etwas Gutes zu bewirken.«

»Er hat recht«, meldete Emily sich zu Wort. Toby war überrascht, in ihr eine Verbündete zu finden. Er sah Pete an, der nur die Achseln zuckte.

»Ich finde zwar immer noch, dafür sollten wir wenigstens eine Gefahrenzulage kriegen, aber okay. Lasst uns die Welt retten. Ist ja nicht das erste Mal.«

Lorna atmete geräuschvoll aus. »Okay, und was sollen wir tun, während Sie, die echten Superhelden, sich in Ihrem Versteck verkriechen?«

Mr Grimm nickte ihr höflich zu. »Demnach sind Sie alle dabei. Wunderbar. Hinter der ganzen Sache stecken offenbar zwei Superschurken. Sie versuchen, andere auf ihre Seite zu ziehen, um gemeinsam die Hero Foundation in die Knie zu zwingen. Eine haben sie bereits rekrutiert, sie nennt sich Trojan. Wir haben den Verdacht, dass sie versuchen werden, einen der Insassen aus der Diablo-Island-Strafvollzugsanstalt zu befreien, der bestens zu ihrem Vorhaben passen würde.«

»Ein Gefängnis?«, fragte Pete.

»Ein Hochsicherheitsgefängnis für Superschurken und den einen oder anderen Superhelden, der mit dem Gesetz in Konflikt gerät.«

»Und wen genau wollen sie da rausholen?«

»Einen höchst gefährlichen Kandidaten mit einer einzigartigen Fähigkeit. Wenn es uns gelingt, die Verdächtigen aufzuhalten, bevor sie versuchen, diesen Gefangenen zu befreien, können wir die ganze Affäre schnell im Keim ersticken.« Mr Grimm sah einen nach dem anderen ernst an. »Alles hängt davon ab, ob Sie erfolgreich sind oder nicht.«

Wieder einmal war es Pete, der mit seinem Sarkasmus die ernste Atmosphäre brach. »Na dann können wir die Sache ja entspannt angehen, was?«

»Wie kommen wir nach Diablo Island?«, wollte Emily wissen.

»Sie fliegen natürlich«, erklärte Mr Grimms knapp.

»Cool, dann haben wir also doch Flugkräfte?«, fragte Pete grinsend.

»Nein. Wie ich sagte. Sie fliegen.«

Erst jetzt merkte Pete, dass der Geländewagen angehalten hatte. Mr Grimm öffnete die Schiebetür. Sie parkten auf einem schlammigen Feldweg, irgendwo auf dem Land. Mitten in einem Acker stand ein schwarzes Bell/Agusta-Tiltrotor-Flugzeug bereit – die schweren helikopterartigen Flügel rotierten bereits. Nach dem Abheben würden die Rotoren wie die Propeller bei einem herkömmlichen Flugzeug nach vorn kippen. Ein wahres Luxustransportmittel.

»Oh«, sagte Pete enttäuscht, »das meinten Sie mit ›fliegen‹.«

Schwere Sturmflutwellen brachen sich donnernd am Ufer und überspülten die bronzefarbene *Nematode*, die hoch auf den Klippen an die Oberfläche gekommen war. Nicht weit von einer verlassenen Kirche, deren rostige Glocke klagend in das Getöse des Sturms einstimmte.

Wurm, Basilisk und Trojan spähten angestrengt durch das gewölbte Kabinendach auf die dem Meer zugewandte Seite von Diablo Island, die hinter dem dichten Regenvorhang verschwamm. Sie waren kurz vor der Küste Islands, an einem Ort, wo sich aufgrund der konstanten Schlechtwetterlage jeder Luftangriff äußerst schwierig gestaltete. Die Insel bestand fast ausschließlich aus eisenhaltigem Felsgestein, was Wurms von Superkräften gesteuerte Transportfertigkeiten wertlos machte und die *Nematode* beim Versuch, sich dort hindurchzugraben, höchstwahrscheinlich zerstören würde.

Die Gefängnismauern erhoben sich am äußersten Rand der Klippen und ragten v-förmig über den Abgrund. Sollte es irgendjemandem gelingen, in einer waghalsigen Rettungsaktion die Klippen zu erklimmen, so hätte er eine dreißig Meter hoch aufragende, glatte, titanbeschichtete Wand vor sich, die über die zerklüfteten Felsen weiter unten hinausragte. Oben auf der Mauer war ein ganzes Sortiment hoch entwickelter Sensoren und Überwachungskameras installiert. Im Inneren der Gefängnisanlage machte gleißendes Flutlicht selbst die langen arktischen Nächte zum Tag. Kurz gesagt, es handelte sich um einen der am besten gesicherten Orte der Welt.

Und doch sah es so aus, als hätte jemand es geschafft auszubrechen. Die Sichtfenster der *Nematode* vergrößerten ihr Zielobjekt wie riesige Ferngläser. »Vergrößerungslinsen. Mein eigener Entwurf«, verkündete Wurm voller Stolz. Seine Mitverschwörer zeigten sich jedoch wenig beeindruckt.

»Vor hundert Jahren war das vielleicht der letzte Schrei, Opa«, bemerkte Trojan und grinste durchtrieben. »Heutzutage würde man eine Kamera benutzen.«

Basilisk starrte fasziniert auf die Insel vor ihnen. »Kein Banktresor ist besser überwacht.«

Ein riesiges Loch klaffte in einer der Mauern und mehrere Bautrupps waren gerade dabei, es wieder zu schließen, streng bewacht von einem ganzen Aufgebot hart gesottener, bis an die Zähne bewaffneter Wachmänner – Vollstrecker: eine geheime Armee, gegründet und finanziert von den Vereinten Nationen, die die Aufgabe hatte, Superschurken in Schach zu halten.

»Sieht aus, als wären wir zu spät gekommen«, stichelte Wurm. »Möglicherweise hat euer Knabe sich schon aus dem Staub gemacht.«

»Es heißt, eine Flucht wäre unmöglich«, sagte Basilisk, den Blick immer noch starr auf die Insel gerichtet.

»Es hieß, eine Flucht wäre unmöglich«, berichtigte Trojan.

»Es war irgendein Neuer, den sie hier eingebuchtet hatten. Ihr habt wohl keinen blassen Schimmer, was abgeht. Echt uncool. Wie wollt ihr eigentlich wissen, was in der Welt so alles passiert?«

»Wurms Fernseher hinkt ein paar Jahrzehnte hinterher«, murrte Basilisk.

»Hunter nennen sie ihn – den ›Jäger‹. Es läuft gerade eine riesige Suchaktion.«

Ein unbehagliches Gefühl beschlich Basilisk, was bei einem Mann, dessen Blick einen anderen zu Stein werden lassen konnte, höchst selten vorkam.

»Hunter? Wer ist das?«

Trojan zuckte die Achseln und wandte sich vom Vergrößerungsschirm ab. Die Sache fing allmählich an, ihr Kopfschmerzen zu bereiten. »Keine Ahnung. Irgend so ein Neuling, wahnsinnig erfolgreich. Klar, dass alle behaupten, hier entkommt keiner. Aber nichts ist unmöglich, wenn ihr mich fragt. Ich habe bislang noch nichts gesehen, wo man nicht rausgekommen wäre.«

Wenn Hunter der war, für den er ihn hielt, sollte Basilisk in Zukunft lieber auch hinten Augen haben.

Wurm rieb sich die Augen. »Also, wie sollen wir jetzt da reinkommen, wo sie die Wachen verdoppelt haben?«

Basilisk riss sich zusammen und wies mit der Hand auf Trojan. »Es gibt in diesem Universum nur sehr wenige Orte, in die Trojan nicht einfach so hineinspazieren kann. Und uns nimmt sie mit.«

Das Flugzeug wurde durchgerüttelt, als sie ein Gebiet mit Turbulenzen durchflogen. Emily hielt sich am Gepäckfach über ihr fest. Sie kam gerade von der Toilette zurück, wo sie ihre Schuluniform gegen eine schlichte schwarze Segeltuchhose und eine schwarze Thermojacke getauscht hatte, die man ihnen gegeben hatte.

»Eine etwas angemessenere Bekleidung für Superhelden«, hatte Mr Grimm bemerkt.

Ihr Wohltäter hatte ihnen eine Präsentation gezeigt, die

zusammenfasste, was man über Basilisk, Wurm und Trojan wusste. Sie hatten einen Videofilm über Diablo Island angesehen. Es erinnerte Toby an einen aufwendigen Werbefilm, mit dramatisch anschwellender Musik und einem Sprecher, der jede Zeile ehrfurchtsvoll betonte. Doch in aller Kürze hatten sie alles über die Vollstrecker und das Inselgefängnis erfahren, das für die Inhaftierung von Superschurken konzipiert worden war.

Toby wurde klar, dass sie diese neue Welt, in die sie da eingetaucht waren, noch nicht einmal ansatzweise kannten. Pete war seltsam still, aber wenigstens hatte sich Lornas Miene etwas aufgehellt, als man ihnen während des Fluges etwas Obst angeboten hatte. Sie hatte fast die ganze Schale allein verputzt.

Auch wenn die Hauptwebsite immer noch offline war, hatte Mr Grimm Zugang zu den RSS-Feeds von Hero.com bekommen, auf denen man die neuesten Nachrichten und Klatschgeschichten nachlesen konnte. Die Schlagzeilen bezogen sich auf die erfolgreiche Flucht des Hunters von der Gefängnisinsel und deren Folgen.

Sie bekamen alle Armbänder in Handyformat mit einem kleinen Touchscreen auf der Oberseite. Mr Grimm erklärte ihnen, dass diese Geräte versuchen würden, den Energiesturm, der momentan durch ihre Körper fegte, zu kontrollieren. Er warnte sie jedoch gleich, dass sich diese Technologie noch im Entwicklungsstadium befand und womöglich nicht hundertprozentig verlässlich wäre. Doch sie sollte ihnen ermöglichen, die Superkräfte, die sie versehentlich runtergeladen hatten, zu benutzen. Obwohl man ohne die Steuerungsimpulse von der Hero.com-Website nicht voraussagen konnte, wie lange die Kräfte anhalten würden und inwieweit sie tatsächlich kontrollierbar wären.

Mr Grimm zeigte ihnen eine kleine Sensorfläche: eine in dem Gerät eingebaute Teleportierfunktion. Er berührte einen transparenten Knopf an der Seite der Einfassung. Eine bräunliche Flüssigkeit spritzte heraus.

»Das ist eine rohe Superkraft?«, fragte Pete staunend.

»Ja, eine künstlich hergestellte Kraft«, erklärte Mr Grimm.

»Sieht aus wie dreckiges Wasser.«

»Es ist gerade stark genug, um Sie nach Hause zu bringen. Es ist bereits vorprogrammiert, sodass Sie nicht visualisieren müssen, wo Sie hinwollen.«

Toby streifte das Armband über sein Handgelenk. Sofort zog es sich eng zusammen und er zuckte erschreckt zusammen, als er mehrere Nadelstiche spürte. Mr Grimm erklärte, es handele sich lediglich um feine Biosensoren, die sich in seine Haut bohrten.

Ein leiser Gong ertönte aus der Lautsprecheranlage des Flugzeugs und der unsichtbare Pilot meldete, dass das Gefängnis vor ihnen lag und sie bereits die Landeerlaubnis erhalten hatten. Lorna und Pete drückten sich die Nasen an den Bullaugen platt. Durch den Regen, der über die Scheiben rann, konnten sie jedoch nur ein paar Lichter erkennen, während sie über der Insel kreisten.

»Ich möchte wenigstens einmal irgendwohin fliegen, wo es warm ist«, murrte Lorna.

Das Tiltrotor-Flugzeug schwenkte herum und brachte die Zwillingspropeller in eine vertikale Position, sodass es senkrecht über dem erhöhten Hubschrauberlandeplatz runtergehen konnte.

Im schallisolierten Inneren des Flugzeugs hörte niemand das Geheul der Alarmsirenen, das plötzlich über die Insel schallte. Auch den am Boden ausgelösten Energieblitz, der mit einem orangefarbenen Feuerball in die Steuerbord-Tragfläche einschlug, sahen sie nicht.

Toby duckte sich entsetzt, als die Tragfläche neben ihm in einem weiteren Feuerball explodierte. Splitter prasselten gegen den Rumpf, durchschlugen Fensterscheiben und rissen riesige Löcher in den Flugzeugkörper – Millimeter von Tobys Kopf entfernt. Das gesamte Flugzeug kippte auf die Seite und stürzte ab wie ein Stein.

Block H 261 war ein ausschließlich für Einzelhaft vorgesehener Ultra-Hochsicherheitstrakt in der Mitte der Insel. Die einzelnen Korridore gingen sternförmig von einer zentralen Sicherheitsanlage aus, die nur unterirdisch über einen Wachraum zugänglich war. Und um dort hineinzugelangen, musste man stolze zwanzig einzelne Sicherheitsschleusen passieren.

Trojan umging das alles, indem sie einfach durch die Wand trat und auf der Mitte des langen, sterilen weißen Korridors stand. Ihr riesiger Umhang blähte sich unnatürlich auf und man sah Basilisk und Wurm darunter hervorkommen, als wären sie einfach durch einen Tunnel gegangen. Was in gewisser Weise ja auch stimmte.

Trojan hatte versucht zu erklären, dass ihre Superkraft nichts mit banaler Teleportation zu tun hatte, sondern sprach von einem quantenmechanischen Tunneleffekt. Genau wie Wurm sich von einem Ort zum anderen durch die Erde graben konnte, konnte sie sich über kurze Distanzen per Quantenverschiebung durch eine beliebige Materie bewegen. Wurm nickte wissend, obwohl ihr Geplapper ihm genauso unverständlich war wie Basilisks Versuche, ihm das Internet zu erklären. Wie viel einfacher das Leben doch in den Vierzigerjahren gewesen war, dachte er im Stillen. Damals mussten die Menschen nur mit dem Krieg fertig werden.

Basilisks Stock klackte auf dem glatten Metallboden, als er sie einen vollkommen nackten Korridor entlangführte, in dem lediglich ein paar Überwachungskameras angebracht waren. Die Architekten hatten nicht geplant, dass jemand so weit vordringen würde, ohne irgendeinen Alarm auszulösen. Am Ende des Gangs gab es nur eine einzige Tür – Zelle G. Basilisk wusste, dass hinter dieser Tür ein Neutralisierungsfeld lag, das mit einem Schlag all ihre Kräfte ausschalten würde, sobald sie die Zelle betraten. Auch Trojan konnte dort nicht einfach hineinschlüpfen, sich die Beute schnappen und verschwinden, weil sie dann selbst in der Falle gesessen hätte. Sie mussten durch diese Tür gelangen, ohne ihre Kräfte einzubüßen. Er wandte sich zu Wurm um.

»Okay, jetzt bist du dran.«

»Ich? Wie sollte ich da durchkommen?«

Basilisk wies auf ein elektronisches Tastenfeld neben der Tür. »Ganz einfach, indem du dich hier durchwindest.«

Wurm drückte seine Handfläche gegen das Feld und ließ seine Fingerspitzen atomisieren und in dessen Bestandteile einfließen. Er schloss die Augen und zuckte zusammen, als er feine Nadelstiche in den Fingerspitzen spürte, während er sich durch jede noch so feine Windung der Drähte und die Schaltstellen des elektronischen Prozessors arbeitete. Beinahe, als würde er mit verbundenen Augen ein altmodisches Zahlenschloss knacken, nur dass es sich hier um digitale Kombinationen handelte. Er musste nicht einmal den Versuch machen, die komplexen Codes zu berechnen, was wahrscheinlich Monate gedauert hätte. Er setzte einfach seine ganze Willenskraft ein und brachte so seine bohrenden Atome dazu, hindurchzufließen wie Wasser durch eine Wasserleitung. Das Schloss gab einen Piepton von sich und nach einigen Sekunden bestätigte ein dumpfes Geräusch hinter der Panzertür, dass die schwere automatische Verriegelung sich geöffnet hatte.

Mit einem zischenden Geräusch schwang die vakuumdichte Tür auf Hydraulikkolben zurück. Dahinter lag eine kreisrunde Kammer, nur von einer einzelnen Einbauleuchte erhellt. Ein massiver Stahlblock mit einer dünnen Matratze als Auflage war das Bett. Eine Decke brauchte man nicht, denn der Raum war klimatisiert. Auf der Bettkante saß ein junger Mann und starrte die Neuankömmlinge an.

»Sei gegrüßt«, sagte Basilisk.

»Das ist er?«, fragte Wurm zweifelnd.

Basilisks Stimme triefte vor Bewunderung. »Vor dir siehst du die zerstörerischste Kraft des Planeten. Das ist Viral.«

Viral war nicht viel älter als fünfundzwanzig, trug eine dreckige schwarze Jeans und ein zerknittertes schwarzes Hemd. Sein langes Haar war zerzaust und er hatte ein bleiches Gesicht mit dunkel geränderten Augen und Stoppelbart. Er sah aus wie ein kranker Grufti, was angesichts der Umstände als erstaunlicher Erfolg zu werten war. Er musterte seine Retter mit zynischem Blick.

»Wer seid ihr?«

»Wir sind deine Fahrkarte nach draußen. Aber du musst tun, was ich verlange.«

Einen Moment lang betrachtete Viral nachdenklich seine kahle Zelle. »Okay, hier hält mich eigentlich nicht besonders viel.« Er stand auf und konnte sich ein Grinsen nicht verkneifen, als seine drei Retter eilig einen Schritt zurücktraten. Während er Trojan von oben bis unten taxierte, versuchte er mit einer Hand, seine Augen vor dem gleißenden Licht auf dem Korridor zu schützen.

»Hi«, begrüßte er sie grinsend und zeigte dabei seine vergilbten Zähne. »Was ist der Plan?«

Trojan zuckte die Achseln. »Ich kann uns hier rausbringen, aber ich werde ein paar Minuten brauchen, um mich wieder aufzuladen.«

»Aufladen?«, sagte Basilisk ungeduldig. »Du bist ein Prime!«

»Durch Wände zu dringen oder durch leeren Raum, ist an sich nicht schwer, aber je größer die Hindernisse sind, desto mehr Kraft kostet es mich. Ich brauche eine Weile, um meine Energiereserven aufzutanken. Das ist bei allen Teleportationskräften so.«

»Die Zeit haben wir aber nicht«, erinnerte Wurm sie, als am anderen Ende des Korridors die Tür krachend aufschlug und ein Dutzend bewaffnete Vollstrecker hereinstürmte. Ein Blick auf ihre Überwachungsmonitore hatte sie alarmiert. Als sie sahen, dass ihr Gefangener dabei war zu fliehen, hoben sie ihre schweren Sturmgewehre.

»Feuer!«

Trojan packte den Rand ihres Umhangs und schwang ihn in weitem Bogen in die Luft. Er dehnte sich aus, bis er fast die Breite des Korridors erreicht hatte, und hing plötzlich wie ein riesiger Schild in der Luft. Die Kugeln trafen auf den festen Stoff, einige prallten ab und schlugen in die Decke und die Wände ein. Direkt vor den Füßen der Vollstrecker sprangen Funken hoch, als einige der Geschosse auf sie zurückflogen.

»Feuer einstellen! Feuer einstellen!«, brüllte einer von ihnen.

Trojan sah ihre Kumpane an. »Ein paar Sekunden haben wir gewonnen. Und was jetzt?«

Basilisk drängte an Trojan vorbei, ihr Umhang fiel schwer zu Boden und schrumpfte wieder auf Originalgröße. Die Vollstrecker sahen sich jetzt Basilisk gegenüber, der seine Kapuze zurückschob.

»Feuer! Feuer!«, schrie derselbe, der ihnen eben noch den Befehl gegeben hatte, das Feuer einzustellen. Die Vollstrecker reagierten verwirrt angesichts dieser widersprüchlichen Anweisungen – und dieses Zögern kam sie teuer zu stehen.

Basilisks Augen glühten auf. Den Vollstreckern kam es vor, als würden sie direkt in die Sonne sehen, während ein plötzlicher Schmerz durch ihren Körper fuhr. Was sich zunächst wie ein Stromschlag anfühlte, verwandelte sich in eine Eiseskälte, als würde man im kalten Meerwasser treiben. Ihnen war nicht bewusst, dass ihr Körper von außen nach innen versteinerte.

Nur vier der Vollstrecker hatten instinktiv den Blick abgewandt – und sahen, wie acht ihrer Gefährten sich innerhalb von Sekunden in graue Steinskulpturen verwandelten.

Die übrigen vier flüchteten durch die Tür hinter ihnen und derjenige, der die Überwachungsmonitore im Auge hatte, war so geistesgegenwärtig, Alarm auszulösen.

Wurm sah sich um, während die Sirenen im gesamten Komplex aufheulten. »Nicht schlecht. Nur noch ungefähr hundert weitere Wachen und wir sind heil hier raus.«

»Dieser Fluchtplan ist echt beschissen«, schnaubte Viral.

Basilisk überhörte die Stichelei und ging weiter auf die zentrale Sicherheitsanlage inmitten der sternförmig abzweigenden Korridore zu. Sie mussten abwarten, bis Trojan ihre Kräfte wieder aufgeladen hatte. Beim Betreten der zentralen Anlage streifte er absichtlich die versteinerten

Wachen, die sofort zu Staub zerfielen. Warum sollte er die Zeit nicht für einen kleinen Spaß nutzen?

Die Anlage bestand aus einer dickwandigen, halbkugelförmigen Kammer, von der aus rundherum weitere Hochsicherheitstüren in die Galerie der Bösen führten. In der Mitte des Raums lag der zylinderförmige Fahrstuhlschacht. Die verstärkten Stahltüren schlossen sich zischend hinter den vier flüchtenden Vollstreckern. Das hier war der einzige Weg, der nach draußen führte.

Die anderen betraten gerade den Raum und Basilisk machte ein paar Schritte weiter, als er merkte, dass die Überwachungskameras ihn mit wachsamem Auge verfolgten. Sekunden später sausten automatische Schnellfeuergeschütze von der Decke herunter. Trojan warf wieder ihren Umhang in die Höhe und gab den anderen Schutz, doch Basilisk befand sich außerhalb ihrer Reichweite. Er konnte sich nur durch einen Sprung zur Seite retten, während die Waffen von der Decke aus feuerten und den Fußboden aufrissen, wo er eben noch gestanden hatte.

Sie schwangen herum und nahmen seine Verfolgung auf, während ganze Salven von Patronenhülsen auf den Boden ratterten. Mehrere Schüsse zerfetzten seinen Karbonfaserstock und schnitten in seine steinernen Arme. Basilisk heulte auf vor Schmerz, doch er blutete nicht. Die Kugeln hatten lediglich tiefe Kratzer auf seinen Unterarmen hinterlassen. Tennisballgroße Löcher zierten den Saum seines Umhangs. Er antwortete mit einem Energiestrahl aus seinen Fingern. Eine der automatischen Waffen explodierte und stürzte ab, baumelte nur noch an einem Funken sprühenden Verbindungskabel von der Decke. Sofort richteten sich die beiden anderen auf ihn aus. Geschickt löschte er sie aus, bevor sie genau zielen konnten.

Trojan nahm ihren Umhang wieder herunter und Wurm klopfte sich den Staub von seinem Gewand.

»Beeindruckend«, sagte er.

Gefolgt von Viral gingen sie an Basilisk vorbei, der, in der Hoffnung, jemand würde ihm aufhelfen, eine Hand ausstreckte. Als die Hilfe ausblieb, rappelte er sich unter Schmerzen mühsam hoch und humpelte Richtung Aufzug.

»Unter diesem hier liegt eine weitere Hochsicherheitskammer, die streng bewacht sein wird. Sie führt nach draußen auf das Innengelände.« Er fuhr herum und funkelte Trojan an. »Bis dahin solltest du in der Lage sein, uns hier rauszubringen.«

Wurm musterte ihn von oben bis unten. »Da draußen werden noch viel mehr Wachen auf uns warten. Das wirst du nicht mehr schaffen, so wie du jetzt schon aussiehst. Und *Nahkampf* gehört nicht zu meinen Stärken.«

Basilisk erwiderte nachdenklich seinen Blick. Daran hatte er auch schon gedacht. Er hatte gehofft, Trojan würde imstande sein, sie einfach hier herauszutransportieren, aber wie immer tauchten irgendwelche unvorhergesehenen Komplikationen auf. Wenn sie warteten, bis Trojan wieder im Vollbesitz ihrer Kräfte war, würden sie den Vollstreckern mehr Zeit geben, sich zu formieren und einen Plan zu entwickeln, die Eindringlinge einzukreisen.

Viral meldete sich zu Wort, seine Stimme war nicht mehr als ein raues Flüstern. »Überlasst sie mir. Ich habe mit denen noch ein Hühnchen zu rupfen, dafür, dass sie mich so lange weggesperrt haben.«

Der untere Bereich der Sicherheitskammer war eigentlich der Boden der gesamten kugelförmigen Konstruktion. Die Wände bogen sich zur runden Fußbodenfläche hin nach innen. Der einzige Ausgang bestand in einem abschüssigen Gang, der in den viereckigen inneren Gefängnishof führte, wo weitere automatische Sicherheitssysteme warteten.

Der Aufzug kam genau in der Mitte des Raumes herunter, einfach ein Rohr, das aus der Decke kam. Hier gab es keine Fahrstuhltüren, die sich öffneten; stattdessen fuhr die Röhre wieder nach oben, nachdem sie die Fahrgäste abgestellt hatte wie aus dem Hut gezauberte Kaninchen. Das bedeutete, dass es anders als in dem darüberliegenden Raum keinen Fahrstuhlschacht gab, hinter dem ein flüchtender Straftäter sich verstecken konnte. »Großraum-Sicherheit« hatten die Architekten es genannt.

Zwanzig Vollstrecker hatten sich in zwei Reihen hintereinander in den engen Raum gezwängt. Die vordere Reihe kniete, damit die hintere ungehindert schießen konnte. Sie alle hielten ihre hypermodernen Heckler-&-Koch-Maschinengewehre fest gegen die Schulter gedrückt im Anschlag und legten den Finger an den Abzug, als die Fahrstuhlröhre langsam von der Decke herunterkam.

Quälend langsam schienen die Sekunden zu verstreichen, bis zu dem Moment, als die Röhre wieder nach oben fuhr und einen einsamen Fahrgast in den Raum entließ. Viral. Er rührte sich nicht von der Stelle und hatte die Hände auf den Kopf gelegt. Angesichts dieses Zeichens der Kapitulation zögerten die Vollstrecker.

Der Gefangene stand immer noch reglos da. Der Kommandant der Vollstrecker hielt es für angebracht, das Wort zu ergreifen.

»Äh . . . keine Bewegung. Dein kleiner Fluchtversuch ist zu Ende, mein Freund.«

Danach ging alles sehr schnell. Viral nickte, als habe er verstanden.

Dann nieste er.

Wenige kostbare Sekunden lang dachte der Kommandant, der Gefangene füge sich in sein Schicksal. Dann erkannte plötzlich einer seiner Leute, welcher Häftling dort vor ihnen stand, doch es war bereits zu spät, um auch nur den Mund zu bedecken.

Der Nieser hatte die typische Geschwindigkeit von einhundertfünfzig Stundenkilometern. Innerhalb von drei Sekunden hatten sich Millionen winziger Viren wie eine Wolke über die Vollstrecker ausgebreitet. Viral besaß die Kraft, Krankheiten seiner Wahl hervorzurufen und zu verbreiten, die beinahe durch nichts aufzuhalten waren.

Fünf Sekunden später krümmten sich die Vollstrecker allesamt von Magenkrämpfen geschüttelt am Boden. Ihre Augen traten aus den Höhlen und sie spuckten Blut, während ihre Gliedmaßen bereits in Leichenstarre verfielen. Nach zehn Sekunden war keiner der Soldaten mehr am Leben. Mit schmalem Lächeln betrachtete Viral sein Werk. Es war Jahre her, dass er seine Kraft zum letzten Mal eingesetzt hatte, und es fühlte sich absolut fantastisch an.

Die Fahrstuhlröhre surrte ein zweites Mal von der Decke und brachte Basilisk, Wurm und Trojan herunter. Mit einer Mischung aus Bewunderung und Schrecken betrachteten sie die toten Wachen.

»Fantastisch«, sagte Trojan. »Es stimmt also, was sie über dich erzählen? Wir werden uns doch nichts einfangen, oder?«

Viral zwinkerte ihr zu. »Meine Infektion starb im selben Moment wie die Wachen. Du hast nichts zu befürchten.«

Basilisk hatte Mühe, über die reglosen Körper der Vollstrecker hinwegzusteigen, und zuckte jedes Mal zusammen, wenn er mit einem von ihnen in Berührung kam. Wurm sammelte eine der Waffen auf, die aufgrund seiner kleinwüchsigen Gestalt in seinen Händen grotesk überdimensioniert wirkte. Er verließ nach den anderen den Raum und bedeckte seinen Mund schützend mit dem Ärmel, für den Fall, dass er doch verseuchte Luft einatmete.

Basilisk kümmerte sich wieder um die automatischen Waffen auf dem Korridor, doch jeder Energieausstoß zehrte an seinen Kräften.

Draußen heulten die Alarmsirenen noch lauter und Basilisk sah, wie die Vollstrecker eilig Deckung suchten. Der abschüssige Gang mündete in die Mitte des Innenhofs. Bis zur nächsten Mauer oder einer anderen Deckungsmöglichkeit waren es mindestens dreißig Meter. Wieder einmal arbeitete das Konzept der »Großraum-Sicherheit« eindeutig gegen ihn. Sie brauchten irgendeine Art Schutz.

Als Basilisk nach oben blickte, sah er, wie ein doppelmotoriges Flugzeug gerade zur Landung ansetzte. Die Kipprotoren wechselten von der horizontalen Position in die vertikale, während die Maschine über dem Hubschrauberlandeplatz auf einem der Versorgungsgebäude schwebte. Das würde ihnen genau die Deckung geben, die sie brauchten.

Basilisk bündelte sämtliche Kraftreserven und schoss einen gewaltigen Energiestrahl aus seinen Händen, der ihn in die Knie sacken ließ. Der Blitz traf einen der Rotoren und riss eine der Tragflächen ab. Wie vorauszusehen kippte das Flugzeug zur Seite und stürzte auf das Gebäude darunter. Von der Wucht des noch intakten Rotors mitgerissen, wurde die Maschine weitergeschleudert und schlug krachend im Innenhof auf, als die zweite Tragfläche explodierte – Rotorteile flogen in alle Richtungen. Die auf dem Dach postierten Vollstrecker mussten sich schnell ducken, um nicht enthauptet zu werden.

Wurm feuerte mit seinem geklauten Gewehr wild um sich, während sie quer über das Innengelände rannten und hinter dem abgestürzten Flugzeug in Deckung gingen. Der Rückstoß aus der Waffe holte das kleine Männchen fast von den Füßen. Wieder einmal dachte niemand daran, Basilisk Hilfe anzubieten, der fast nicht mehr konnte. Nur unter Aufbietung aller Willenskraft schaffte er es, aufzustehen und den anderen in den Schutz der abgestürzten Maschine zu folgen.

Toby schwor sich, nie wieder in ein Flugzeug zu steigen. Irgendwie stürzten die Dinger ständig ab, sobald er drinsaß. Die roten Lämpchen der Notbeleuchtung schienen schwach durch den Rauch, der den Innenraum der Maschine zu füllen begann. Er musste den Kopf unten halten, damit er überhaupt noch Luft bekam. Alles, was nicht festgezurrt gewesen war, verteilte sich jetzt auf dem Boden ... auf der *Decke*, korrigierte Toby sich, denn die Maschine lag auf dem Rücken. Er konnte schon die Hitze der brennenden Tragflächen spüren, es war nur noch eine Frage der Zeit, bis auch der Innenraum in Flammen aufgehen würde.

»Lorna! Em? Pete?«, rief er. Seine Augen begannen allmählich zu brennen.

»Wir sind hier!«, schrie Emily zurück. Die Mädchen hatten beherzt den Piloten und den Kopiloten, die beide bewusstlos waren, aus dem Cockpit gezogen, doch von Mr Grimm fehlte jede Spur. Ein tiefer Schnitt zog sich über Emilys Wange, der jedoch vor Tobys Augen wie von selbst verheilte und verschwand – ein Effekt ihrer nach dem Zufallsprinzip wirkenden Superkräfte. Neben ihr bedeckte Lorna ihren Mund schützend mit dem hochgeschlagenen Kragen ihrer Jacke, um den Rauch nicht einatmen zu müssen.

»Wo ist Pete?«, fragte Toby.

Ein furchtbares Geräusch ließ sie herumfahren: In der Bordwand klaffte plötzlich ein riesiges Loch. Darin erhob sich eine riesige, muskulöse Gestalt – Pete hatte auf einmal enorm angeschwollene, vor Kraft strotzende Oberarme, als hätte er sich von Geburt an nur von Eisen ernährt. Toby hatte eine ähnliche Verwandlung durchgemacht, als er damals Blizzard gegenübergestanden hatte. Petes Kräfte schienen noch weitaus beeindruckender, denn aus seinen Armen schlugen Flammen. An Petes fehlender Reaktion erkannte Toby, dass es sich um eine Fehlfunktion von Superkräften handeln musste, eine Art Kreuzreaktion.

Auf dem Innenhof herrschte heilloses Chaos. Pete schleuderte ein Stück der Flugzeugwand von sich, das er herausgerissen hatte, um seinen Freunden einen Ausgang zu schaffen. Das Wrackteil traf Wurm und Viral, die durch die Wucht des Aufpralls quer über das Gelände geschleudert wurden. Basilisk riss vor Staunen die Augen auf, als er Pete aus dem Flugzeugwrack steigen sah.

»Superhelden!«, schrie er, um die anderen zu warnen. Basilisk war davon ausgegangen, dass alle Primes sich versteckt halten würden und es, solange die Website außer Funktion war, keine nachgemachten Superhelden wie diese Truppe da geben würde. Noch eine Komplikation, mit der er nicht gerechnet hatte. Basilisk fühlte sich allmählich entmutigt.

Am äußersten Rand des Geländes sammelten sich Vollstrecker. Sie wussten nicht, ob das abgestürzte Flugzeug Helden brachte oder mehr Superschurken zur Inhaftierung. Sie beschlossen, auf Nummer sicher zu gehen, und schossen ausnahmslos auf alle.

Toby, Emily und Lorna rannten aus dem brennenden Flugzeug und schleppten die Piloten hinter sich her. Entsetzt blickten sie sich um, als ein Kugelhagel den Boden direkt vor ihren Füßen zerschlug.

Lorna schrie aus vollem Hals: »Hört auf zu schießen, ihr Idioten! Wir stehen auf eurer Seite!«

Emily hob instinktiv schützend die Hand und plötzlich hüllte ein Energiefeld die beiden ein – allerdings reichte es nicht bis zu Toby.

Ohne lange nachzudenken, schnellte Toby in die Luft und stellte erleichtert fest, dass er fliegen konnte. Er kreiste über dem Schlachtfeld, um sich einen Überblick zu verschaffen. Er entdeckte Wurm und Basilisk, die beiden Hauptübeltäter, über die man sie informiert hatte. Basilisk war offenbar am Bein verletzt und stützte sich an einem Wrackteil ab. Toby fand, dass Wurm mindestens so hässlich aussah wie auf dem Foto. Sein leuchtend roter Umhang war eine sichere Zielscheibe und die Brosche, die ihn zusammenhielt, reflektierte das gleißende Licht der über dem Gelände kreisenden Suchscheinwerfer. Ihr verschlungenes Muster flackerte vor Tobys Augen ...

Toby spürte, wie die kreisenden Bewegungen ihn geradezu hypnotisierten. Er merkte, wie er sich trotz des Chaos rundherum auf einmal entspannte und er keinen Grund mehr sah, irgendetwas zu tun, außer auf dieses leuchtende Ding zu starren ...

Pete trat in Tobys Gesichtsfeld und brach damit den Bann. Toby schüttelte kräftig den Kopf, um der hypnotischen Kraft zu entkommen, und erinnerte sich, dass Mr Grimm sie vor Wurms archaischen Schurkenkräften wie dieser Hypnose-Scheibe gewarnt hatte.

Toby bemerkte die beiden anderen Verbrecher. Allen Informationen nach musste die eine Trojan sein und der dürre Grufti neben ihr war sicher Viral, der Gefangene, der laut Mr Grimms Vermutungen befreit werden sollte.

Allerhöchste Zeit, diesem Knastausbruch ein Ende zu setzen, dachte er.

Abgesehen von den Superschurken stellte die Truppe der Vollstrecker die größte Gefahr für seine Freunde dar. Toby sah, dass eine abgerissene Tragfläche gegen eine der Außenmauern gekippt war und vor dem Kugelhagel Deckung bieten könnte. Er gestikulierte wild und schrie: »Lorna! Lauft zu der Tragfläche dort! Bringt die Piloten aus der Schusslinie!«

»Seid ihr taub! Hört auf zu schießen!«, schrie Emily wütend, während ihnen weiter die Kugeln um den Kopf schwirrten. Natürlich hörten die Vollstrecker nicht darauf. Es hätte sie aber auch gewundert, wenn gestandene Soldaten sich von solchen Bitten hätten erweichen lassen.

Die heißen Flammen, die über Petes Körper züngelten, brachten die Kugeln zum Schmelzen, bevor sie ihn treffen konnten. Er spürte nur ein Aufklatschen von geschmolzenem Metall, das sich auf seinem muskelstrotzenden Körper anfühlte wie harmlose Wasserbomben.

Basilisk hatte nicht mehr die Kraft, gegen drei Fronten gleichzeitig zu kämpfen, und zielte auf die Mädchen, die sich auf die eine Außenmauer zubewegten.

Viral hatte sich wieder aufgerappelt und feuerte einen schwarzen Nebel auf Pete. Der antwortete mit einem peitschenähnlichen Feuerband, das den tödlichen Virenschwarm einfing und ihn verbrannte.

Toby war beeindruckt von Petes Fähigkeit, sich der abrupt veränderten Situation anzupassen. Er versuchte, zu Petes Angreifer hinüberzusegeln, stellte jedoch fest, dass er nicht vorwärtskam. Verwirrt versuchte er, nach oben und wieder nach unten zu fliegen, was ihm auch ohne Mühe gelang – nur herumfliegen klappte nicht. Es musste die gleiche Kraft sein, die Pete vor einer Woche versehentlich runtergeladen hatte, als sie ein paar Gangster außer Gefecht setzen sollten – *Schweben*.

Auf der Stelle schweben, hoch und runter, das war alles, was er konnte.

Wurm krabbelte unter einem großen Wrackteil hervor. Seine Augen trafen Tobys – und für den Bruchteil einer Sekunde flackerte ein vages Wiedererkennen in ihnen auf, eine Verbindung in der Vergangenheit? Was natürlich unmöglich war. Das Geräusch dicht an ihm vorbeipfeifender Kugeln brachte Wurm unsanft zurück in die Gegenwart. Seine Kräfte waren hier absolut nutzlos. In dem felsigen Untergrund konnte er sich nicht einmal vergraben.

Doch der über dem Schlachtfeld schwebende Junge bot ein leichtes Ziel, stellte er fest und richtete seine Waffe auf ihn. Beim Knall des Gewehrs kniff er die Augen zusammen.

Gleichzeitig hatten die Vollstrecker sich dasselbe Ziel ausgesucht.

Toby unterbrach seine Schwebkraft und ließ sich ein paar Meter tiefer auf den Boden fallen – gerade, als einige schnell aufeinanderfolgende Salven dort durch die Luft fegten, wo er eben noch gewesen war. Er rollte ab, kam auf die Füße und streckte seine Hände nach vorn, in der Hoffnung, vielleicht über irgendeine Art von Schusskraft zu verfügen.

Das Glück war auf seiner Seite.

Wurm öffnete die Augen, um nachzusehen, ob er sein Opfer getroffen hatte. In diesem Moment zielte der Junge gerade auf ihn – ein Blitzstrahl zuckte aus seinen Fingerspitzen und zerschlug Wurms Waffe in zwei Teile.

Emily und Lorna hatten die Piloten gerade sicher zwischen Tragfläche und Mauer verstaut, als die Kraft von Emilys Schutzschild nachzulassen begann. Zuerst erzitterte es beim Einschlag der Kugel nur wie Wackelpudding, kurz darauf war es nur noch Wasser. Für den Bruchteil einer Sekunde hing der Wasserschild noch in der Luft, bevor sich der ganze Schwall auf den Boden ergoss.

»Unsere Kräfte verändern sich!«, rief Lorna, als sie ihre Freundin in den Schutz einer brennenden Tragfläche zerrte.

Toby schleuderte einen weiteren Kugelblitz. Ein Funkenstrahl zischte auf Wurm zu – doch plötzlich löste sich der Blitz in Rauch auf.

Trojan hatte sich unter ihrem Schild geduckt, während um sie der Kampf tobte. Jetzt spürte sie, dass ihre Kräfte zurückgekehrt waren. »Los geht's!«, schrie sie und wirbelte ihren Umhang durch die Luft.

Wurm machte auf dem Absatz kehrt und rannte davon. Er hatte gesehen, wie Pete sich zu ihm umdrehte – züngelnde Flammen zuckten mittlerweile von Kopf bis Fuß über seinen Körper – und daraufhin war Wurm schlagartig zum Leben erwacht.

Toby musste seinen Blick von Pete losreißen, der ein beeindruckendes Bild abgab, und sah sich stattdessen Viral gegenüber, der sich ihm in den Weg stellte. Der Schurke grinste humorlos und packte Tobys Unterarme, bevor dieser Zeit hatte, eine andere Kraft zu aktivieren.

»Schicken sie jetzt etwa schon Kleinkinder los, um Viral aufzuhalten? Die wollen mich wohl beleidigen!«

Toby versuchte, sich dem Griff zu entwinden, doch der spindeldürre Typ entwickelte erstaunliche Kräfte. Toby dachte schon, seine Kräfte hätten ihn verlassen.

»Weißt du, was ich kann?«, knurrte Viral. »Welche Höllenqualen ich dir bereiten kann?«

Toby sah Viral in die gelblichen, blutunterlaufenen Augen und hatte Mühe, seinen Abscheu zu verbergen. Zischend wurden Virals Hände schwarz und Tobys Ärmel begannen zu verrotten, das Material zerfiel einfach. Als sich der Stoff unter Virals Fingern auflöste und diese direkt sein Handgelenk berührten, durchfuhr ihn ein stechender Schmerz, der seine Knie erzittern ließ.

Mit aller Kraft riss Toby seine Arme los – und dieses Mal kehrten seine Superkräfte mit solcher Wucht zurück, dass Viral laut aufheulte, als ihm die Arme beinahe aus den Gelenken gerissen wurden. Toby drehte sich um und rannte davon, er hatte absolut keine Lust, sich noch länger mit diesem Freak herumzuschlagen. Viral schnappte nach ihm und erwischte Tobys Jacke, doch der Stoff zersetzte sich unter seiner Berührung und fiel von Toby ab – der floh.

Die Vollstrecker stellten das Feuer ein, sobald es ihnen endlich gelungen war, die bösen Jungs von den guten zu unterscheiden.

»Komm schon, Junge! Zeit zu verschwinden!«, rief Wurm.

Daraufhin gab Viral Tobys Verfolgung auf. Immer mehr Geschosse der Vollstrecker pfiffen ihm um die Ohren und er suchte Schutz in den tiefen Falten von Trojans Umhang.

Basilisk hievte sich selbst hoch und humpelte auf Trojan zu, doch seine Beine gaben unter ihm nach und er fiel der Länge nach hin. Er streckte Hilfe suchend die Hand aus – und spürte plötzlich einen sengenden Schmerz in Taillenhöhe, als Pete ihn mit seinen flammenden Händen packte und hochnahm wie eine Puppe. Basilisk ruderte hilflos mit Armen und Beinen.

Rasend vor Wut beobachtete Basilisk, wie Trojan ihren Umhang schützend um Viral und Wurm wickelte. Sie sah ihn ein letztes Mal mit einer Spur von Bedauern an. Dann wirbelte ihr Umhang und verdeckte sie selbst. Basilisk musste zusehen, wie er zu einem winzigen Punkt schrumpfte und sich in Nichts auflöste.

Basilisk heulte frustriert auf. Die Schlüsselfigur ihres Plans hatten sie erfolgreich befreit – doch ihr Superhirn hatten sie schnöde im Stich gelassen.

EINE NEUE PERSPEKTIVE

Pete rieb sich den Schlaf aus den Augen. Ihn ärgerte die letzte Wendung im Lauf der Ereignisse ganz besonders und er ließ es an jedem aus, der es wagte, ihn anzusprechen.

Nachdem die Superschurken von Diablo Island verschwunden waren, hatten die Vollstrecker das Feuer eingestellt und Pete und den anderen zugerufen, sie sollten sich ergeben. Nach wie vor schlugen Flammen aus Petes Körper und er stand mit seiner beachtlichen Größe von fast zwei Metern da. Basilisk hielt er immer noch mit seinen Bärenpranken umklammert. Es war ein Rätsel, warum der Schurke dort nicht längst zu einem Häufchen Asche verbrannt war. Doch sosehr er es auch versuchte, Pete schaffte es beim besten Willen nicht, seine Kräfte zu deaktivieren. Und je mehr er sich selbst unter Druck setzte, desto mehr Flammen züngelten bedrohlich aus seinem Körper.

Toby blickte nervös zu Emily und Lorna. Sie hatten alle den gleichen Gedanken – es war nur noch eine Frage der Zeit, bis die Vollstrecker wieder auf sie schießen würden. Tobys Blick schweifte über die Wachen oben auf den Außenmauern, die sie bereits umzingelt hatten. Langsam legten sie ihre Gewehre an. In Sekundenschnelle fasste er eine Entscheidung.

»Lasst uns hier rauskommen!«, schrie er, während er seinen Ärmel zurückschlug und den Teleportations-Knopf auf dem Armband drückte, das Mr Grimm ihnen gegeben hatte.

Die Welt löste sich in bunte Blitze auf, dann standen sie plötzlich mitten auf einem Feld, während langsam die Sonne unterging. Etwas weiter weg erkannte Toby die Lichter ihrer Heimatstadt, und als er sich zu den anderen umdrehte, musste er vor Überraschung zweimal hinsehen.

Erstens, weil Basilisk dort bewusstlos am Boden lag, sein Umhang schwelte immer noch. Toby hatte automatisch angenommen, dass das Armband nur sie selbst teleportieren würde. Er hatte nicht erwartet, dass der Superschurke sie begleiten würde, auch wenn Pete ihn noch immer festhielt. Die zweite Überraschung war, dass Pete keineswegs zu seiner normalen Gestalt zurückgefunden hatte. Es war ein seltsamer Anblick, als der flammenwerfende Riese auf die Knie sackte und sich krümmte, um gegen die Übelkeit anzukämpfen, die ihn jedes Mal beim Teleportieren überkam. Selbst mit verwandeltem Körper schien Pete sich nicht daran gewöhnen zu können.

Emily und Lorna konnten nur hilflos zusehen, wie die Flammen von Pete auf das trockene Gras übergriffen. Toby half ihnen beim Austreten der kleinen Feuer, die überall aufflackerten. Sie schrien ihn an, er solle sich endlich beruhigen und versuchen, seine Kräfte abzustellen.

Pete brauchte ein paar Minuten, bis er sich etwas entspannte. Er versuchte, die Flammen loszuwerden, indem er sich in den Wasserlachen einer tiefen Treckerspur wälzte, doch es hatte nur den Effekt, dass das Wasser zischend verdampfte. Erst als er sich hinsetzte und tief durchatmete, erloschen die Flammen und er schrumpfte auf seine normale Größe.

Blieb allerdings immer noch der bewusstlose Superschurke. Pete und Toby fesselten ihm die Hände mit ihren Gürteln und hofften, er würde nicht so bald wieder aufwachen. Pete wollte schon die Kapuze des Bösewichts abziehen – doch Toby hielt ihn zurück und erinnerte sie an Basilisks Versteinerungskräfte. Stattdessen band Pete seine Jacke über Basilisks Kopf, um kein Risiko einzugehen.

Die vier mussten Basilisk mit vereinten Kräften schleppen und sie kamen über die unwegsamen Felder nur mühsam voran. Emily hatte versucht, irgendeine Super-Muskelkraft hervorzurufen, aber so wie es aussah, hatten sich ihre Superkräfte momentan schlafen gelegt.

Die nächste Frage war, was sie nun mit Basilisk anfangen sollten. Pete und Toby waren beide dafür, ihn zumindest für ein paar Stunden in Tobys Garage unterzubringen und ihn zu knebeln, sodass er Tobys Eltern nicht alarmieren konnte. Aber Lorna war strikt dagegen. Toby war etwas überrascht angesichts dieser Reaktion seiner Schwester und nahm an, dass der Gedanke, einen Superschurken im Haus zu haben, ihr Angst machte.

Emilys Garage wurde ständig benutzt. Blieb noch Pete,

der sie daran erinnerte, dass seine Familie keine Garage besaß, ganz zu schweigen von einem Auto.

Toby wusste aber, dass sie einen großen Schuppen hatten, den Petes Eltern nie benutzten. Pete hatte rundweg abgelehnt – doch irgendwann gab er dem Drängen seiner Freunde nach, obwohl er fand, dass es schon an Mobbing grenzte.

Eine Stunde später fand Pete sich in seinem dunklen Schuppen wieder, allein und nur mit einer Taschenlampe bewaffnet. Basilisk war noch immer bewusstlos, jetzt mit einem Sack über dem Kopf und darüber einem Knebel. Anstelle eines Seils hatten sie für die Fesseln ein dickes Verlängerungskabel genommen. Pete war sauer, dass sich seine Freunde wie vorauszusehen alle mit irgendeiner Ausrede nach Hause verdrückt und die Bewachung des Gefangenen ihm überlassen hatten.

Er saß da und brütete wütend vor sich hin. Das Geschrei, das aus dem Küchenfenster drang, konnte er bis hierher hören. Seine Eltern stritten sich wieder einmal. Es war zu einem Dauerzustand geworden, dem er immer weniger aus dem Weg gehen konnte. Obwohl sie jedes Mal aufhörten, wenn er ins Zimmer kam, spürte er die Bitterkeit und die gereizte Atmosphäre, die zwischen ihnen herrschte. Da blieb er lieber hier im Schuppen in Gesellschaft des gefangenen Superschurken.

Eigentlich wollte Toby Pete sein Handy leihen, doch dann hatte er festgestellt, dass er es anscheinend bei seinem Gerangel mit Viral verloren hatte. Lorna hatte ihres angeboten, für den Fall, dass Pete Hilfe brauchte. Jetzt starrte er auf das Display und fragte sich, ob er vielleicht Toby anrufen und ein bisschen mit ihm quatschen sollte, um die Langeweile zu vertreiben. Doch er entschied sich dagegen. Denn eins war sicher: Seit der Entdeckung von Hero.com hatte ihre Freundschaft ziemlich gelitten.

Der Zugang zu Hero.com war zu einem ewigen Streitthema zwischen ihnen geworden. Außerdem ging es Pete mehr und mehr auf die Nerven, dass Toby automatisch annahm, er hätte in ihrem Team das Sagen. Als Pete vorgeschlagen hatte, sich einen Teamnamen und ein einheitliches Superhelden-Outfit auszudenken, war Toby der Erste gewesen, der diese Idee abgebügelt hatte. Je mehr er darüber nachdachte, desto klarer wurde ihm, dass Hero.com kein Geschenk, sondern ein Fluch war: Die Website ruinierte ihre Freundschaft und brachte sie ständig in Gefahr.

Allerdings war es auch ein Weg, um seinen Problemen zu Hause und in der Schule zu entkommen. Pete malte sich aus, wie viel mehr Spaß es gemacht hätte, wenn er allein auf die Website gestoßen wäre. Es wäre sein Geheimnis gewesen und er hätte die Superkräfte nutzen können, um sich aus seinem momentan eher tristen Dasein zu befreien.

Er dachte daran, Emily anzurufen. Doch in letzter Zeit war er immer so nervös geworden, wenn er mit ihr redete. Hoffentlich war er nicht dabei, sich in sie zu verlieben – das wäre ja *furchtbar*. Sie schien ohnehin mehr an Toby interessiert zu sein.

Typisch, sein Freund musste ihm auch immer *alles* wegschnappen.

Blieb also niemand, den er hätte anrufen können. Das verstärkte wieder ein bisschen mehr dieses hohle Gefühl in der Magengrube, das er in letzter Zeit häufiger gespürt hatte.

Basilisk bewegte sich und begann sofort, an seinen Fesseln zu zerren, dann stieß er durch den Knebel gedämpfte Flüche aus.

»Ganz ruhig«, sagte Pete und versuchte, das ängstliche Zittern in seiner Stimme zu unterdrücken. »Du bist Gefangener der ... der ...«

Ihm wollte kein passender Superhelden-Name einfallen. Weil keiner von ihnen über spezifische Superkräfte verfügte, war es schwierig, ihnen einen »Markennamen« zu geben, und *Pete* klang nicht besonders beeindruckend.

»Wir arbeiten für die Hero Foundation, also versuche es lieber erst gar nicht. Es sein denn, du möchtest, dass ich dir wieder ein bisschen einheize.«

Basilisk beruhigte sich wieder und murmelte irgendetwas Unzusammenhängendes. Pete zögerte. Eigentlich hatte er den anderen versprochen, den Knebel nicht abzunehmen, aber da er gerade niemanden zum Reden hatte, konnte er genauso gut den Gefangenen verhören.

»Ich werde jetzt deinen Knebel abnehmen. Ein Schrei oder ein Versuch aufzustehen und in deinen Kopf schlägt ein Blitz ein, verstanden?«

»Argh-ah«, erwiderte Basilisk.

Pete übersetzte das als ein Ja, ging versuchsweise um Basilisk herum und löste den Knebel. Der Superschurke holte tief Luft.

»Du bist ein Downloader?«

»Ja, und eine Menge ziemlich verärgerter Leute will mit dir darüber reden, dass du diesen Virus in unser System eingeschleust hast.« Er nahm einen alten zerbrochenen Badezimmerspiegel von einem Hocker und setzte sich.

»Der Virus war nur ein kleiner Vorgeschmack auf alles, was noch kommen wird«, erklärte Basilisk ruhig. »Das ist noch gar nichts im Vergleich zu dem unmittelbar bevorstehenden Untergang eurer geliebten kleinen Stiftung. Dann werdet ihr wieder nur ein Haufen stinknormaler Kinder sein.«

Seine Worte versetzten Pete einen Stich, besonders der Ausdruck *stinknormal*.

Basilisk fuhr fort. »Ehrlich gesagt, überrascht es mich, dass ihr immer noch in der Lage seid, Superkräfte runterzuladen.«

»Wir waren die Einzigen, die es geschafft haben. Aber die Kräfte sind etwas schwer zu steuern.« Das war ihm rausgerutscht, bevor ihm klar wurde, dass er fast alles verraten hatte.

»Höchst interessant. Nur ihr vier, sagst du?«

»Natürlich gibt es noch andere«, berichtigte Pete schnell.

Basilisk wusste, dass er trotz der Umstände im Vorteil war. Er prustete verächtlich. »Meinst du etwa die Primes? Die *echten* Helden, nicht so Spielzeugfiguren wie du und deine Freunde. Nun, auf Diablo Island habe ich keine Primes herumfliegen sehen. Und auch jetzt höre ich sie dir nicht zu Hilfe eilen.«

Pete überprüfte nervös die Knoten an Basilisks Fesseln und hoffte insgeheim, dass sie fest genug waren. Wie viel Super-Muskelkraft Basilisk auch haben mochte, er konnte niemals ausreichend Hebelkraft aufbringen, um die Drähte zu zerreißen. Zumindest hatte Lorna das behauptet. Pete begann allmählich, daran zu zweifeln, und er tastete nach dem Handy in seiner Tasche.

»Die meisten Primes sind verdammte Feiglinge; nun ja, jedenfalls diese sogenannten Helden, meine unterdrückten Brüder und ich natürlich nicht. Wir sind bereit, unseren Kopf hinzuhalten, während die Leute, für die ihr arbeitet, sich lieber hinter Kindern wie euch verstecken.«

Pete gab es ungern zu, aber in diesem Punkt musste er dem Superschurken zustimmen. Ihre Mission auf Diablo Island hatte es gerade bewiesen.

»Ihr hattet also vor, die Konkurrenz auszuschalten?«, sagte Pete.

»Eine interessante Art, es zu formulieren. Vielleicht bist du doch nicht so einfältig wie deine Freunde . . .« Basilisk drehte seinen Kopf hin und her, als könnte er in dem düsteren Schuppen alles klar sehen. ». . . die nicht hier sind. Demnach musst du ihr Anführer sein. Der Mutige, der den Oberschurken verhören soll, bevor er ihn ausliefert?« Er machte eine Kunstpause. »Ich nehme an, das ist die Wahrheit, schließlich würde kein Held seinen Freund mit einem berüchtigten Verbrecher wie mir allein lassen, oder?«

Pete schwieg sicherheitshalber, aus Angst, ihm offen zuzustimmen. Er dachte daran, wie seine Freunde gerade gemütlich bei sich zu Hause saßen, ohne Eltern, die sich im Hintergrund lautstark stritten.

Nie hatte er sich so einsam gefühlt.

Toby trommelte auf der Maus herum; die Website war immer noch offline. Er hatte versucht, unter »VIRAL« etwas über den Superschurken herauszufinden, doch das normale Internet war in diesem Fall nutzlos. Er brauchte die Verbrecherkartei auf Hero.com, um mehr Informationen über ihre Gegenspieler zu bekommen. Außerdem musste er jemandem offiziell mitteilen, dass sie Basilisk gefangen hatten, aber selbst die E-Mail-Funktion der Seite war tot und Mr Grimm schien spurlos verschwunden. Allmählich glaubte Toby, dass er bei dem Flugzeugabsturz vielleicht doch ums Leben gekommen war.

Toby unterdrückte ein Gähnen und fühlte sich unsagbar müde – es war ja auch ein langer Tag gewesen. Er wusste, dass er eigentlich Pete anrufen sollte, um sicherzugehen, dass mit Basilisk alles glattlief. Allerdings hatte Pete sich nicht gemeldet, demnach schien bei ihm alles in Ordnung zu sein.

Er wurde aus seinen Gedanken gerissen, als der Computer ihm eine neue E-Mail meldete. Der Absender hieß UNBEKANNT. Was sollte er tun? Es sah ganz nach einer

Spam-Mail aus: unerwünschte E-Mails, die tausendfach verschickt wurden, entweder um an die Bankdaten der Adressaten zu kommen oder um Viren zu verbreiten. Normalerweise löschte er solche Nachrichten sofort. Er war kurz davor, auf »Entfernen« zu drücken, als ihm einfiel, dass es jemand sein konnte, der versuchte, mit ihm Kontakt aufzunehmen. Widerstrebend klickte er auf die Nachricht.

Auf dem Bildschirm erschien der Hinweis VIDEO FEED AKTIVIERT. Toby zwinkerte überrascht. Er starrte auf die Webcam oben auf seinem Monitor und versuchte hastig, seine Haare zu glätten, die nach dem Duschen ziemlich wild aussahen. Ein Video-Fenster öffnete sich auf seinem Bildschirm und Chamäleons ernstes Gesicht erschien. Tobys Freude, den Superhelden zu sehen, wurde sofort gedämpft, als er merkte, dass er in einem sehr wenig heldenhaften Schlafanzug steckte.

»Toby, wie schön, dich heil und gesund zu sehen«, begrüßte Chamäleon ihn mit einem Nicken. »Ich muss mich kurz fassen, bei allem, was im Moment passiert. Erst einmal, herzlichen Glückwunsch! Nicht viele, die mit Viral zu tun hatten, können hinterher darüber berichten.«

Unbewusst rieb Toby sein Handgelenk, direkt unter dem Armband, das sie alle noch trugen. Die Begegnung mit Viral hatte zwei schwarze Flecke hinterlassen, dort wo dessen Finger seine Haut berührt hatten. Sie fühlten sich nicht an wie Narben, ließen sich aber auch unter heftigstem Rubbeln nicht abwaschen. »Sie wissen also, was passiert ist? Dass wir Basilisk haben?«

»Ja. Deshalb musste ich auch mit dir Kontakt aufnehmen. Basilisk ist eine tödliche Gefahr, habt ihr ihn sicher untergebracht?«

Toby zögerte. Er wusste nicht, ob ein Gartenschuppen als sicher gelten konnte. »Er ist bei Pete. Hinter Schloss und Riegel.«

»Gut. Er darf auf keinen Fall gesehen werden und sprecht lieber nicht mit ihm, er kann sehr redegewandt sein, wenn es ihm nützt. Mr Grimm wird sich mit einer Spezialeinheit auf den Weg machen, aber sicher nicht vor morgen.«

»Grimm lebt? Ich dachte, er hätte uns im Stich gelassen. Und warum kommt er erst morgen?«

»Mr Grimm ist kein Kämpfer, er hatte dort also nichts zu tun. Das war eure Aufgabe.« Ein typischer Prime also, von Haus aus eher ein Feigling als ein Held. »Und weil es im Moment so chaotisch zugeht, dass wir vorher nicht genug Männer abkommandieren können, um ihn abzuholen. Nach dem Desaster auf Diablo Island wurden dort noch mehr Vollstrecker gebraucht, um die verbliebenen Häftlinge zu bewachen. Ihr habt zwar Basilisk erwischt, aber Wurm und Trojan konnten mit Viral entkommen.«

Toby meinte, einen vorwurfsvollen Unterton in Chamäleons Stimme herauszuhören. »Auf das, was dort passiert ist, waren wir nicht vorbereitet und Ihre Wachen, die ständig auf uns geschossen haben, waren auch nicht besonders hilfreich. Was ist an den dreien eigentlich so besonders?«

»Trojan ist in der Lage, in gesicherte Räume jeder Art

einzudringen. Wurm kann sich in Computersysteme einschleusen und sie außer Kraft setzen. Und Virals Fähigkeiten funktionieren nicht nur in der physikalischen Welt, er kann auch digitale Viren hervorrufen, die durch nichts gestoppt werden können. Alle drei zusammen sind die personifizierte Katastrophe. Da Hero.com noch offline ist, werden sie höchstwahrscheinlich versuchen, unser Hauptquartier zu finden, unsere Sicherheitssysteme zu infiltrieren und die Stiftung zu stürzen . . . damit hätten sie freien Zugang zu all unseren gespeicherten Superkräften.«

Die Erkenntnis traf Toby wie ein Schlag. »Das ist ja furchtbar!«

»Und es kommt noch schlimmer. Sie könnten Hero.com übernehmen und in ein privates Villain.net umwandeln, unter ihrer Kontrolle.«

Toby war sprachlos. Diese Superschurken waren auf freiem Fuß, weil sein Team versagt hatte.

Chamäleon fuhr fort. »Deswegen muss dein Team, sobald wir Basilisk in Gewahrsam genommen haben, herausfinden, wo Wurm und die beiden anderen sich aufhalten.«

»Aber sie könnten überall auf der Welt sein!«

»Eure wichtigste Aufgabe ist es, die Foundation zu verteidigen. Die Vollstrecker und ein paar Primes, die sich nicht versteckt halten, versuchen gerade, die Öffentlichkeit vor zunehmend feindseligen Aktivitäten der Superschurken zu schützen. Alles andere ist eure Aufgabe. Findet Wurm und die anderen und verhindert, dass sie ihren Plan in die Tat umsetzen. Wurm wird irgendwo einen Unterschlupf haben. Ihr müsst ihn nur finden.«

»Haben Sie irgendwelche Hinweise?«

»Ich fürchte, nein. Es war Commander Courage, der Held, der die Stiftung leitet, der in der Vergangenheit gegen Wurm gekämpft und ihn gefangen genommen hatte. Leider ist ihm kurz danach etwas Schreckliches zugestoßen und er ist ins Koma gefallen. Als er endlich wieder erwachte, hatte er eine Gedächtnislücke von mehreren Jahren und wusste nicht mehr, was geschehen war oder *wo* er Wurm eingesperrt hatte.«

»Wie ist das möglich?«

»Es gibt viele furchtbare Dinge auf dieser Welt, die wir immer noch nicht vollkommen verstehen. Und einem davon ist Courage zum Opfer gefallen.« Chamäleon blickte direkt in die Kamera. »Ich weiß, es ist eine schwere Last, aber ob ihr dazu bereit seid oder nicht, *ihr* seid da draußen unsere letzte Hoffnung.«

Als Toby am nächsten Morgen aufwachte, war er immer noch ganz erschöpft. Sein Gespräch mit Chamäleon hatte ihn auch nicht gerade beflügelt.

Tobys Mutter schrie von unten, er solle endlich aufstehen, und sein Blick fiel auf den Wecker: 9:00. Wie der Blitz schoss er aus dem Bett – in tatsächlich *unvorstellbarer* Geschwindigkeit. In weniger als einer Sekunde stand er komplett angezogen vor seiner Tür, während die Bettdecke eben noch vom Bett rutschte – also hatte er doch noch Superkräfte. Dann fiel ihm ein, dass er gar nicht zu spät zur Schule kommen würde, heute war einer der unterrichtsfreien Tage.

Er hätte Pete gestern Abend noch anrufen sollen, doch er war direkt ins Bett gefallen und hatte geschlafen wie ein Stein.

Toby rief seiner Mutter zu, dass er wach war und sich gerade anzog. Dann nahm er das Telefon und wählte Lornas Handynummer. Mehrere Sekunden vergingen, bis Pete sich mit verschlafener Stimme meldete.

»Jaa?«

»Pete, ich bin's, Toby. Wie geht's dir? Alles klar?«

»Ähm . . . ich . . . ich habe fest geschlafen.«

»Ist Basilisk in Sicherheit?«

Toby hörte ein lautes Gähnen, bevor Pete mit matter, tonloser Stimme, die überhaupt nicht nach ihm klang, endlich antwortete. »Er ist immer noch bei mir im Schuppen, wenn du das meinst.«

»Hör mal. Tut mir leid, dass ich gestern Abend nicht mehr angerufen habe. Ich bin eingeschlafen. Aber ich habe mit Chamäleon gesprochen. Sie werden Basilisk heute abholen. Ich komme gleich vorbei.«

»Heute? Ähm . . .«

»Was ist los?«, fragte Toby beunruhigt.

Ungewöhnlich langes Schweigen folgte, nur unterbrochen von lautem Schniefen, als hätte Pete gerade seine Nase geputzt. »Meine . . . äh . . . meine Eltern. Sie haben gesagt, dass sie sich trennen. Ich weiß nicht, was ich machen soll.«

Toby erstarrte. Petes Eltern hatten ständig Streit – das übliche Hintergrundgeräusch im Haus der Kendalls. Aber das schlug ein wie eine Bombe und für Pete würde es bestimmt nicht leicht sein. Dazu noch die Tatsache, dass er einen Superhelden im Gartenschuppen eingesperrt hatte und bald ein Vollstreckertrupp bei ihm aufmarschieren würde, um ihn abzuholen – also, das machte die ganze Situation auch nicht viel entspannter.

»Ich komme. Bin in einer halben Stunde bei dir.«

Er rannte in etwas normalerem Tempo die Treppe hinunter und fing an, seine Turnschuhe anzuziehen. Als er aufsah, merkte er, dass seine Mutter und sein Vater vor ihm standen und ihn anstarrten. Sie hatten sich reichlich chic angezogen, fand er.

»Wo willst du eigentlich hin?«, fragte Sarah mit strenger Stimme.

»Zu Pete. Er braucht mich, um . . .«

»Kommt nicht infrage! Hast du etwa vergessen, dass heute Dads Ausstellung eröffnet wird?«

Toby verdrehte die Augen. »Oh nein!«

John Wilkinson hob warnend den Zeigefinger. »Wir verlangen ja nicht viel von dir, aber du könntest wenigstens an meinem ersten Tag dabei sein und etwas Unterstützung zeigen.«

Sarah nickte. »Und da du heute passenderweise keine Schule hast, wirst du mitkommen.«

Diese Eröffnung hatte Toby vollkommen vergessen. »Oh Mum! Heute ist mein freier Tag!«

»Ab und zu muss man eben Opfer bringen«, mahnte sein Vater. »Morgen hast du noch den ganzen Tag für dich.«

»Ich kann nicht! Ehrlich! Ich muss unbedingt zu Pete.«

»Heute Nachmittag kannst du zu ihm gehen«, sagte Sarah kurz angebunden und es war klar, dass die Diskussion damit für sie beendet war. »Aber jetzt kannst du einmal für deinen Vater da sein! Lorna ist schon heute Morgen verschwunden und hat nur eine Nachricht hinterlassen, sie hätte eine Verabredung. Eine Verabredung! Ich werde heute Abend mal ein Wörtchen mit ihr reden. Sie wird Hausarrest bekommen dafür, dass sie sich so rücksichtslos aufführt!«

Toby schäumte. Er wünschte, er könnte ihr unter die Nase reiben, dass *er* es gewesen war, der sie in der Antarktis aus Blizzards tödlichen Klauen gerettet hatte. Und wie *er* seinem Vater das Leben gerettet hatte, indem er die Bruchlandung des Flugzeugs verhindert hatte. Aber natürlich würden sie ihm das nie glauben. Er seufzte tief – ausgerechnet, wenn sein Freund ihn so dringend brauchte, konnte er nicht zu ihm. Er wusste, dass Pete ihm das übel nehmen würde – nein, stinksauer würde er sein. Doch er wollte sich nicht am Telefon mit ihm streiten. Er beschloss, ihm stattdessen eine SMS zu schreiben – erst unterwegs im Wagen fiel ihm ein, dass er ja sein Handy verloren hatte.

Wurm blickte über das Dschungeldach und lauschte dem Chor der Insekten, die hier zu Hause waren. Er hörte Schritte auf dem Steinboden und sah aus dem Augenwinkel, dass Trojan sich zu ihm gesellt hatte. In der schwülen

Hitze hatte sie ihre Kapuze abgesetzt und ihr exakt geschnittenes blondes Haar fiel ihr auf die Schultern, während sie Tobys Handy untersuchte.

»Das hier ist dem kleinen Helden aus der Jackentasche gefallen.«

Wurm warf stirnrunzelnd einen Blick auf das Ding. »Was zum Teufel ist das?«

Trojan seufzte. Wurm musste noch viel über das einundzwanzigste Jahrhundert lernen. »Das ist ein Handy . . . ein Telefon«, korrigiert sie sich.

»Ein Telefon? Und wo sind die Drähte? Die Wählscheibe?«

»Es ist drahtlos«, erklärte sie seufzend. »Es benutzt . . . es ist magisch, okay?«

Wurm nahm es ihr aus der Hand. »Wie faszinierend.« Er drehte und betrachtete es von allen Seiten, dabei riss er beinahe das Klappdisplay ab. »Was soll daran so besonders sein? Ich habe hier auf meiner Basis auch drahtlose Kommunikationsmittel.«

»Was denn? Brieftauben? Das Zeug hier ist doch uralt! Und keiner von uns kennt das Morse-Alphabet. Mit deinem Kram können wir absolut nichts anfangen. Aber mit diesem Telefon können wir herausfinden, wo der Junge zu finden ist. Dann wissen wir, wohin sie Basilisk gebracht haben.«

Wurm gab ihr das Handy zurück und blickte wieder gedankenverloren über den Dschungel.

Trojan verschränkte die Arme und starrte auf seinen

Hinterkopf. »Das ist doch der Plan, oder nicht? Er leitet diese Operation. Nicht du.«

Wurm wirbelte herum, sein Gesicht war rot vor Wut. Trojan dachte kurz, dass sein Gesicht wirklich an einen Wurm erinnerte, wenn auch einen Wurm mit wachsamen Augen und schmalem Mund. »Er ist mein *Gefangener!* Ich hätte mich nie auf seinen Unsinn einlassen sollen! Und jetzt muss ich hier für dich und Viral den Babysitter spielen!«

Trojan grinste ihn verschlagen an. Für eine Schurkin konnte sie sich erstaunlich gut beherrschen. Nicht umsonst zog sie einen raffinierten Diebstahl roher Gewalt vor.

»Immer schön cool bleiben, sonst kriegst du noch einen Herzinfarkt, Opa.«

»Ich bin in dieser verdammten Kältekammer lange genug ›cool geblieben‹.«

Er trat gegen einen Stahlzylinder, der den altertümlichen Steinraum beherrschte. Er war umgeben von Schaltpulten mit riesigen Skalen und Armaturen. Modernste Technik aus dem Jahre 1940, die jetzt aussah wie aus einem alten Schwarz-Weiß-Horrorfilm.

Trojan zuckte die Achseln. »Du willst einfach nicht einsehen, wie genial Betonkopfs Plan ist.«

»Kennst du den ganzen Plan?«

»Nicht im Einzelnen. Aber für uns drei, dazu seine Kenntnisse über den Feind, ist es ein Kinderspiel. Die Hero Foundation und der Rat des Bösen sind die größte Bedrohung für unsereins. Was uns jetzt umbringt, ist dieser Papierkram, keine Geheimwaffen oder Spezialkräfte. Indem er Viral und mich und selbst einen Oldie wie dich zusammengebracht hat, hat er Dinge in Bewegung gesetzt, die wirklich den Lauf der Geschichte verändern können.«

Wurm spuckte empört aus. »Oldie! Wie kannst du es wagen!« Er machte einen drohenden Schritt auf Trojan zu, aber sie lachte ihn nur aus. Bei ihrer Größe brauchte sie nur seinen Kopf zurückschieben, um ihn auf Abstand zu halten.

»Wenn Betonkopfs Plan diese feigen Superhelden in die Knie zwingt, können wir unseren eigenen Rat bilden, unterstützt von all den Unglücklichen, die jetzt noch in Diablo Island einsitzen. Die ganz Großen unserer Zeit wie Lord Eon!« Als Wurm bei dem Namen überhaupt nicht reagierte, erklärte sie: »Das war natürlich lange nach deiner Zeit. Der einzige Prime, der die Zeit manipulieren kann! Ich fand ihn immer unglaublich cool! Stell dir vor, was wir alles machen könnten, wenn wir *ihn* befreien würden! Unter unserer Leitung natürlich.«

Wurm beruhigte sich; es war nicht klug, gegenüber dieser berechnenden Frau irgendeine Schwäche zu zeigen. Wut war eine Schwäche; Wut hatte ihn vor all diesen Jahren in Gefangenschaft gebracht.

»Also, was meinst du, Oldtimer, wenn du keine Lust mehr zum Babysitting hast und Betonkopf dir die entscheidenden Teile seines Plans nicht verraten hat ... Dann bleibt uns wohl nichts anderes übrig, als ihn zu befreien. Sollen wir?«

Wurm nickte. »Wie, meinst du, können wir ihn mit einem einfachen Telefon finden?«

»Als Detektiv wärst du eine echte Niete. Der Junge hat ein paar Freunde im Adressbuch seines Telefons abgespeichert. Wir können ihr Telefonsignal verfolgen und es wird uns direkt zu dem Jungen und zu Basilisk führen. Am besten fangen wir mit der Nummer an, die er zuletzt gewählt hat. Irgendein Mädchen namens Lorna.«

»Du kannst ein Telefonsignal verfolgen?«, fragte Wurm ungläubig. Er konnte kaum fassen, wie viele Informationen man allein durch die moderne Technik herausfinden konnte.

Trojan zog eine Augenbraue hoch. »Die Polizei macht so was ständig. Es wird uns *direkt* zum Ziel führen.«

Im Museum war es heiß und stickig, außerdem war es so brechend voll, dass man auch ohne Klaustrophobie Angstzustände bekommen konnte. Normalerweise genoss Toby es, von einem Ausstellungsstück zum anderen zu spazieren, bekam beim Anblick der furchterregenden Indianer- oder Wikingerwaffen eine Gänsehaut, bestaunte die Hieroglyphen-Texte der alten Ägypter oder starrte fasziniert auf die Dinosaurier-Skelette und stellte sich vor, wie diese Riesenbiester durch die Landschaft stampften.

Unglücklicherweise saß er heute in dem Saal fest, wo die letzten Entdeckungen seines Vaters gezeigt wurden. Beim ersten Mal war das alles ziemlich beeindruckend, aber spätestens ab der hundertsten Runde mit immer *exakt* derselben Geschichte wurde es sterbenslangweilig. Zudem war ein Museum nicht gerade der richtige Ort, wenn man wusste, dass das Schicksal der ganzen Welt von einem selbst abhing. Aber wie sollte man das seinen Eltern erklären?

Er starrte auf ein Foto einer Stufenpyramide, die sein Vater mitten im mexikanischen Urwald entdeckt hatte. Ihre Mauern ragten über die Bäume hinaus, doch sie war so sehr von Pflanzen überwuchert, dass sie sich wie ein kleiner Berg in die Dschungellandschaft einfügte. Was sein Vater kürzlich bei seiner Expedition entdeckt hatte, war nur ein Teil einer versunkenen Stadt, die in der kurzen Zeit noch keinen Namen bekommen hatte. Das Erstaunliche war, dass sie so lange Zeit unentdeckt geblieben war. Was wieder einmal bestätigte, dass immer noch viele wunderbare Dinge darauf warteten, entdeckt zu werden.

Toby stand an der Seite seines Vaters, der gerade einer kleinen Gruppe faszinierter Besucher eine begeisterte Einführung in die Ausstellung gab. Auch nach drei Stunden war er immer noch mit Feuereifer bei der Sache. Toby hatte sogar seine Mum mehr als einmal dabei ertappt, wie sie versuchte, ein Gähnen zu unterdrücken.

»Wir sind nur bis in die äußere Kammer vorgedrungen. Die Geheimnisse der inneren Kammer warten bei unserer nächsten Expedition auf uns. Auf den Luftaufnahmen können Sie erkennen, dass die Bauweise an Chichén Itzá erinnert, außer dass wir es hier mit zwei symmetrischen Pyramiden zu tun haben, die . . .«

Tobys Gedanken schweiften ab. Die blutigen Geschichten über die Mayas hatten ihn immer fasziniert, vor allem die über ihre Version des Basketballspiels, das sie *Pok-ta-Pok* nannten. Es wurde mit einem kleinen Gummiball gespielt, den die Spieler daran hindern mussten, auf den Boden zu treffen. Sie durften dabei ihren ganzen Körper einsetzen, nur nicht die Hände. Sie mussten ihn durch winzige, seitwärts an einer Mauer befestigte Steinringe bringen. Und manchmal wurden die Verlierer getötet. Grausig, aber großartig.

Toby seufzte und sah auf seine Armbanduhr. Nur noch zwei Stunden. Er hoffte, dass es Pete gut ging und dass die Vollstrecker Basilisk mittlerweile abgeholt hatten. Pete tat ihm leid und er wünschte, er hätte seinem Freund, der in den letzten Wochen nicht mehr er selbst zu sein schien, mehr Aufmerksamkeit geschenkt. Und dann mussten sie Wurm aufspüren. Chamäleon hatte ihm dabei überhaupt nicht weiterhelfen können. Er sah noch einmal auf die Uhr – als ihm auf einem der Ausstellungsfotos etwas ins Auge sprang.

Etwas, das ihm bekannt vorkam.

Stirnrunzelnd quetschte Toby sich an einem übergewichtigen Ehepaar vorbei, um besser sehen zu können. Es handelte sich um eine Nahaufnahme vom Eingang der Pyramide. Toby hatte sie schon Dutzende Male auf dem verwackelten Videotagebuch seines Vaters gesehen. Auf dem Foto war es jedoch viel klarer zu erkennen: ein vertrautes verschlungenes Zeichen, das fälschlicherweise als Schlange identifiziert worden war.

Es war das gleiche Zeichen wie auf Wurms Brosche, die

ihn auf Diablo Island einen Moment lang hypnotisiert hatte. Mr Grimm hatte sie vor Wurms Techniken der alten Schule gewarnt, aber Toby und Lorna hatten nicht auf deren Form geachtet.

Ein entsetzlicher Verdacht beschlich Toby. Es musste sein Vater gewesen sein, der Wurms Ruhestätte entdeckt und, ohne es zu ahnen, den Superschurken befreit und auf die Welt losgelassen hatte. Was zu Ereignissen geführt hatte, die mit dem Niedergang der Hero Foundation und der Zerstörung der Welt enden würden.

Toby wurde übel.

Spätestens jetzt musste er unbedingt mit Pete reden. Er hoffte nur, dass ihn dort nicht noch mehr schlechte Neuigkeiten erwarteten.

Pete saß in seinem dunklen Zimmer und starrte auf die Poster an der Wand; einige von ihnen waren schon ziemlich verblasst. Er hatte fast die ganze Nacht geweint, dann hatten die Tränen plötzlich aufgehört und die Traurigkeit wurde abgelöst von einem Gefühl der Starre und Benommenheit. Er ließ Lornas Handy in seine Hosentasche rutschen, als klar war, dass Toby weder auftauchen noch sich die Mühe machen würde anzurufen. Nachdem er zwei Stunden vergeblich gewartet hatte, erkannte er, dass auf seine Freunde genauso wenig Verlass war wie auf seine Eltern.

Die einzige gute Nachricht war, dass seine Eltern am Morgen das Haus verlassen hatten. Seine Mutter wollte

Freunde besuchen, sein Vater in den Pub, sodass es ausnahmsweise einmal ruhig im Haus war. Außerdem musste er keine Erklärung abgeben, wenn die Vollstrecker bei ihnen auftauchten. Wann immer das sein würde.

Pete ging in die Küche, um sich ein Glas Wasser zu holen. Er steckte einen Strohhalm hinein und ging zum Schuppen, in der Hoffnung, dass sein Gefangener nicht bereits verdurstet war.

Basilisk reckte den Kopf, als Pete hereinkam. Pete schob den Strohhalm unter den Rand des Sacks und Basilisk leerte das Glas mit einem Zug.

»Ich habe letzte Nacht lautes Geschrei gehört. Habe mir schon Sorgen um dich gemacht«, sagte Basilisk in mitfühlendem Ton.

»Das geht Sie gar nichts an«, knurrte Pete wütend. »Und warum sollten ausgerechnet Sie sich Sorgen um mich machen?«

»Wenn du tot wärst, müsste ich allein in dieser Zelle sterben, vielleicht deshalb?« Pete sah sich in dem altersschwachen Holzschuppen um. »Deine Freunde sind nicht einmal vorbeigekommen, um mich zu verspotten. Ich nehme also an, dass ich ohne dich hier ganz allein wäre.«

»Ha«, machte Pete nur. Die Einzige, die sich die Mühe gemacht hatte, gestern Abend anzurufen, war Emily. Aber als Pete ihren Namen auf dem Display gesehen hatte, hatte er zu lange gezögert und dann hatte sie schon wieder aufgelegt. In seiner Einsamkeit hatte er sich viel zu niedergeschlagen gefühlt, um mit jemandem zu sprechen.

»Wie bist du eigentlich Anführer einer so respektlosen Bande von Helden geworden?«

»Ich bin nicht der Anführer«, schnappte Pete zurück, und verfluchte sich im Stillen, weil er schon wieder zu viel gesagt hatte.

»Aber sollte so ein talentierter und mutiger Kerl wie du nicht der Kopf und Anführer sein und kein Gefolgsmann?«

Im Grunde wusste Pete, dass Basilisk nur versuchte, ihm Honig um den Bart zu schmieren. Aber gerade jetzt hatte er ein paar positive, ermutigende Worte bitter nötig.

»Das finde ich auch. Aber Sie sollten sich darüber nicht zu viele Gedanken machen, denn die Vollstrecker sind in diesem Moment auf dem Weg hierher. Auf Diablo Island werden Sie viel Zeit haben, über all das nachzudenken. Und wenn Hero.com wieder online ist, werde ich derjenige sein, der etwas bewegt und der das Sagen hat.«

Basilisks Stimme klang besorgt. »Vollstrecker? Auf dem Weg hierher?«

»Wenn Sie denn irgendwann auftauchen«, murmelte Pete und starrte aus dem schmutzigen Fenster.

»Weißt du, dass es eine andere Möglichkeit gibt, an Superkräfte zu kommen, als eure kindische Website?«

»Jaja, ich weiß. Villain.net. Hab davon gehört. Aber die ist nicht so gut wie unsere Seite, das ist bei Plagiaten immer so. Es sind und bleiben doch immer nur schlechte Kopien«, spottete Pete.

Plötzlich fing der Boden an zu zittern. Die mit Schrauben und Nägeln gefüllten Gläser kippten von den Regalen und zerschellten klirrend am Boden. Pete suchte Halt am Türrahmen, überzeugt, dass es sich um ein Erdbeben handelte.

»Schade, dass du so darüber denkst. Ich hatte gehofft, eine einvernehmlichere Lösung zu finden, als dich einfach umzubringen.«

Pete wirbelte herum und sah gerade noch, wie ein dünner Laserstrahl Basilisks Finger verlängerte und das Elektrokabel verdampfte, das ihn fesselte. Er stand auf, beförderte den Stuhl mit einem Tritt beiseite und riss sich den Sack vom Kopf. Sein Gesicht war immer noch unter der Kapuze verborgen.

»Sie hätten fliehen können? Warum haben Sie dann gewartet?«

»Ich habe gewartet, dass *meine Freunde* aufkreuzen«, spottete Basilisk. »Siehst du, im Gegensatz zu dir habe ich welche. Und da kommen sie schon.«

Die schlammige Grasfläche, die Pete Rasen nannte, explodierte plötzlich, Schlamm spritzte in alle Richtungen, als die *Nematode* mit einem Satz aus der Erde auftauchte, den Nachbarzaun durchbrach und mit einem Klatscher auf dem Bauch landete wie ein gestrandeter Wal.

Die Erschütterungen durch die Maschine waren so stark, dass der Holzschuppen in seine Einzelteile auseinanderbrach. Pete legte schützend die Arme über den Kopf, als das morsche Dach auf ihn herunterkrachte.

»Nein!«, schrie er und steckte die Hände aus, um einen Feuerball oder Energiestrahl auf Basilisk zu schleudern.

Nichts geschah. Pete geriet in Panik und wünschte mit aller Macht, in Flammen aufzugehen – immer noch nichts.

Die Lukentür der *Nematode* klappte auf und zum Vorschein kam eine Lufttreppe, wie bei alten Flugzeugen. Trojan sprang heraus, hinter ihr kam betont lässig Viral die Treppe herunter.

»Tja, mein Kleiner, jetzt siehst du ziemlich alt aus, würde ich sagen«, freute sich Basilisk. »Lass dich mal ansehen!«

Basilisks Augen flackerten leuchtend blau. Pete konnte auf einmal nichts mehr sehen außer diesem Licht. Er spürte, wie sich sein Brustkorb zusammenzog, und er hob schützend die Hände – seine Fingerspitzen wurden plötzlich eiskalt. Ihm fiel wieder ein, was Mr Grimm über die Kräfte des Superschurken gesagt hatte – sein versteinernder Blick. Pete reagierte instinktiv und erinnerte sich an ein Computerspiel. Es basierte auf einer uralten griechischen Sage, in der Perseus gegen Medusa kämpft, deren Blick jeden zu Stein verwandeln konnte. Er griff nach dem zerbrochenen Badezimmerspiegel, der aus den Überresten des Schuppens herausragte, und hielt ihn Basilisk entgegen.

Basilisk heulte auf, als er sich seinem eigenen Spiegelbild gegenübersah. Erst als die Spitze seiner Kapuze bereits zu versteinern begann, schaffte er es, den Blick abzuwenden. Pete ließ den Spiegel fallen und stolperte rückwärts in den Garten, wo er im Matsch ausrutschte und sich auf allen vieren wiederfand.

Eine Hand packte seine Schulter und riss ihn herum. Schlamm spritzte auf seine Brillengläser und er brauchte einen Moment, bis er Virals totenbleiches Gesicht vor sich erkannte.

»Wirst du wohl hierbleiben, du Würstchen!«

Pete biss die Zähne zusammen und holte aus, um den Ekeltypen wegzustoßen. Das Armband, das Grimm ihm gegeben hatte, traf Viral. Der Zusammenprall musste etwas ausgelöst haben, denn im selben Moment schoss ein Energiestrahl aus Petes Fingerspitzen und schleuderte Viral mehrere Meter zurück. Mit einem dumpfen, blechernen Geräusch krachte er auf die *Nematode*. Pete stand auf, Energiewellen sprühten aus seinen geballten Fäusten.

Basilisk humpelte die Lufttreppe der Maschine hinauf und warf nur einen kurzen Blick zurück auf Pete. »Bringt ihn um!«

Der Tumult hatte Petes Nachbarn alarmiert. Sie kamen aus dem Haus, um sich über das riesige Monstrum zu beschweren, das in ihren Gärten aufgetaucht war.

»Was ist hier los?«, sagte ein dickbäuchiger Mann mit dickem Pullover und einer altmodischen Hose.

»Mr Richard! Laufen Sie weg, schnell!«, schrie Pete.

Der Mann öffnete den Mund, um etwas zu erwidern, doch Trojan drehte sich zu ihm um und schwang die Arme, als würde sie ein Frisbee werfen. Eine Plasmascheibe traf den Mann und schleuderte ihn zurück durch das Fenster seines Wintergartens.

Pete feuerte eine Energiekugel auf Trojan ab. Doch sie ging weit daneben und riss das Küchenfenster heraus. Trojan schnellte herum und warf im Gegenzug eine weitere

Plasmascheibe. Sie traf Pete quer vor dem Brustkorb und katapultierte ihn mit rasender Geschwindigkeit durch mehrere Nachbarzäune, bis er schließlich in einen Gartenteich sechs Häuser weiter klatschte.

»Überlasst den Zwerg mir, ich erledige das!«, knurrte Viral und stolzierte auf Pete zu.

Immer mehr Nachbarn sahen aus den Fenstern, als Viral über die sorgfältig gepflegten Rasenflächen spazierte. Das Gras färbte sich schwarz und verfaulte unter seinen Füßen. Ein Mann rannte einen Baseball-Schläger schwingend aus seinem Haus und zog ihn Viral mit voller Wucht über den Hinterkopf. Der Grufti ging zu Boden.

»Betreten des Rasens verboten!«, brüllte der Mann.

Viral rieb sich den Schädel und grinste den Mann verschlagen an.

Der Baseballschläger in den Händen des Nachbarn wurde schwarz und das Holz verrottete im Handumdrehen. Entsetzt ließ der Mann den schwarzen Stumpf fallen, und als er wieder hochsah, stand Viral direkt vor ihm. Er legte seinem Gegenüber eine Hand um den Hals. Sofort verfärbte sich die Haut schwarz und der Mann rang nach Luft.

Eine Feuerkugel traf Viral und beendete seinen tödlichen Griff, der Mann krümmte sich am Boden.

»Schätze, du bist nicht feuerfest, Pestbeule«, fauchte Pete, dessen Hände Flammen schlugen. Den Nachbarn, die noch den Mut hatten zuzusehen, blieb vor Staunen der Mund offen stehen, als der sonst so stille Nachbarsjunge sich mit lautem Kriegsgeschrei auf ihn stürzte.

Basilisk beobachtete das Geschehen immer noch von der Treppe der *Nematode* aus. »Worauf wartet ihr noch? Ist doch nur ein Super-Rotzbengel! Eliminiert ihn!«

Ein dröhnendes Geräusch lenkte ihn ab und er sah nach oben: Drei Chinook-Doppelrotorhubschrauber kamen dicht über die Häuser geflogen. Sie waren schwarz, am Heck erkannte man das Abzeichen der Vollstrecker und an den Seiten angebrachte Waffengondeln.

»Sie sind alle verhaftet!«

Basilisk steckte seinen Kopf in den Eingang der *Nematode* und brüllte Wurm an, der immer noch an seinem Schaltpult hockte: »Hast du in deinem Schrotthaufen irgendwas, um diese Hubschrauber runterzuholen?«

Wurm starrte fasziniert auf die fliegenden Maschinen. »Ich habe eine Schallkanone. Gegen die Spitfires im Krieg war sie recht nützlich. Ich erinnere mich . . .«

Basilisk fuhr ihm ins Wort: »Worauf wartest du noch!«

Viral stand auf und wischte das Blut von der Nase. Erstaunt sah er auf seine Hände: »Ich blute!«

Pete war nicht in der Stimmung, seinem Gejammer zuzuhören. Er schleuderte einen weiteren Feuerball auf den Schurken. Viral duckte sich und der Schuss schlug in die Veranda des Hauses hinter ihm ein; die enorme Hitze brachte die Doppelfenster zum Schmelzen und setzte mehrere liebevoll gepflegte Zimmerpflanzen und die Weihnachtsdekoration in Brand.

Da kam Bewegung in Viral. Er sprintete auf die *Nematode* zu. Pete rannte hinter ihm her und blieb erst stehen, als er die Schallkanone aus dem Dach der *Nematode* fahren sah. Die Waffe sah aus wie das lang gezogene Horn eines Stiers. Es drehte sich auf einer Art Uhrwerk und richtete sich auf einen der Chinook-Helikopter aus. Dann ertönte ein tief dröhnender, ohrenbetäubender Knall. Pete spürte, wie seine Rippen zitterten und seine Zähne aufeinanderschlugen, als die Schallwelle losbrach und den Hubschrauber traf.

Der versuchte, im letzten Moment noch auszuweichen, doch es war zu spät. Die Schallwelle hatte den vorderen Rotor abgerissen und die Cockpitfenster eingedrückt.

Voller Entsetzen sah Pete zu, wie der Chinook ins Trudeln geriet und zwei Häuser weiter das Dach wegfegte. Dachziegel und Holzsplitter flogen durch die Luft, bevor der Helikopter auf der anderen Seite des Hauses auf die Straße krachte.

Die verbliebenen zwei Helikopter feuerten im Gegenzug ein paar Raketen aus ihren Waffengondeln ab. Eine davon traf die Seite der *Nematode*. Die Maschine geriet ins Taumeln, Basilisk wurde herausgeschleudert. Die zweite Rakete zerschlug Petes Veranda in tausend Stücke. Die letzten beiden gingen weit am Ziel vorbei und schlugen in den ersten Stock seines Hauses ein. Fassungslos starrte Pete auf das riesige Loch im Mauerwerk, genau in der Außenwand des Badezimmers.

Trojan warf ihren Umhang hoch, um sich vor herabfallenden Ziegeln zu schützen. Mit der freien Hand schleuderte sie eine Plasmascheibe gegen die Vollstrecker. Die

Scheibe zerschrammte die Unterseite des Hubschraubers, richtete aber weiter keinen Schaden an.

Die *Nematode* fuhr ihre spitzen Spikes aus und richtete sich auf.

Viral und Trojan liefen auf die Lufttreppe zu.

Pete knurrte wütend: »So kommt ihr mir nicht davon!«

Er rannte auf sie zu. Die Schallkanone schwang herum und zielte auf den nächsten Chinook-Helikopter.

Im Inneren des Monstrums amüsierte Wurm sich königlich. Mehr als sechzig Jahre war es her, dass er Gelegenheit gehabt hatte, sein Lieblingsspielzeug einzusetzen, und er kicherte vergnügt vor sich hin.

Bis Pete die Treppe zu Wurms Maschine erreicht hatte, hatte die Schallkanone ein weiteres Mal gefeuert. Aus dieser Nähe hatte er das Gefühl, sein Kopf würde in der Mitte auseinandergerissen.

Der Helikopter kreiste über dem Kampfplatz, doch Wurm hatte es im Krieg mit wesentlich schnelleren Spitfire-Maschinen zu tun gehabt. Die Druckwelle traf den Chinook mitten am Rumpf und durchtrennte ihn sauber in zwei Teile – jedes davon mit eigenem Rotor.

Pete starrte wie gebannt auf die Vollstrecker, die aus beiden Hälften herausfielen. Die Rumpfteile gerieten ins Trudeln. Der vordere Teil des Hubschraubers schwirrte dicht über die *Nematode*. Pete musste sich flach auf den Boden werfen, um sich vor den kreisenden Rotoren in Sicherheit zu bringen, die eine tiefe Kerbe in den Bronzekörper der Maschine schlugen, bevor er wie eine Abrissbirne in Petes

Wohnzimmer einschlug. Der zweite Teil des Chinook kam gleich hinterher und rasierte das Dach des Nachbarhauses ab, bevor er auf die Straße stürzte.

Pete rappelte sich auf, von oben bis unten mit Schlamm bedeckt, rasend vor Wut. Er setzte mit einem Sprung über die Stufen der *Nematode* und stieß beinahe mit Trojan zusammen, die gerade ihren Kopf herausstreckte. Sie sah ihn erstaunt an, als er seine Arme nach vorn riss, um zu feuern.

Doch dazu kam er nicht mehr. Eine schwere Eisenfaust traf ihn am Hinterkopf und schlug ihn bewusstlos.

Die restlichen Chinooks der Vollstrecker kreisten herum und suchten nach einer geeigneten Schussposition, doch der Qualm, der aus den zerstörten Häusern aufstieg, nahm ihnen die Sicht. Durch ihre Wärmekameras beobachteten sie, wie Basilisk Petes Körper in die *Nematode* zerrte. Sekunden später setzte sich das altertümliche Gefährt rumpelnd in Bewegung und grub sich durch eine Reihe weiterer Gärten, bevor es in der Erde verschwand.

Der Hubschrauber feuerte noch ein paarmal auf die Maschine, traf jedoch nur ein paar Gartenzwerge. Die Superschurken waren abgetaucht – hatten eine Spur der Verwüstung hinterlassen und Pete mitgenommen.

WILLKOMMEN IM DSCHUNGEL

Wie von Sinnen drückte Toby die Cola-Dose in seiner Hand zusammen, bis von ihr nur noch eine murmelgroße Blechkugel übrig war. Er schleuderte sie in eine Ecke des Geländewagens und starrte böse auf Mr Grimm, der ihm in seinem makellosen schwarzen Anzug gegenübersaß. Der einzige Kratzer, den dieser von dem Flugzeugabsturz auf Diablo Island davongetragen hatte, sah aus wie ein Mückenstich auf seiner Stirn.

Toby bereute es bitter, Pete mit Basilisk allein gelassen zu haben, und jetzt wussten sie nicht einmal, ob sein Freund noch am Leben war. Er machte sich selbst dafür verantwortlich. Er hatte die Rolle des Anführers übernommen, doch er hatte bislang wenig getan, worauf er stolz sein konnte. Er hatte die Nase voll gehabt und Grimm beschimpft, weil ihr Freund verschollen war. Zunächst war Mr Grimms einzige Sorge die Massenhypnose, die sie durchführen mussten, damit die Menschen in Petes Nachbarschaft vergaßen, was sie gesehen hatten. Der Schaden würde als Gasexplosion oder Flugzeugabsturz getarnt werden müssen. Toby, Lorna und Emily hörten schweigend zu, während Grimm lamentierte, dass der Prime, den sie brauchten, damit die Leute wirklich alles vergaßen, ein Typ namens Psych war. Er hypnotisierte nicht, er *verkabelte* die Gehirne der Menschen neu. Ein Jammer, dass er untergetaucht war.

»Sind Sie sich ganz sicher?«, fragte Mr Grimm, nachdem Toby sich beruhigt hatte und von dem übereinstimmenden Symbol bei der Entdeckung seines Vaters und auf Wurms Brosche berichtete. Es war zwar nur eine hauchdünne Spur zu Wurms Schlupfwinkel, aber Mr Grimm hielt es auch für das Beste, dort mit der Suche zu beginnen.

»Es ist der einzige Anhaltspunkt, den wir haben«, sagte Toby. »Und wir sind es Pete schuldig, dass wir ihn befreien.«

Toby sah zu Lorna und Emily, die betreten schwiegen. Lorna hatte Hausarrest bekommen, nachdem sie von ihrer mysteriösen Verabredung zurückgekehrt war. Als Toby erklärte, was er hinter Petes Haus – oder dem, was noch davon übrig war – vorgefunden hatte, war sie sofort bereit zu helfen. Sie würde sich heimlich aus dem Haus schleichen müssen und ihre Eltern würden ihr die Hölle heißmachen, wenn sie zurückkam, aber darüber wollte sie sich jetzt keine Gedanken machen.

»Da Ihre Flugkräfte doch sehr unzuverlässig sind, hat die Stiftung Ihnen ein Flugzeug zur Verfügung gestellt«, erklärte Mr Grimm. »Es wird Sie in den mexikanischen Luftraum bringen, unter Radarniveau, sodass Sie nicht abgeschossen werden. Danach, fürchte ich, werden Sie auf sich allein gestellt sein.«

Toby sah ihn finster an. »Bis jetzt waren Sie uns auch keine besondere Hilfe.«

Mr Grimm erwiderte seinen Blick, ohne mit der Wimper zu zucken. »Wir sind momentan sehr überlastet, wie ich Ihnen bereits mehrfach erläutert habe.«

»Während Sie damit beschäftigt waren, sich zu verstecken und uns den Superschurken da draußen zum Fraß vorzuwerfen, haben wir unser Leben riskiert, damit diese Bande nicht die Hero Foundation vernichtet.« Mr Grimm rückte seine ohnehin schon kerzengerade Krawatte zurecht und Toby ahnte, dass er einen Nerv getroffen hatte.

»Wie wahre Helden. Selbstlose Aufopferung.« Toby war sicher, dass dabei der Hauch eines Lächelns über Grimms Pokerface huschte. Er traute diesem Mann nicht ganz. »Vergessen Sie nicht, ein Held wird man nicht durch seine Kräfte oder Fähigkeiten. Was zählt, sind Taten und die richtige Einstellung. Und ich habe Sie nicht im Stich gelassen. Ich habe sofort teleportiert, als die Maschine runterkam, weil ich dachte, Sie würden das Gleiche tun.«

»Ich dachte, ein Held sein, wäre eine Geisteshaltung? Nun, Ihnen haben wir es zu verdanken, dass Pete vielleicht tot ist und Basilisk wieder frei herumläuft.«

Mr Grimm wich Tobys anklagendem Blick bewusst aus und sah auf den Computermonitor. Ein Blinklicht leuchtete über dem nordöstlichen Arm Mexikos auf. »Wir haben eine mögliche Position. Wir empfangen immer noch ein schwaches Signal von Lornas Handy.«

»Ich hoffe nur, er ruft niemanden an«, sagte Lorna. Es

war das erste Mal, dass sie den Mund aufmachte, seit Mr Grimm sie abgeholt hatte. »Mum bringt mich um, wenn ich noch mal so eine hohe Telefonrechnung kriege.«

Mr Grimm schüttelte den Kopf. »Es ist abgeschaltet.«

Emily sah auf. »Abgeschaltet? Wie können Sie ein Handy orten, wenn es nicht an ist?«

»Man kann das Telefon aus großer Entfernung aktivieren, sein Mikrofon oder sogar seine Kamera, ohne dass der Benutzer es je merkt. Allerdings scheint es irgendwelche Interferenzen zu geben, die uns daran hindern. Das FBI nennt so etwas Roving Bug, ›Wanderwanze‹; die einzige Möglichkeit, sich dagegen zu wehren, ist, die Batterie zu entfernen.« Er gab auf der Tastatur ein paar Befehle ein. »Er hat sich nicht von der Stelle bewegt, seit wir ihn geortet haben. Vielleicht ist er in einem Gefängnis?«

»Oder tot«, sagte Emily leise. Sie hatte als Einzige versucht, Pete anzurufen. Sie hätte ahnen müssen, dass etwas nicht stimmte, als er nicht geantwortet hatte. Tränen liefen über ihre Wangen und sie versuchte, ein Schluchzen zu unterdrücken.

»Möglicherweise«, sagte Grimm in seinem üblichen, aufreizend ruhigen Tonfall. »Aber Sie dürfen darüber nicht vergessen, dass dies eine Möglichkeit ist, Basilisks Plan zu vereiteln. Seine Taten haben Gut und Böse auf der ganzen Welt aus dem Gleichgewicht gebracht. Und die Welt braucht ein stabiles Gleichgewicht, um zu überleben. Während wir uns hier unterhalten, bekämpfen Regierungen auf der ganzen Welt Verbrecher, die die Situation ausnutzen.

Überall nehmen die Verbrechen zu, und wenn wir Basilisk und seine Bande nicht aufhalten, wird es noch schlimmer werden. Wir müssen mehr Helden schaffen, damit es uns gelingt, den *Status quo* wiederherzustellen.«

Sie begriffen die Tragweite seiner Worte, obwohl es für sie hier auf dem Rücksitz des Geländewagens aussah, als ginge alles seinen normalen Gang.

»Meinen Sie nicht eher, wir müssen mehr Helden *zum Sieg verhelfen?«*

»Sieg? Das wäre furchtbar!«

Die drei Freunde wechselten einen Blick.

»Aber ich dachte, genau darum geht es«, sagte Emily.

»Eine Welt, die von lauter Superhelden regiert wird, würde mehr Probleme mit sich bringen, als Sie sich vorstellen können. Wenn jeder von sich glauben würde, dass er recht hat, würden bald Spaltungen entstehen. Und Spaltungen rufen Konflikte hervor. Durch Konflikte entstehen Kriege.«

Toby dachte angestrengt nach. »Aber dann würden auf beiden Seiten Helden kämpfen . . . was wäre daran so schlecht?«

»*Zwei Mächte* würden gegeneinander kämpfen. Jede von ihnen würde die andere für Verbrecher halten. Nein, man braucht immer ein Gleichgewicht. Was nützt das Licht, wenn es keinen Schatten gibt, um sich zu verstecken?«

Tobys Gedanken wirbelten durcheinander. Er war doch auf der richtigen Seite, oder nicht?

»Was meinen Sie damit?«, fragte Toby und fürchtete schon, es folgte eine Standpauke.

»Ich habe Ihren Bericht gesehen. Seit Ihrer Rekrutierung haben Sie nur durch brutale Gewalt und reines Glück überlebt. Es ist Zeit für eine verdecktere Vorgehensweise.«

Grimm griff hinter seinen Sitz und förderte einen großen schwarzen Koffer zutage. Er drückte mit dem Daumen gegen ein bestimmtes Feld, der biometrische Sensor piepte und entriegelte den Koffer. Darin lagen vier schwarze Overalls aus einem lederähnlichen Material.

»Es wird Zeit, dass Sie sich mehr Gedanken um das große Ganze machen. Bislang haben Sie sich wie eine lose Gruppe von Einzelkämpfern benommen, irgendwelche Superkräfte runtergeladen, ohne die Sache wirklich zu durchdenken. Sie müssen wie ein Team handeln, dessen verschiedene Kräfte sich ergänzen, und *zusammenarbeiten.* Das hier wird Ihre Uniform sein.«

Toby stöhnte und Lorna konnte sich ein Grinsen nicht verkneifen. Toby und Pete hatten sich die ganze Zeit gestritten, ob sie eine Uniform tragen sollten oder nicht. Toby war strikt dagegen, doch Lorna war mit Pete einer Meinung, während Emily sich aus allem herausgehalten hatte.

»Müssen wir das wirklich? Das sieht total albern aus!«, maulte Toby.

»Das ist das neueste Nanogewebe auf dem Markt. Das Material passt sich automatisch der Temperatur eurer Umgebung an, sodass Sie für Wärmeaufnahmen und -kameras unsichtbar sind. Sie haben ein Kevlar-Gewebe, ein spezielles Schnittschutzgewebe, das Sie vor Krallen, Messern, Kugeln und Mittelstrecken-Energiewaffen schützt. Es ist feuerfest und muss weder gewaschen noch gebügelt werden.«

»Na super«, murmelte Toby, als er den einteiligen Anzug untersuchte.

»Dazu gibt es die passenden Stiefel. Rutschfeste Sohlen. Sie passen sich automatisch Ihren Füßen an, müssen also nicht geschnürt werden.«

»Kein Umhang?«, fragte Lorna. Sie träumte von einem Umhang, den man dramatisch durch die Luft wirbeln konnte. Außerdem würde Toby sich schwarzärgern.

»Nein. Bei dieser Bekleidung braucht man keinen Umhang. Die Anzüge sind alle identisch, Sie werden wirklich aussehen wie ein Helden-Team.« Sein Blick ruhte auf Toby. »Und jedes Team braucht einen starken Anführer.«

Toby fühlte sich gar nicht wohl dabei. Er sah, wie Lorna den Kopf schüttelte, während Emily ihn bewundernd anlächelte.

Mr Grimm brach das ungemütliche Schweigen. »Natürlich ist Hero.com immer noch offline, also müssen Sie sich weiterhin auf die nicht sehr zuverlässigen Kräfte in Ihnen verlassen.«

Er öffnete einen Kasten, der drei kleine Ampullen mit einer orangefarbenen Flüssigkeit enthielt. Er schob Lornas Ärmel über dem Armband, das sie noch immer alle trugen, zurück. Grimm entnahm die leere Ampulle, die die Teleportationskraft enthalten hatte, und ersetzte sie durch eine neue, etwas größere. Den gleichen Vorgang wiederholte er an Emilys und Tobys Armband, während er weitersprach.

»Ihre Kräfte lassen allmählich nach und schwanken immer noch sehr stark. Deshalb habe ich die Armbänder neu programmiert, um die Schwankungen in Ihnen möglichst zu unterbinden. Stattdessen habe ich einige rohe Verteidigungs- und Tarnungskräfte herausgefiltert, die wir gespeichert hatten. Damit ist sichergestellt, dass Sie als Team einsatzfähig sind.«

Lorna bewegte das Fenster auf das Touchscreen-Display: eine kleine Anordnung unbekannter Strichmännchen-Icons, die sie nach rechts und links verschieben konnte.

»Ohne dieses Armband, das sie unterdrückt, setzen unsere Kräfte also immer noch unkontrolliert ein und wieder aus«, sagte Emily. »Aber Sie sagen auch, dass sie ohne Vorwarnung jederzeit ganz verschwinden könnten?«

»Richtig.«

Toby stöhnte. »Dann ist das also ein Selbstmordkommando?«

»Das wollen wir nicht hoffen.«

»Was sollen wir dann mit Tarnungskräften? Wie wär's mit etwas, das wir bei einem Angriff gebrauchen könnten?«

»In diesem Stadium injizieren wir Ihnen im wahrsten Sinne des Wortes Superkräfte. Das würden wir nicht tun, wenn wir nicht in einer verzweifelten Lage wären. Und es ist auch nicht so, dass ich einen ganz Schrank voll solcher Superkräfte hätte! Das Hauptquartier der Stiftung ist an einen geheimen Ort verlegt worden. Wir können dort nicht ständig hineinspazieren und uns irgendwelche

Kräfte ausleihen. Es war ein Glücksfall, dass diese von einem Prime gespendet wurden, bevor Hero.com abgestürzt ist.«

»Und bevor er sich vor Angst irgendwo verkrochen hat«, brummte Toby.

»Egal, wie Sie darüber denken mögen, Mr Wilkinson, die Stiftung betrachtet Sie alle als ihr höchstes Gut. Sie sind ihre einzige Hoffnung.«

Eine Ratte, so groß wie Petes Fuß, schnüffelte um ein Skelett herum, das an der hinteren Wand festgekettet war. Pete ließ das Nagetier nicht aus den Augen: Er hatte panische Angst vor Ratten. Das Skelett musste schon seit einiger Zeit dort hängen, die Nagespuren auf den Knochen waren kaum zu übersehen. Er fragte sich, ob die Ratten den Gefangenen bei lebendigem Leib aufgefressen hatten.

Er war erst in der kleinen Zelle wieder zu sich gekommen; das Letzte, woran er sich erinnerte, war, dass er bei sich zu Hause im Garten gewesen war. Er hatte keine Ahnung, wo er sich jetzt befand. Es herrschte eine feucht-stickige Luft hier drinnen. Die Wände waren aus großen Blöcken gemauert, die sich nahtlos aneinanderfügten, und die Eisentür sah aus, als wäre sie nachträglich eingesetzt worden. Sein Armband war abgerissen worden, nur ein flammend roter Fleck markierte noch die Stelle. Seine Hände waren mit seltsamen Handschellen gefesselt, die mit einem Nummernblock verschlossen waren. Es erinnerte ihn an Emilys Beschreibung der Handschellen, die Blizzard ihr aufgezwungen hatte, als sie seine Gefangene war, und die ihre Superkräfte ausgeschaltet hatten.

Die Tür wurde geöffnet und Trojan erschien im Eingang, die Hände in die Hüften gestemmt. Sie musterte Pete misstrauisch.

»Los, Kleiner. Da will dich jemand sprechen.«

Das ist ja mal was ganz Neues, dachte Pete bitter, doch er sagte kein Wort, als er aus der Zelle in einen engen, steil abwärts führenden Korridor trat. Draußen war es auch nicht kühler.

Trojan stieß ihn in den Rücken. »Geh schon! Und keine Tricks.«

Pete fiel beim besten Willen keine schlagfertige Antwort ein. Zu sehr hing er seinen düsteren Gedanken nach. Seine Freunde hatten ihn im Stich gelassen, dazu die Aussicht darauf, dass seine Eltern sich trennen würden – es kam ihm vor, als gäbe es nichts mehr, wofür es sich gelohnt hätte, nach Hause zurückzukehren. Vielleicht sollte er sich für eine Weile den bösen Jungs anschließen? Dann wäre er immerhin auf der Seite der Gewinner. In diesem Moment war ihm vollkommen egal, was sie mit ihm anstellen würden.

Der Steingang führte jetzt nach oben und Pete hatte das Gefühl, durch eine eckige Spirale zu gehen. Der Weg endete vor einer weiteren Eisentür, die mit einer dicken Rostschicht überzogen war. Trojan musste sich mit der Schulter dagegenwerfen, um sie zu öffnen, und ließ Pete zuerst hindurchgehen. Der neue Raum war das glatte Gegenteil von dem, was Pete bisher gesehen hatte: groß und weiträumig, gut beleuchtet und mit braunen Bakelit-Paneelen ausgekleidet. Eine Wand war offen und bot einen atemberaubenden Ausblick auf ein üppiges Dschungeldach. Ein Schwarm grellbunter Papageien flog vorbei.

Doch Petes Aufmerksamkeit richtete sich eher auf das Innere des Raums. Basilisk und Wurm standen um eine Schaltsäule in der Mitte herum, die auf pneumatischen Armen hochfuhr. Darunter kam ein mit dem Fußboden verschraubter Ruhesessel zum Vorschein, um den sich ein Gewirr aus Kabeln wand, von denen Trockeneis tropfte. Sobald die Schaltsäule sich wieder absenkte, würde sie den Sessel und damit den, der darauf saß, vollkommen einschließen.

»Du kannst jetzt gehen, Trojan«, sagte Wurm. Das gedrungene Männchen konnte die obszöne Geste nicht sehen, die sie hinter seinem Rücken machte, bevor sie den Raum verließ und die Tür hinter sich zuzog.

»Was ist das hier?«, fragte Pete. Seine düstere Stimmung hatte jedes Gefühl von Angst vertrieben.

Wurm zeigte auf den Sessel. »Eine Kryogenkammer. Zum Tiefkühlen. Setz dich.«

Pete überhörte die Aufforderung und ging hinüber zu dem Panoramabalkon. Als er in die Tiefe sah, erkannte er, dass er sich auf der Spitze einer steil aufragenden Stufenpyramide befand. Genauso eine hatte er auf den Fotos in Tobys Haus gesehen.

»Sind wir in Südamerika?«

»Mittelamerika. Mexiko, um genau zu sein«, sagte Basilisk. »Ich würde dir raten, nicht zu springen. Wenn der Sturz dich nicht umbringt, lauern im Dschungel noch ganz andere Gefahren.«

»Vielleicht werde ich einfach hier rausfliegen?«

»Das könntest du vielleicht. Aber bei den Handschellen, die du trägst, bezweifle ich das.« Pete warf ihm einen bösen Blick zu. »Jetzt setz dich hin.«

Pete rührte sich noch immer nicht und er sah, dass Wurm langsam ungeduldig wurde. »Was habt ihr mit mir vor? Ich bin keine Bedrohung. Wenn ihr glaubt, dass hier gleich Vollstrecker durch die Tür stürmen oder meine Freunde sich die Mühe machen würden, mich zu finden, habt ihr euch leider getäuscht.«

»Ich weiß. Es sieht so aus, als ob *niemand* dich will. Außer uns.«

Basilisk zerrte Pete mühelos quer durch den Raum. Pete schrie und tobte, doch ohne Superkräfte war es, als würde er gegen einen Elefanten kämpfen. Basilisk drückte ihn auf den Sessel und hielt ihn mit seiner riesigen Pranke unten. Sie presste Petes Brustkorb zusammen, dass ihm beinahe die Luft wegblieb. Wurm schoss nach vorn und schnallte mit Fixiergurten Petes Arme und Beine fest.

»Wie ich schon sagte«, grunzte Wurm, »eine Kühlkammer, zur Aufbewahrung. In dem Ding war ich jahrzehntelang begraben. In eine Art Scheintod versetzt. Dieser Einfaltspinsel von Commander Courage glaubte, er könnte mich auf diese Weise bis zum Ende des Krieges aus dem Weg schaffen. Danach wollte er mich wieder freilassen und vor Gericht stellen. Aber dann konnte sich der gute Commander nicht mehr an mich erinnern. Ich wäre für alle Ewigkeit da drin geblieben, wenn mich eine Gruppe plündernder Archäologen nicht aus Versehen befreit hätte. Sie haben zufällig die Stromversorgung der Kryogenkammer gekappt, als sie in die Außenkammer der Pyramide eingebrochen sind. Und ich war frei.«

»Was habt ihr mit mir vor?«, fragte Pete, der nun plötzlich doch Angst bekam, als er sah, dass Basilisk sich mit einem furchterregenden Instrument – lauter Chromdüsen und gezackte Kanten – über ihn beugte.

»Eine DNA-Probe von dir nehmen«, erklärte Basilisk. Er setzte eine Düse auf Petes Arm und drückte auf den Auslöser. Pete schrie auf. Es fühlte sich an wie ein Biss. Als Basilisk die Düse wieder abnahm, sah man eine kleine runde Einkerbung in Petes Arm, leuchtend rot und pochend.

Basilisk legte die Probe in ein Gefriergerät, dann überprüfte er einige der alten Messgeräte an der Maschine. Er drückte auf einen Schalter und die Messnadel schlug aus. »Wir werden dich in einen Schlaf versetzen. Wenn wir die Hero Foundation vernichtet haben, wirst du das einzige noch übrige Exemplar eines Downloaders sein. Wir haben vor, Hero.com für unsere eigenen Zwecke umzuprogrammieren, also müssen wir dich konservieren, um zu sehen, ob es irgendwelche unerwünschten Nebeneffekte gibt.«

»Ihr benutzt mich als euer Versuchskaninchen?« Pete zerrte vergeblich an seinen Fesseln. »Lasst mich sofort hier raus!«

Wurm schenkte ihm ein dünnes, humorloses Lächeln. »Es wird wehtun – sehr wehtun. Ein paar Minuten lang, während die Temperatur absinkt, fühlt es sich an, als würde dich ein eisiges Messer durchbohren. Aber dann werden sich deine Gehirnfunktionen verlangsamen und du wirst das Bewusstsein verlieren.«

Basilisk zog eine runde Chromtür halb zu. »Denk nur daran, dass du als Eiswürfel mehr wert bist als *alles andere* auf dieser Welt. Träum schön.«

Der Metallzylinder fuhr herunter und setzte mit einem unheilvollen dumpfen Schlag auf, der die Kammer vibrieren ließ und Pete in absolute Dunkelheit tauchte. Statt der warmen Luft spürte er jetzt einen kühlen Luftzug und hörte ein Geräusch wie von hereinströmendem Gas, während die Temperatur rapide abfiel.

Dann fühlte er sich, als wäre er in ein eisiges Meer gefallen, und die Kälte stach so heftig in seinen Körper, dass er laut aufschrie.

Toby, Lorna und Emily kam es vor wie ein Albtraum: Zweige und Ranken peitschten ihnen übers Gesicht, der dunkle Urwald war erfüllt von Heulen und Schreien, von Tierlauten aller Art, dazu das Gesumm und Geraschel von Insekten, Schlangen und Skorpionen, die auf sie zukamen.

»Ich hasse den Dschungel!«, stöhnte Lorna.

Vor einigen Stunden hatte Mr Grimm sie zu einer Militärbasis gebracht. Dort wartete bereits eine kleine Staffel Vollstrecker neben einem glänzenden schwarzen Flugzeug, das Toby an einen lang gezogenen B2-Tarnkappenbomber erinnerte. Lorna fiel auf, das die Vollstrecker neugieriges Militärpersonal auf Abstand hielten. Grimm hatte ihnen erklärt, das Flugzeug gehöre zur nächsten Generation von Tarnkappenbombern mit dem Decknamen *Aurora*. Es verfüge über eine Technologie, durch die es schneller fliegen konnte als jedes andere bisher gebaute Militärkampfflugzeug.

»Warum können wir nicht dahin teleportieren?«, fragte Toby, als sie, mit dem Brustkorb nach unten auf Spezialsitzen im Bauch der Maschine – im Bombenschacht – festgeschnallt waren, die wie bei einem Karussell im Kreis angeordnet waren.

Emily war entsetzt, als Mr Grimm ihnen eröffnete, dass sie über dem Zielgebiet wie Bomben abgeworfen würden. Ihre Armbänder waren mit einer leichten Gleitflugkraft programmiert worden, sodass sie sicher landen konnten.

»Außerhalb des Hauptquartiers der Stiftung haben wir nur einige wenige Teleportationskräfte gelagert. Diese Ampulle ist eine von ihnen und Sie werden sie für Ihre Rückkehr brauchen. Denken Sie daran: Es ist *eine Kraft* für Sie alle, also achten Sie darauf, dass Sie zusammen sind.« Er steckte sie in Tobys Armband, während er fortfuhr: »Dieses Flugzeug wird Sie dort einschleusen, ohne dass Sie auf irgendeinem Radarschirm auftauchen werden, wichtiger noch, ohne dass Basilisk und Co. Sie mit ihren Geräten orten können. Vergessen Sie nicht, dass Sie mit diesem Auftrag zweierlei zu erfüllen haben: Basilisk und seine

Bande zu stoppen, muss Ihr oberstes Ziel sein. Auch wenn es Ihnen nicht gefällt, steht die Befreiungsaktion erst an zweiter Stelle. Viel Glück!«

Als sie sicher im Bombenschacht verstaut waren, der von einem schwachen roten Licht beleuchtet wurde, beschlossen sie alle, dass ihr oberstes Ziel Pete war. Alles andere konnte warten.

Vom Start merkten sie kaum etwas – bis die Maschine beschleunigte und mit solcher Geschwindigkeit himmelwärts schoss, dass sie glaubten, die Beschleunigungskräfte würden ihnen die Haut von den Knochen reißen. Die Motoren heulten wie Sirenen und die Beschleunigungskraft hielt ganze fünfzehn Minuten an, bevor sie die höchste Fluggeschwindigkeit erreicht hatten.

Toby nutzte die Gelegenheit und fragte Lorna, warum sie nicht mit zur Ausstellung ihres Dads gekommen war. Sie murmelte etwas von »vergessen« und »schon was anderes vorgehabt«, während Emily sie damit aufzog, dass sie bestimmt einen Jungen getroffen hatte. Es fiel zwar kein Name, aber Toby hatte den Eindruck, dass es jemand aus der Schule war und er nichts davon erfahren sollte. Es interessierte ihn auch nicht besonders.

In den folgenden zwei Stunden sagte keiner von ihnen ein Wort. Zu seiner Überraschung hörte Toby Lorna leise schnarchen. Die Stimme des Piloten ließ sie alle hochschrecken.

»Nähern uns dem Zielgebiet. Abwurf der Ladung in dreißig Sekunden.«

Toby nahm an, damit waren sie gemeint, und fragte sich kurz, ob der Pilot darüber informiert war, dass seine Ladung aus einem Haufen jugendlicher Superhelden bestand. Wahrscheinlich nicht.

Der Pilot begann, von fünfzehn an rückwärts zu zählen. Toby hatte vor Aufregung einen Knoten im Magen und hörte die beiden Mädchen aufschreien, als die Tür des Bombenschachts sich öffnete und ein Schwall warmer Luft hereinströmte. Unter ihnen lag das mondbeschienene grüne Dach des Dschungels.

Toby blieb kaum Zeit, um die Aussicht in sich aufzunehmen, bevor der Pilot bei null angekommen war, die Pritsche, auf der er lag, zur Seite kippte und ihn aus dem Flugzeug rutschen ließ. Das Karussell drehte sich mit der Präzision eines Uhrwerks weiter und entließ erst Emily, dann Lorna in den nächtlichen Himmel.

Schreiend stürzten sie in die Tiefe und ruderten wild mit Armen und Beinen, weil sie versuchten zu fliegen. Bis ihnen im letzten Moment einfiel, dass sie Gleitflugkräfte hatten. Sobald sie ihre Angst besiegt und sich auf ihre Kräfte konzentriert hatten, fanden sie schnell heraus, dass sie spiralförmig durch die Luft kreisen konnten und sich die Geschwindigkeit steuern ließ, indem sie ihre Arme wie Flügel ausbreiteten. Es machte zwar nicht so viel Spaß wie fliegen, aber besser als der freie Fall war es allemal.

Nach etwa zehn Sekunden beherrschten sie die Gleittechnik einigermaßen, sodass sie sich umsehen konnten. Die Aurora-Maschine war im Nachthimmel verschwunden. Ein Stück entfernt zeichneten sich im Mondlicht die eckigen Spitzen einiger Maya-Pyramiden aus dem grünen Urwalddach ab. Schon an den Umrissen erkannte Toby, dass es sich um die Fundstelle seines Vaters handelte.

Sekunden später schlugen sie durch das Blätterdach der Bäume. Zweige peitschten über ihre Gesichter, bis sie in dichtem Buschwerk auf dem Urwaldboden landeten. Lorna war als Erste auf den Beinen, sie schrie und schlug wie wild auf ihren Körper, um mehrere große Insekten zu verscheuchen, die auf ihr herumkrabbelten.

Toby erinnerte sich an zahlreiche Gespräche mit seinem Vater über die Gefahren bei Exkursionen in den Urwald, obwohl er damals das meiste für Übertreibungen seines Vaters gehalten hatte, um Archäologie als spannendes Abenteuer darzustellen. Blutegel, die einem das Blut aussaugten, wenn man durch sumpfiges Gelände gehen musste, hungrige Jaguare, die überall lauern konnten, fleischfressende Fische, Krokodile, Giftspinnen, Skorpione, Tausendfüßler, Frösche und tödliche Pflanzen. Mücken, die Malaria übertrugen, Insekten, die einem ihre Brut unter der Haut vergruben, und Ameisen, deren Biss so schmerzte, dass man meinte, angeschossen worden zu sein.

Toby entschied, dass es besser war, den Mund zu halten, um den anderen nicht noch mehr Angst zu machen.

Sie machten sich sofort auf den Weg Richtung Pyramiden. Nach einer Minute waren sie schweißnass, Mückenschwärme surrten um sie herum, immer nah an ihren Ohren, was besonders lästig war.

»Bist du sicher, dass wir in die richtige Richtung laufen?«, fragte Emily besorgt. Es kam ihr vor, als ob sie schon eine Ewigkeit unterwegs waren und längst bei den Pyramiden angekommen sein müssten.

»Ganz sicher«, sagte Toby. Sie folgten einem schmalen Tierpfad, auf dem das Vorankommen etwas leichter war, und schon bald tauchten vor ihnen moosüberwucherte Steinblöcke auf, die aussahen, als wären sie von Menschenhand behauen worden.

»Seht nur!«, flüsterte Lorna. Sie zeigte auf eine Lücke zwischen den Bäumen, hinter der sich die Seite einer Pyramide schwach vom Himmel abhob, der in der Morgendämmerung allmählich heller wurde.

Sie schlichen näher heran, um besser sehen zu können, und stolperten über immer mehr behauene Steinblöcke. Zwei große symmetrische Stufenpyramiden erhoben sich vor ihnen aus dem Dschungel.

»Welche von den beiden ist es?«, fragte Emily.

Toby und Lorna hatten die Filmaufnahmen von der Expedition ihres Vaters so oft mit ansehen müssen, dass sie das Gefühl hatten, selbst schon einmal hier gewesen zu sein.

»Das Expeditionsteam hat rund um den Fuß der Pyramiden einen Pfad freigeschlagen. Aber sie hatten nur Zeit, eine Grabkammer zu untersuchen, bevor mein Vater nach Hause gerufen wurde.«

Sie starrten in die Dunkelheit, den Pfad konnten sie gerade eben erkennen, auch dass rund um den weiter von ihnen entfernt liegenden Komplex wesentlich mehr freigeschlagen war. Lorna zeigte in diese Richtung.

»Diesen Eingang dort habe ich schon auf Dads Videos gesehen.«

Vorsichtig traten sie auf den Pfad hinaus und gingen um die nächstgelegene der Pyramiden herum. Das Mauerwerk war uralt, moosbewachsen und verwittert. Jeder Zentimeter war mit verblichenen, in den Stein geritzten Zeichen bedeckt. Sie eilten daran vorbei und hofften, dass sie nicht von Überwachungskameras beobachtet wurden. Sie erreichten den Eingang der zweiten Pyramide und es war, als befänden sie sich wie durch Zauberhand auf einmal in dem Film ihres Vaters.

Das Mondlicht spiegelte sich in dem verwitterten Siegel auf der geöffneten Tür. Es war aus Metall und ihr Vater hatte darauf hingewiesen, dass es nicht in die Zeit passte. Die Mayas hatten noch keine Kenntnisse von Metallverarbeitung gehabt, demnach musste es später angebracht worden sein. Es zeigte die grobe Zeichnung einer Schlange oder, wie Toby richtig erkannt hatte, eines s-förmigen Wurms, den Commander Courage hinterlassen hatte, um Wurms vorübergehende Inhaftierung zu markieren. Toby fragte sich kurz, was für einen furchtbaren Unfall der Commander gehabt haben musste, der ihn beinahe umgebracht und ihm die Erinnerung an solch einen Ort geraubt hatte. Er zog es vor, nicht über solche dunklen Geheimnisse nachzudenken.

Sie spähten in die pechschwarze Öffnung. Es war nichts zu erkennen.

»Wartet kurz«, sagte Emily. Sie sah auf ihr Armband. »Hat Grimm nicht von Verteidigungskräften gesprochen? Vielleicht haben wir ja so etwas wie Nachtsicht.« Sie scrollte durch die leider ziemlich uneindeutigen Icons auf dem Display und blieb schließlich bei einem Strichmännchen hängen, von dessen Kopf Wellen ausstrahlten. »Wenn das alles eher Tarnfunktionen sein sollen, wird es sich wohl kaum um Laserstrahlen handeln.«

Sie tippte auf den Sensorbildschirm und spürte ein leichtes Kribbeln im Arm, als die Kraft durch die Sensoren übertragen wurde.

Lorna machte einen Schritt zurück. Die Augen ihrer Freundin schimmerten plötzlich grünlich, was sehr beängstigend aussah.

»Ich kann sehen!«, rief Emily. »Kommt schon, versucht es auch. Los!«

Toby und Lorna taten es ihr gleich. Die Welt um sie herum war auf einmal in ein blassgrünes Licht getaucht und sie konnten bis in den hintersten Winkel der dunklen Kammer vor ihnen sehen. Sie betraten die Pyramide und Toby spürte bei jedem Schritt, dass er der Spur seines Vaters folgte.

Die Wände waren voller eingeritzter Hieroglyphen. Alle Gegenstände, die vorher das Grab geschmückt hatten, waren entfernt worden und wurden gerade in der Ausstellung im Museum gezeigt.

»Hier ist niemand«, wisperte Emily. »Bist du sicher, dass es der richtige Ort ist?«

»Dad konnte nur bis in die äußere Kammer vorstoßen. Er sagte, es gab eine schwere Steintür, die jedes Weiterkommen verhinderte.« Toby ging voran, er sah die im Museum ausgestellten Pläne noch genau vor sich. Jetzt war er froh, dass er so viel Zeit dort zugebracht hatte. Sie gingen um eine Ecke und standen direkt vor der Tür zur inneren Kammer.

Oder vor dem, was davon noch übrig war. Der Gang war übersät von Schutt. Die Tür war aufgesprengt worden – und zwar von *innen* her. Demnach war klar, wann Wurm ausgebrochen war. Dahinter flackerte ein schwaches elektrisches Licht an der Wand und der Gang führte aufwärts.

»Ich würde sagen, hier sind wir richtig«, flüsterte Toby. Seine Nachtsichtkräfte ließen nach, als sich seine Augen auf das elektrische Licht einstellten. »Lasst uns genau überlegen, wie wir vorgehen. Kein unnötiges Risiko. Wir holen Pete und gehen gemeinsam hier raus. Und erst dann sollten wir entscheiden, ob wir Basilisk und seine Leute ausschalten können.«

Lorna war beeindruckt, mit welcher Leichtigkeit Toby die Rolle des Anführers übernahm, auch wenn sie es nicht zugegeben hätte. Sie betraten den Gang und folgten ihm vorsichtig nach oben. Toby schätzte, dass sie genau den Außenmauern der Pyramide folgten, als der Tunnel vor ihnen nach links abbog. Toby spähte um die Ecke.

Der Weg führte weiter aufwärts, auf halber Strecke gab es in der Mitte der Wand eine Tür, bevor er ein Stück weiter wieder nach links abbog, dem eckigen Grundriss der Pyramide folgend. Vorsichtig schlichen sie an der Tür vorbei und sahen durch die engen Gitterstäbe in eine schäbige Zelle.

»Leer«, sagte Toby, der schon gehofft hatte, sie könnten Pete schnell und problemlos da rausholen.

Sie kamen an die nächste Ecke. Toby wollte gerade einen Schritt vorgehen, als Emily ihn zurückriss und gegen die Mauer drückte und ihm eine Hand über den Mund legte.

»Hörst du?«, hauchte sie.

Es war seltsam, Emily so nah zu haben. Toby schüttelte den Kopf, das war nicht der richtige Moment, um an Mädchen zu denken – insbesondere Emily. Er lauschte angestrengt. Wütende Stimmen drangen aus einem anderen Raum auf halber Strecke des Gangs.

»Du hast ihn umgebracht!«, sagte eine weibliche Stimme.

»Ich dachte, du würdest ihn erschießen!«, bellte eine wütende Männerstimme.

Lorna scrollte durch die Auswahl auf dem Display ihres Armbands und suchte nach einem quadratischen, leeren Icon. Vielleicht hatte sie ja eine Kraft, mit der man sich unsichtbar machen konnte. Fehlanzeige.

»Wartet hier«, raunte Toby ihnen zu. »Ich seh erst mal nach, was da los ist.«

Bevor sie protestieren konnten, schlich Toby schon auf Zehenspitzen bis zu der Tür und drückte sich daneben flach an die Wand. Er war von sich selbst genervt, weil er die blöde Titelmelodie von *Mission Impossible* nicht aus dem Kopf bekam. Jetzt ärgerte er sich, dass er die Filme vor ein paar Tagen mit Pete angeschaut hatte. Er riskierte einen Blick durch die Türöffnung.

Doch statt der erwarteten Folterszene sah er Trojan und Viral vor sich, die ihm den Rücken zuwandten. Sie hatten ihre Füße auf den Tisch gelegt und waren in ein PlayStation-Spiel vertieft, bei dem sie digitale Gegner auf einem winzigen Bildschirm abschießen mussten. Um ein Haar hätte Toby erleichtert aufgelacht – schön zu wissen, dass auch Superschurken nur Menschen waren. Er schlich an der Türöffnung vorbei und gab den anderen ein Zeichen, ihm zu folgen.

»Pass auf!«, schrie Trojan.

Lorna erstarrte, sie stand genau in der Tür und dachte, sie wäre erwischt worden. Ein kurzer Blick sagte ihr, dass Trojan nur ihr Spiel meinte.

Das Trio folgte weiter dem stetig aufsteigenden Gang. Da die Abstände zwischen den Abbiegungen immer kürzer wurden, konnte es bis zur Spitze nicht mehr weit sein, schätzte Toby.

So weit, so gut, dachte er. Er hatte sich das Ganze viel schwieriger vorgestellt, als es bis jetzt den Anschein hatte. Der Gang endete vor einer Eisentür und dahinter hörten sie gedämpfte Maschinengeräusche und undeutliches Gemurmel. Auch wenn man die Worte nicht verstehen konnte, waren die Stimmen von Basilisk und Wurm doch deutlich zu erkennen. Durch den Spalt unter der Tür sah man, wie sich ihre Schatten bewegten.

Toby untersuchte die schwere Tür. Ohne Energiewaffen

oder Supermuskelkräfte würden sie hier gar nichts ausrichten können und ihm wurde klar, dass sie in der Spitze dieser Maya-Pyramide ganz schön in der Falle saßen: eingekeilt zwischen zwei Superschurken vor ihnen und zwei hinter ihnen.

Toby scrollte durch die Superkräfte auf seinem Armband und hoffte, vielleicht doch noch irgendetwas zu finden, das ihnen helfen könnte, Pete zu befreien.

RÜCKZUGSSTRATEGIE

Bei Wurms Anblick fragte Basilisk sich zum wiederholten Male, wie er es anstellen sollte, diesen nervigen Gnom loszuwerden, sobald sie ihren Plan erfolgreich zu Ende geführt hätten. Abgesehen von seiner kurzen Gefangenschaft – die sich am Ende zu ihren Gunsten ausgewirkt hatte, da sie nun einen Downloader eingesperrt hatten – hatte bisher alles geklappt wie am Schnürchen. Hero.com war immer noch außer Funktion, die Primes, die die Website gepflegt hatten, waren untergetaucht und die Hero Foundation war ihnen schutzlos ausgeliefert – oder würde es bald sein, wenn er sie aufgespürt hatte.

Doch allmählich begann ihnen die Zeit davonzulaufen.

Der Virus, den er in Goonhilly in das System eingeschleust hatte, hatte sich als hochwirksam erwiesen und viel mehr Schaden angerichtet, als er für möglich gehalten hatte. Aber Basilisk wusste auch, dass es nur eine Frage der Zeit wäre, bis die Techniker der Stiftung Hero.com wieder zum Laufen brachten, und er brauchte länger als erwartet, um Zugang zu den Satelliten der Foundation zu erhalten. Wenn es ihm nicht bald gelingen würde, konnte es ihn so weit zurückwerfen, dass er von vorn anfangen müsste. Als er Wurm seine Bedenken mitgeteilt hatte, war das Männchen sofort in Panik geraten.

»Vielleicht wäre es an der Zeit, den Rat einzuschalten, um uns beim Sturz der Foundation zu helfen?«, hatte er gejammert.

Basilisk warf einen kurzen Blick auf die Gefrierkammer, in der der Junge steckte.

»Zweifellos würden sie die Foundation vernichten«, knurrte Basilisk, »und Hero.com gleich mit. Was hätten wir also davon, wenn wir ihnen die Macht übergeben würden?«

»Lieber bitte ich um Unterstützung, als dass alles misslingt! Warum sollen wir uns so kurz vor dem Ziel abmühen, wenn der Rat mehr als bereitwillig ...«

Basilisk fiel ihm ins Wort. »Hier geht es um mehr als deinen kleinen Rachefeldzug gegen Commander Courage! Denk doch ausnahmsweise mal ein bisschen weiter! Wir werden *unsere eigene* Superkräfte-Website haben. Außerdem bin ich beim Rat nicht besonders beliebt, seitdem ich versucht habe, ihn zu stürzen. Sie würden mich bei der Gelegenheit umbringen.« Er bemerkte Wurms berechnenden Blick. »Und *dich* gleich mit, dafür, dass du mir so lange Unterschlupf gewährt hast. Irgendwie habe ich das Gefühl, du bekommst langsam kalte Füße.«

Wurm schüttelte den Kopf. »Überhaupt nicht.« Obwohl in Wahrheit seine Rachegelüste noch immer wie Feuer in ihm brannten. »Aber anstatt etwas zu unternehmen, verkriechen wir uns hier in diesem Gefängnis«, zischte Wurm, der gar nicht in Worte fassen konnte, wie sehr er diese Pyramide, den Dschungel und das ganze Land hier hasste.

Keiner der beiden Männer bemerkte eine schleichende Bewegung unter der Tür. Es sah aus, als hätte jemand ein Blatt Papier unter der Tür durchgeschoben – ein Blatt Papier mit Tobys Foto darauf.

Doch in Wirklichkeit war es Toby selbst.

Er war nur noch hauchdünn und zog sich selbst durch den schmalen Spalt. Es war eine ganz ungewohnte Erfahrung, plötzlich so superdünn zu sein, und er hatte Schwierigkeiten, sich auf dem Steinboden festzukrallen, um sich in den Raum hineinzuziehen.

Basilisk redete weiter. »Wie ich schon sagte, wir lassen den Jungen hier und gehen über zu Phase zwei. Seit wir in das Satellitensystem in Großbritannien eingedrungen sind, *weiß* ich glücklicherweise, welchen Satelliten die Foundation für die Übertragung der Superkräfte benutzt. An diesen Satelliten müssen wir rankommen, damit Viral tätig werden kann.«

»Das wird aber auch Zeit! Bislang hat er noch nichts geleistet, außer hier alles mit seinem fauligen Gestank zu verpesten. Nach all dem Aufwand, den wir hatten, um ihn aus dem Knast zu holen, hätte man doch erwarten können, dass er wenigstens mal duscht. Was kann er eigentlich so Wichtiges für uns tun?«

»Sobald man ihm ein System öffnet, kann Viral einen raffinierten Code direkt in den Satelliten eingeben, mit dem man genau feststellen kann, von wo aus die Foundation sendet. Dann kann er ihre Sicherungssysteme aus dem Netz hauen, sodass wir unseren letzten Angriff starten können.«

»Endlich mal ein bisschen Action.«

»Wenn er den Virus erst mal eingeschleust hat, macht es auch nichts, wenn sie Hero.com wieder online bringen, weil wir den Satelliten unter Kontrolle haben werden.«

»Warum muss alles, was du machst, immer so kompliziert sein?«

»So einfach ist das Leben nun mal nicht! Vor allem nicht, wenn es um etwas geht, das sich wirklich lohnt. Mein Plan ist narrensicher und wird uns geradewegs zum Sieg führen!« *Und dich außer Gefecht setzen*, ergänzte Basilisk im Stillen.

Toby war jetzt unter der Tür durch und zog sich weiter bis hinter den Stahlzylinder in der Mitte des Raums. Er stellte sich aufrecht, dabei achtete er darauf, den beiden Schurken immer seine papierdünne Seite zuzuwenden. Eine Schrecksekunde lang glaubte er, Wurm habe zu ihm herübergesehen, aber der schien ihn nicht bemerkt zu haben.

»Und was ist mit den anderen beiden? Ich mag sie nicht.«

Basilisk hatte vor, Viral und Trojan später auch für einen Übergriff auf Villain.net einzusetzen, aber das war ein Plan, der Wurm nichts anging. »Wenn wir die Sache hinter uns haben, kannst du mit ihnen machen, was du willst.« Basilisk musste sich beherrschen, um nicht laut loszulachen. Trojan und Viral würden Wurm in Stücke reißen.

Toby betrachtete die Kontrollschirme der Maschine, die

vor ihm stand. Er hatte erwartet, Pete irgendwo gefesselt vorzufinden. Entsetzt erkannte er das Gesicht seines Freunds auf einem der Monitore. Ein Gerät, das seine Herztöne aufzeichnete, piepte gleichmäßig, demnach lebte er noch. Er musste in diesem seltsamen Zylinder stecken.

»Also schön. Ich gestatte dir fortzufahren«, sagte Wurm.

»Äußerst großzügig«, säuselte Basilisk, der am liebsten Fischfutter aus diesem Gnom gemacht hätte.

»Ich werde die *Nematode* aufladen, sodass wir zu Phase zwei übergehen können.«

Toby beobachtete, wie Wurm auf die Aussichtsplattform in der Spitze der Pyramide zusteuerte – etwas, das von außen nicht zu sehen war, weil es durch einen holografischen Bildschirm getarnt war. Wurm löste sich plötzlich in sandähnliche Körner auf, die wasserfallartig an der Seite der Pyramide hinunterrieselten, bevor er unten auf der Erde wieder seine ursprüngliche Gestalt annahm.

Toby grinste. Wenn sie warteten, bis die bösen Jungs verschwunden waren, würden sie Pete problemlos befreien können. Basilisk drehte sich auf dem Absatz um und ging eilig auf die Tür zu.

In dem Moment erkannte Toby die Schwachstelle in seinem Plan. Er hatte keine Zeit, einen Warnruf auszustoßen, bevor Basilisk die Tür aufriss.

Lorna und Emily erstarrten, als sie sich dem Schurken gegenübersahen. Basilisk blieb wie angewurzelt stehen, als er sie erkannte.

Dann war das Chaos nicht mehr aufzuhalten.

»Eindringlinge!«, brüllte Basilisk.

Toby machte einen Schritt nach vorn, um Basilisk von den beiden Mädchen abzulenken, als ihm inmitten der altertümlichen Messgeräte und Skalen auf dem Schaltpult ein roter Knopf ins Auge fiel. Er war so offensichtlich, dass es sich hier nur um den alles entscheidenden Knopf handeln konnte. Sicher war das Design vor über sechzig Jahren, als die Maschine konstruiert worden war, der letzte Schrei gewesen. Da der Schurke im Augenblick gerade abgelenkt schien, war dies die Gelegenheit, Pete zu befreien.

Er schlug auf den Knopf.

Eine Alarmanlage quäkte los und übertönte Basilisks Geschrei. Gelbe Warnlichter blinkten über der Gefrierkammer und eisige Nebelschwaden entwichen unter Hochdruck aus der Maschine.

Basilisks Augen funkelten bösartig. Emily und Lorna schrien beide gleichzeitig vor Schmerz, als sich ihre Haut um den Körper zusammenzog. Das Gefühl verschwand sofort wieder, als Basilisk sie nicht mehr direkt ansah, sondern herumwirbelte und bemerkte, wie sich in dem Raum hinter ihm das Trockeneis ausbreitete.

»Wer ist da?«, schrie er verwirrt.

Emily und Lorna wollten schon kehrtmachen, blieben aber wie angewurzelt stehen, als Viral und Trojan durch den Gang direkt auf sie zugerannt kamen. Sie verlangsamten das Tempo, als sie sahen, dass die Eindringlinge in der Falle saßen.

Viral grinste böse. »Na, habt ihr euch verlaufen, Mädels?«

Lorna packte Emily und schrie etwas. Toby sah alles nur undeutlich durch die Nebelschwaden, die das Trockeneis ausströmte. Er beobachtete, wie Emily und Lorna auf ihre Armbänder drückten und dann in einer Rauchwolke, in die sich der Eisnebel mischte, von einer Sekunde auf die nächste verschwunden waren.

Basilisk drehte sich um und stürzte zur Konsole, er ahnte noch immer nichts von Tobys Anwesenheit. Toby umkreiste ihn und warf die Tür hinter ihm zu, dann schob er den schweren Riegel vor. Viral und Trojan waren ausgesperrt.

Basilisk fuhr herum und endlich bemerkte er Toby, der wie eine lebensgroße, zweidimensionale Comicfigur vor ihm stand. Hinter ihm bewegte sich der Zylinder der Gefrierkammer nach oben und man sah Pete, der bewusstlos auf dem Sessel festgeschnallt und mit einer Eisschicht überzogen war.

»Du gibt wohl nie auf, was ?«, fauchte Basilisk, als er Toby erkannte.

Toby wusste sehr wohl, dass er auf sich allein gestellt war. Emily und Lorna mussten sich irgendwohin teleportiert haben – ein Teil von ihm war sauer, weil sie ihn hängen gelassen hatten, während der andere Teil zugeben musste, dass sie keine andere Wahl gehabt hatten.

»Ich wollte nur meinen Freund abholen, Basilisk«, sagte Toby und hob seine hauchdünnen Hände zum Kampf, obwohl er reichlich lächerlich aussah. Vielleicht genügte ein Schlag des Superschurken und er hätte ein Loch im Bauch, schoss es Toby durch den Kopf. Das wäre bestimmt sein Ende.

»Dann komm und hol ihn dir, Junge.«

Toby machte einen Schritt nach vorn und fragte sich, wie er es am besten vermeiden konnte, dem Typen direkt in die Augen zu sehen. Auf einmal stand Trojan mit wehendem Umhang mitten im Raum; Viral stieg aus dem Faltenwurf, bevor der Umhang sich wieder um die Frau legte. Trojan trug ihre Maske nicht und Toby dachte, dass sie eigentlich ganz attraktiv aussah, bis sie ihm ihr grausames Lächeln schenkte. Sie waren eindeutig in der Überzahl.

Und er würde wahrscheinlich gleich sterben.

Emily und Lorna tauchten mit einem schmatzenden Geräusch wieder auf. Ihnen war schwindelig von ihrer plötzlichen Flucht. Jetzt standen sie ganz oben auf der Nachbarpyramide. Der Dschungel erstrahlte in der Morgenröte. Für einen kurzen Moment war Lorna gefangen genommen von diesem atemberaubenden Anblick.

Eben noch hatten sie und Emily auf ihrem Armband nach weiteren Möglichkeiten gesucht und gerade eine gefunden, die ihnen möglicherweise nützlich sein konnte – als plötzlich Basilisk die Tür geöffnet hatte. Als dann noch die anderen Schurken hinter ihnen aufgetaucht waren, war ihnen nichts anderes übrig geblieben, als die neue Funktion auszuprobieren und zu hoffen.

Ihre Körper atomisierten zu einer Wolke, es fühlte sich an, als würde man sie am ganzen Körper kitzeln. Obwohl ihre Gliedmaßen nicht einmal die Ausmaße eines Staubkorns hatten, konnten sie immer noch alles um sich herum sehen. Da es nur einen Ausweg gab, zischten sie an Basilisk vorbei und kreisten wie Geister durch den Raum, bevor sie die Öffnung nach draußen entdeckten. Sie schossen hindurch und in hohem Bogen hinüber zu der gegenüberliegenden Pyramide, gerade als ihre Kräfte nachließen.

Emily zeigte zurück auf die andere Pyramide. Die Öffnung, aus der sie eben entwischt waren, wurde von einer solide aussehenden Mauer verschlossen. Sie starrte ein paar Sekunden mit zusammengekniffenen Augen hinüber: Da sah sie plötzlich, wie das Bild kurz gestört war, wie bei einer verzerrten Videoaufnahme.

»Es ist eine Täuschung, da ist gar keine Mauer! Sieht aus wie ein Hologramm oder so was.«

»Wir müssen zurück zu Toby und ihn da rausholen.«

»Aber allein mit Verteidigungskräften können wir nicht kämpfen.«

»Und was machen wir jetzt?«

»Warte mal, Lorn, ich habe da eine Idee.«

Toby stöhnte vor Schmerz. Seine Kraft war mit einem Schlag verschwunden und sein ganzer Körper pustete sich wieder auf wie ein Luftballon. Es fühlte sich an, als würde er zusammengeschlagen.

Trojan beobachtete ihn verblüfft. »Cooler Trick.«

»Danke.« Er brachte so etwas wie ein charmantes Lächeln zustande, dann fiel ihm wieder ein, in welcher Gefahr er schwebte.

»Können wir ihn nicht gleich töten?«, zischte Viral.

Basilisk nickte. »Ja, er ist nutzlos für uns.«

Toby machte einen Schritt nach hinten und stieß gegen die Eisentür, die ihm den Weg abschnitt. Viral öffnete den Mund, um eine hämische Bemerkung zu machen ...

Dann riss ein Feuerball ihn von den Füßen und er flog gegen die uralte Maya-Mauer.

Trojan und Basilisk wirbelten herum und sahen, wie Emily und Lorna im Sturzflug durch den Torbogen schossen. Emily landete direkt neben Pete und begann sofort, seine Fixiergurte zu lösen. Lorna feuerte einen weiteren Feuerball zwischen Trojan und Basilisk, die sich nur mit einem Sprung zur Seite retten konnten.

»Tobe! Wir müssen *loooos!«*, schrie sie.

Toby hatte keine Zeit, sich zu fragen, wo sie auf einmal diese Kräfte herhatten; stattdessen stürzte er los und half Emily, Pete von seinem Sitz abzuschnallen.

Die drei zu Boden gegangenen Schurken versuchten alle gleichzeitig, sich wieder aufzurappeln. Ein Energiestrahl zischte aus Basilisks Händen – Lorna sprang zur Seite, als der Strahl ein Loch in das jahrtausendealte Mauerwerk riss. Sie antwortete mit einem Feuerball, der Basilisk mitten auf den Brustkorb traf und ihn gegen Viral schleuderte. Blitzschnell drehte Lorna sich um und wollte einen weiteren Schuss auf Trojan abfeuern – doch er explodierte auf Trojans Umhang, als diese ihn im letzten Moment hochschleuderte.

Pete war bleischwer und immer noch bewusstlos, als Emily und Toby ihn mit vereinten Kräften von seinem Stuhl zogen. Seine Haut fühlte sich eiskalt an, doch sie hatten jetzt keine Zeit, sich darum zu kümmern.

Lorna fiel zu Boden. »Verdammt, meine Flugkraft ist am Ende!«

Toby und Emily zogen Pete hinüber zu der Öffnung nach draußen und Lorna zertrümmerte seine Handschellen, bevor sie einen weiteren Feuerball in den Raum schickte – dieses Mal zielte sie auf die Gefrierkammer. Sie explodierte in tausend Stücke und alle gingen vor den herumfliegenden Teilen in Deckung.

»Wir sitzen wieder in der Falle«, stellte Emily mit gezwungener Ruhe fest.

Toby blickte an der steilen Kante der Pyramide in die Tiefe. Es war ein langer Weg da runter und eine beschwerliche Kletterei. Ohne Flugkräfte kamen sie nicht weiter.

»Wie war euer Plan, um hier rauszukommen?«

»Ich hatte gehofft, wir könnten noch fliegen«, sagte Lorna.

Ein von Basilisk abgefeuerter Energiestrahl schnitt durch die Mauer neben ihnen, Gesteinssplitter streiften Tobys Gesicht. Trojan und Viral gesellten sich zu ihm und schüttelten Gesteinsbrocken von ihren Kleidern.

»Warum springt ihr nicht einfach, um es euch leichter zu

machen«, zischte Viral. »Denn wenn ich mit euch fertig bin, wird nicht mehr viel von euch übrig sein.«

Toby schoss nach vorn, als Basilisk wieder den Arm hob, um zu schießen. Er drückte auf ein Icon seines Armbands, das er die ganze Zeit schon hatte ausprobieren wollen. Es gab einen grellen Blitz – dann standen auf einmal zehn Tobys Basilisk gegenüber. Die Doppelgänger sahen einander an und grinsten.

Basilisk feuerte dorthin, wo der echte Toby gestanden hatte. Der Doppelgänger verschwand mit einem lauten Knall.

»Was soll das?«, fauchte Basilisk vollkommen außer sich, als die Armee von Tobys auf ihn zukam.

Der echte Toby hatte sich ein paar Meter zur Seite teleportiert, als diese Doppelgänger aufgetaucht waren. Es war wie das alte Spiel, bei dem man herausfinden musste, unter welchem Becher sich die Münze befand. Er hatte zwar immer noch keine Angriffskräfte, doch er hoffte, dass Basilisk das nicht wusste. Und wenn er sprach, sprachen alle acht Abbilder gleichzeitig.

»Zeit für dich zu verschwinden! Es steht gerade neun gegen einen!«

Viral trat gegen einen der Doppelgänger – er platzte wie eine Seifenblase.

»Pech gehabt«, grinste Toby.

»Wenn du uns angreifen könntest«, sagte Basilisk langsam, »hättest du es garantiert längst getan. Aber du kannst es nicht, stimmt's?«

Verdammt. Der Gesichtsausdruck der acht Tobys verriet, dass er recht hatte. Da hörte Toby, wie Emily hinter ihm schrie: »Toby! Lass uns abhauen!« Sie und Lorna nahmen Pete in ihre Mitte.

Die acht Tobys drehten sich um und rannten auf Emily zu. Toby fühlte, wie Basilisk hinter ihm einen Energiestrahl abfeuerte, und die Steinfliesen hinter ihm flogen unter seinen Füßen hoch wie ein Teppich. Er warf sich nach vorn und landete vor Emilys Füßen, auf der Nase.

Sie drückte auf ihr Armband und im nächsten Moment waren die vier von einem kugelförmigen Energieschutzschild umgeben. Basilisk schoss wieder. Der Strahl prallte vom Schild ab.

»Ihr werdet hier nicht lebend rauskommen!«, wütete Basilisk und seine Augen schienen in fluoreszierenden blauen Blitzen zu explodieren.

Toby schrie auf, als er merkte, wie seine Haut sich zu verhärten begann, als würde sämtliche Feuchtigkeit aus ihm herausgesaugt. Trotz der Schmerzen kam ihm plötzlich eine Idee. Wie ein Hamster begann er, im Inneren des Kugelschildes zu laufen – und die vier rollten mit der Kugel bis an die Kante der Pyramide!

Einmal in den Ferien hatte Toby eine Extremsportart ausprobiert, die sich Zorbing nannte. Unter anderem wurde man dabei in einem riesigen aufblasbaren Ball festgeschnallt und einen Hang hinuntergerollt. Es hatte unglaublich viel Spaß gemacht. Und das Gleiche machte er jetzt nach.

Die Energiekugel rollte und hüpfte in halsbrecherischem Tempo mit den vier Freunden darin die Stufenpyramide hinunter und gewann mehr und mehr an Fahrt. Sie purzelten alle haltlos durcheinander – stießen mit den Köpfen zusammen und prallten schmerzhaft aufeinander.

Basilisk schoss im Sturzflug hinterher. Da sie nicht fliegen konnten, blieben Viral und Trojan oben am Rand stehen und beobachteten, wie die Energiekugel von der letzten Stufe der Pyramide hüpfte und in hohem Bogen in den Dschungel flog.

Sie konnten nichts mehr tun und Toby schrie, während sie wie eine Flipperkugel durch den Dschungel schossen, immer wieder von den Bäumen abprallten und abrupt die Richtung wechselten. Irgendwann brachen sie aus dem Unterholz auf eine Lichtung, wo Wurm gerade den Rumpf der *Nematode* überprüfte. Der zu kurz geratene Schurke hatte kaum Zeit, sich auf den Boden zu werfen, als die Energiekugel auch schon gegen die Seite seiner Maschine krachte und in den dichten Urwald zurückprallte. Sekunden später kam Basilisk in halsbrecherischem Tempo über die Lichtung geschossen und flog in weitem Bogen hinter der Kugel her.

Gerade als Toby kurz davor war, sich zu übergeben, machte die Kugel einen letzten Hüpfer – und schien nicht wieder auf dem Boden aufzukommen. Er merkte plötzlich, dass sie aus großer Höhe in die Tiefe fielen …

Sie waren über den Rand einer Klippe geflogen und stürzten in einen der wenigen Flüsse der Halbinsel Yucatán. In seinen Gedanken ratterten Mr Grimms Erklärungen herunter. Man hatte Wurm in Yucatán eingesperrt, weil die ganze Halbinsel auf Kalkstein ruhte. Es war zwar ein vergleichsweise weiches Gestein, doch es genügte, um Wurms Kräfte zunichtezumachen. Kalkstein bedeutete auch, dass es auf der Halbinsel nur wenig Seen oder Flüsse gab, denn das Gestein saugte alles Wasser wie ein Schwamm auf. Dabei entstanden sogenannte Cenoten oder Dolinen, schachtartige Löcher im Kalkstein, in denen sich das Süßwasser sammelte. Die wenigen Flüsse, die es gab, mündeten alle ins Meer und waren von Krokodilen bevölkert.

Das schoss Toby durch den Kopf, als sie in den Fluss hinunterstürzten – und in dem Moment Emilys Kraft versiegte und damit der Schutzschild verschwand.

Sie landeten mit einem Riesenplatscher im Wasser und Toby hatte das Gefühl, auf den Grund des Flusses gezogen zu werden. Verzweifelt trat er mit den Füßen nach unten und arbeitete sich Richtung Wasseroberfläche hoch, wo er prustend und Wasser spuckend neben Emily auftauchte. Nicht weit entfernt erblickte er auch Lorna.

»Wo ist Pete?«, schrie Toby und spuckte einen großen Schwall Wasser aus.

Pete tauchte plötzlich aus dem Wasser auf, wild nach Luft schnappend und so laut fluchend, dass Toby ein Grinsen kaum unterdrücken konnte; ein gutes Zeichen, er lebte also noch.

Eine leichte Strömung erfasste sie.

»Schnell ans Ufer!«, rief Emily.

Noch ehe sie sich bewegen konnte, schoss Basilisk zwischen den Bäumen am Ufer hervor und schwebte über dem breiten Fluss. Sofort hatte er die vier im Wasser entdeckt. Er war so rasend vor Wut, dass er sich nicht einmal die Zeit für eine hämische Bemerkung nahm, und feuerte seinen Energiestrahl auf sie ab.

Emily und Toby tauchten unter und sahen, wie der Strahl über ihren Köpfen ins Wasser traf und einen Strudel Luftblasen produzierte. Die Restenergie schoss in Wellen über die Wasseroberfläche und traf Lorna. Mit einem Schlag fühlte sie sich vollkommen kraftlos.

Toby schwamm sofort unter Wasser zu ihr und tauchte neben ihr auf, als Basilisk erneut schoss. Glücklicherweise ging der Schuss weit daneben, sodass Toby Lorna über Wasser halten konnte. Sie sah blass aus, erholte sich aber schon wieder. Toby tastete nach ihrem Armband, um ihren Energieschild wieder zu aktivieren, doch es war verschwunden.

»Wo ist es?«

Lorna war zu schwach, um zu antworten. Toby blickte auf und sah Basilisk im Tiefflug herankommen – Emily befand sich direkt in seiner Schusslinie.

Pete hatte es auch gesehen. Er war noch immer ganz benommen von seiner Zeit in der Gefrierkammer und vor allem seine Gelenke fühlten sich noch immer an wie steif gefroren, selbst hier im warmen Flusswasser. Er schnaubte wütend und streckte mit aller Kraft seine Hände in Basilisks Richtung, ohne überhaupt zu wissen, ob irgendetwas passieren würde – doch er erinnerte sich an die ersten Male, als er seine Superkräfte benutzt hatte.

Ein nadelspitzer Eiszapfen schoss aus seiner Hand – und traf Basilisk mit solcher Wucht, dass der nach hinten geschleudert wurde. Petes aufgestaute Wut löste sich in einem langen Schrei – alles, was er unterdrückt hatte, seit seine Eltern ihm eröffnet hatten, dass sie sich trennen würden, seit sein Haus zerstört und er gekidnappt worden war – der Schrei dauerte an, bis Basilisk in einer riesigen Eiskugel eingeschlossen war, die ins Wasser stürzte.

Die Anstrengung kostete Pete so viel Kraft, das er sich nicht länger über Wasser halten konnte. Sekunden später spürte er, wie sich ein Paar Arme um ihn schlang und er zum Ufer gezogen wurde. Erst als er den Kiesstrand unter sich spürte, wagte er, die Augen zu öffnen, um zu sehen, wer sein Retter war. Emily strahlte ihn an.

»Schön, dich wiederzusehen«, sagte sie. Dann sahen sie beide, wie ein Minieisberg den tropischen Urwaldfluss hinuntertrieb, mit einem in seiner Mitte gefangenen Basilisk. Ein grotesker Anblick.

Die Helden fanden sich am Flussufer zusammen, außer Atem, aber bis über beide Ohren grinsend. Selbst am frühen Morgen herrschte bereits eine drückende Schwüle, doch das Bad hatte sie etwas abgekühlt.

Toby half Lorna, sich aufzusetzen; ihre Arme und Beine waren noch immer taub von dem Energiestrahl, der sie getroffen hatte. Doch sie versicherte ihm, dass das Gefühl allmählich zurückkam.

»Was ist eigentlich passiert?«, fragte Pete.

Toby erklärte ihm alles, was er verpasst hatte. Dann erzählten Lorna und Emily ihnen, wie Emily eingefallen war, dass das Armband die Kräfte, die sie noch in sich hatten, kontrollieren sollte, indem es sie *unterdrückte*. Emily hatte also Lornas Armband abgerissen und so die unkontrolliert und willkürlich arbeitenden Kräfte freigesetzt – damit war sie natürlich ein großes Risiko eingegangen, denn sie konnten ja nicht wissen, ob sie ihre eigenen Kräfte tatsächlich auch benutzen konnte, und ohne das Armband wäre Lorna ohne jede Möglichkeit, sich zu verteidigen.

Dann berichtete Pete seinerseits von seiner Nacht mit Basilisk, von seinen Eltern und dem Angriff auf sein Haus. Die anderen hörten schuldbewusst zu und überschütteten ihn mit einem Schwall von Entschuldigungen, sobald er geendet hatte. Pete antwortete nicht, wie auch, wo er ihnen doch auch die Schuld dafür gab? Er fragte sich, ob es daher kam, dass er lebendig eingefroren gewesen war, aber irgendetwas in ihm war gerissen. Er wusste jetzt, dass die einzige Person, auf die er sich verlassen konnte, er selbst war. Er war nicht mehr Teil des Teams. Er wäre besser dran, wenn er allein arbeitete, und er würde einen eigenen Zugang zu Hero.com verlangen.

Aber diese Gedanken behielt er für sich. Er würde mit den anderen reden, wenn sie diesen ganzen Schlamassel überstanden hatten.

Toby wusste, dass sie noch mit Wurm und den anderen beiden fertig werden mussten, doch es gab auch eine gute

Nachricht. »Immerhin sind wir diese dämliche Steinfratze los!«

»Falsch!«

Sie fuhren herum und sahen, wie Basilisk aus dem Wasser stieg, patschnass und zerzaust. Eisklumpen baumelten von seinem Umhang, er riss die Kapuze herunter und enthüllte ein rasch zerfallendes Gesicht, das kaum wiederzuerkennen war, da seine Regenerationskräfte nicht funktionierten. Er hob eine Hand und schoss einen Energiestrahl auf Pete –

Pete wurde zur Seite geschleudert, weil Emily auf ihn prallte. Sie hatte die volle Wucht des Schusses abbekommen.

»Em!«, schrie Lorna – erstarrte jedoch sofort in ihrer Bewegung, als Basilisk seine Hände auf sie richtete.

»Stopp!«, brüllte er. »Oder du wirst enden wie deine Freundin!«

Pete knirschte mit dem Zähnen und streckte seine Hand aus –

Nichts passierte. Fassungslos starrte er auf seine Finger. Er versuchte es wieder und dieses Mal brach Basilisk in schallendes Gelächter aus.

»Eure Kräfte sind nur noch kümmerliche Reste der mächtigen Hero.com! Ohne die Website verkümmern sie und deine scheinen sich ganz verabschiedet zu haben.«

Pete wich keinen Schritt zurück, während Basilisk langsam auf ihn zukam. Er versuchte es mit einer anderen Kraft – wieder nichts.

»Los, komm schon, Kleiner. Mach den Schuss deines Lebens.«

Basilisk stellte sich mit ausgebreiteten Armen vor ihn. »Los, schieß mich nieder!«

Stattdessen trat Pete Basilisk mit solcher Wucht zwischen die Beine, dass selbst ein Elefant in die Knie gegangen wäre. Basilisk zuckte nicht einmal mit der Wimper.

»Ihr seid nutzlos. Ihr alle. Die kleinen Fußsoldaten der Stiftung haben nichts erreicht. Wie tief man doch fallen kann.«

Er stieß Pete brutal zu Boden.

»Eigentlich muss ich euch gar nicht töten. Warum soll ich mich damit aufhalten? Hier im Urwald erledigt sich so was doch von selbst.«

Toby tastete verstohlen nach seinem Armband. Er wusste zwar, dass die darauf abgespeicherten Kräfte eher defensiv waren oder der Tarnung dienten – aber nach einem Blick auf Emilys niedergestreckten Körper war ihm klar, dass er Basilisk nicht so einfach davonkommen lassen durfte.

Er drückte auf einen Knopf und spürte, wie die Kraft in seinen Körper transferiert wurde.

»Du wirst uns nicht entkommen, Basilisk«, schrie er.

Basilisk warf ihm einen skeptischen Blick zu und wollte etwas sagen, als Toby die Arme nach vorn riss und sich gleichzeitig fragte, welche Art von Kraft er wohl gewählt hatte . . .

Seine Arme dehnten sich wie Gummibänder und ein

kräftiger Fausthieb traf Basilisk mitten ins Gesicht. Der taumelte zurück, weniger wegen des Schlags als vor Überraschung. Tobys Arm schnellte zurück auf seine normale Länge und er versuchte das Gleiche mit einem Tritt.

Basilisks Augen flimmerten bereits bläulich, als Tobys Bein mehrere Meter nach vorn schoss und Basilisk mit einem Tritt in den Fluss beförderte. Pete und Lorna kamen ihm zu Hilfe und fingen an, Steine auf Basilisk zu schleudern. Ein paar davon verletzten ihn am Kopf, Blut sickerte heraus und färbte das Wasser um ihn rot.

»Jetzt reicht's!«, tobte Basilisk. »Wird Zeit, dass ihr eurer Freundin Gesellschaft leistet!«

Er richtete sich auf, den einen steinähnlichen Arm schützend vor seine Wunde auf der Stirn gelegt, den anderen zum Schuss erhoben . . .

Da spritzte auf einmal eine riesige Wasserfontäne um Basilisk auf. Toby dachte zuerst, einer der anderen hätte einen Energiestrahl auf ihn abgefeuert. Aber dann sah er den dunklen Schatten im Wasser: Von dem Blut angelockt, schnellte ein riesiges Krokodil mit weit aufgerissenem Maul aus dem Fluss. Das Wasser spritzte auf und schäumte, sodass sie kaum etwas erkennen konnten, doch sie alle sahen, wie der mächtige Kiefer über Basilisks Brustkorb zusammenschlug und ihr Widersacher in einem blutroten Strudel unter Wasser gezogen wurde.

Lorna schrie vor Entsetzen. Pete nutzte die Gelegenheit, stürzte hinüber zu Emilys Körper und kniete sich neben sie.

»Schnell, Lorn, wir hauen ab!«, rief Toby, packte seine Schwester am Arm und riss sie vom Flussufer zurück.

Basilisk kämpfte wie ein Tier. Mit einem seiner Steinarme drückte er den mächtigen Kiefer des Krokodils auseinander. Mit dem anderen löste er einen Energiestrahl aus, der die Bestie aus dem Wasser riss und weit über die Mitte des Flusses hinauskatapultierte, wo sie im hoch aufspritzenden Wasser unterging. Basilisk stieß einen triumphierenden Urschrei aus.

Leider übersah er die drei anderen prähistorischen Jäger, die von hinten herankamen. Einer schnappte wie ein tollwütiger Hund nach seinem Arm, während sich die anderen in seinem Rumpf verbissen.

Lorna und Toby liefen zu ihren Freunden.

»Haltet euch an mir fest!«, befahl Toby und wählte auf dem Armband die Teleportations-Funktion.

Sie sahen gerade noch, wie Basilisk von den gefräßigen Krokodilen immer weiter in die aufgewühlten Fluten gezogen wurde. Eins der Tiere wurde von einem Energiestrahl auseinandergerissen, Blut spritzte nach allen Seiten.

Dann hatten sich die Helden aus Mexiko herausteleportiert.

DER BEGINN EINES ALBTRAUMS

Der harte Sitz war wahrscheinlich das unbequemste Ding, auf dem Toby je gesessen hatte, trotzdem ertappte er sich dabei, wie er langsam einnickte. Sein Kopf sackte von dem Arm, auf den er sich abgestützt hatte, und riss ihn mit einem Schlag aus seinem Schlummer. Verschlafen ließ er seinen Blick durch das triste Wartezimmer wandern und sah, dass Lorna sich schließlich doch in den Schlaf geweint hatte. Pete hatte sich über mehrere Stühle ausgestreckt. Er lag mit dem Rücken zu ihnen, doch Toby war sicher, dass er ihn schluchzen gehört hatte.

Das automatische Teleportations-Gerät war so vorprogrammiert gewesen, dass es sie in ein kleines leeres Büro inmitten eines Industriegebiets gebracht hatte. Eine dickliche Frau hatte beobachtet, wie sie plötzlich aus dem Nichts dort aufgetaucht waren, und hatte sie freundlich angelächelt, als ob so etwas alle naselang passierte. Was für sie wahrscheinlich auch der Fall war.

Es entpuppte sich als geheimer Unterschlupf der Hero Foundation, der als Vertriebsbüro für Klempnerbedarf getarnt war. Die Frau hatte sofort Emilys Puls gefühlt und den anderen versichert, dass das Mädchen noch am Leben war. Gerade noch.

Dann hatte die Frau einen Krankenwagen gerufen. Zu Tobys Überraschung tauchte wenige Minuten später ein Rettungshubschrauber auf und brachte sie alle in eine Privatklinik der Foundation, eine von vielen, die es auf der ganzen Welt verstreut gab.

Emily war sofort zur Untersuchung abtransportiert worden, während Mr Grimm die anderen begrüßt und in sein privates Büro geführt hatte, wo er sie eingehend befragte. Sie fanden es alle schwer, die unzähligen Fragen, mit denen er sie bombardierte, zu beantworten. Der Mann zeigte nicht die kleinste Gefühlsregung, nicht einmal, als sie schilderten, wie Emily von Basilisk niedergestreckt worden war. Wenn überhaupt, dann war er lediglich verärgert darüber, dass sie Basilisk nicht zur Strecke gebracht hatten.

Übermüdet und mit den Nerven am Ende blaffte Toby zurück. Es sei doch klar, dass sie weder die Erfahrung noch die erforderlichen Kräfte zur Verfügung gehabt hatten, um gegen vier ausgekochte Superschurken zu kämpfen, von denen einer so gefährlich war, dass er im Hochsicherheitstrakt von Diablo Island gesessen hatte.

Es würde langsam Zeit, dass die Primes sich nicht länger irgendwo verkröchen, sondern herauskämen, um zu helfen.

»Das wird nicht passieren. Chamäleon ist verschwunden«, erwiderte Mr Grimm.

Toby blieb vor Schreck der Mund offen stehen. »Wie konnte das passieren?«

Mr Grimm zuckte die Schultern. »Er hat sein Leben aufs Spiel gesetzt, und wie es aussieht, hat er bitter dafür bezahlt. Wie ich schon befürchtet hatte, ist die Lage aus dem Gleichgewicht geraten. Allmählich bricht weltweit Anarchie aus.«

Bedrücktes Schweigen hing im Raum. Toby merkte, wie ihm übel wurde. Chamäleon war für ihn so etwas wie ein Mentor gewesen und der einzige Prime, abgesehen von Mr Grimm, der sich die Zeit genommen hatte, mit ihnen zu reden. Er sah hinüber zu Lorna und Pete. Sie saßen mit hängenden Köpfen da. Mr Grimm schaltete den Fernseher an, der in einer Ecke des Zimmers stand. Der Nachrichtensender lief ohne Ton, aber allein die Bilder sagten schon alles. Man sah Reporter vor brennenden Gebäuden stehen, auf den Straßen herrschte Chaos und Verwüstung, als hätten sich dort furchtbare Kämpfe abgespielt. Mr Grimm trank einen Schluck Wasser, dann presste er die Fingerspitzen zusammen, während er weitersprach.

»Innerhalb der letzten vierundzwanzig Stunden hat es in praktisch jeder größeren Stadt auf der Welt kriminelle Anschläge unvorstellbaren Ausmaßes gegeben. In den meisten Fällen spektakuläre Raubüberfälle oder Entführungen. Jeder einzelne von ihnen trägt die Handschrift des Rats des Bösen. Die militärischen Kräfte auf der ganzen Welt befinden sich in höchster Alarmbereitschaft. Und natürlich wird die Öffentlichkeit, so weit möglich, nicht über die wahren

Hintergründe informiert. Man schiebt die ganzen Unruhen auf Bandenkriege und Terroristen.« Er zog leicht die Stirn in Falten. »Was nicht ganz einfach war, als die Freiheitsstatue zerstört und der Präsident der Vereinigten Staaten von Hunter entführt wurde.«

Toby rieb sich ungläubig die Augen, als er das Bild im Fernsehen sah: von der Freiheitsstatue war nur noch ein Schutthaufen übrig. Was sollten sie ohne verlässliche Superkräfte gegen so etwas ausrichten?

»Eine kleine Abordnung von Vollstreckern wurde ausgesandt, um Basilisks Bande zu verhaften. Hoffentlich haben Sie sie ausreichend geschwächt. Wenn es den Vollstreckern allerdings nicht gelingen sollte, wird es wieder Ihre Aufgabe sein, die Bande zu stoppen.«

Toby schüttelte den Kopf. »Das sagen Sie so. Aber wir können nichts gegen sie ausrichten.«

»Sie sind ein Team. Jeder von uns hat seine spezielle Aufgabe. So lautete die Vereinbarung, als Sie sich Hero.com angeschlossen haben. Sie sind einen Vertrag eingegangen, der sich auf Vertrauen, Aufrichtigkeit und Loyalität gründet.«

»Ach ja, richtig!«, raunzte Pete ihn an. »Ich fürchte, da sind Sie an die Falschen geraten. Solche Qualitäten können Sie bei uns lange suchen.« Pete funkelte Mr Grimm mit einem finsteren Blick an, den er normalerweise den Schlägertypen vorbehielt, die ihn ständig drangsalierten. Wieder einmal fragte Toby sich, ob Pete die Trennung seiner Eltern mehr zu schaffen machte, als er zugeben wollte.

»Wir sind ein mieses Team. Wir sind nur eine Gruppe von Kids, die nicht wissen, was sie tun! Und ich frage mich auch, ob Sie eigentlich wissen, was Sie tun? Sie übertragen Toby die Führung! Und was ist mit mir? Ich habe die ganzen Comics gelesen, ich weiß, dass wir unsere Angriffe koordinieren und zusammenarbeiten sollten. Stattdessen rennen wir wild durch die Gegend, und wenn es Schwierigkeiten gibt, improvisieren wir nur! Sie reden von Ausgewogenheit und Gleichgewicht, während in Wahrheit doch jeder nur für sich allein kämpft. Sonst würden Sie nämlich *Ihr* Leben aufs Spiel setzen und nicht unseres.«

Die angespannte Atmosphäre wurde vom Klingeln des Telefons unterbrochen. Mr Grimm schnappte den Hörer. Er sagte kein Wort, dann legte er auf.

»Emily ist bei Bewusstsein. Die Ärzte hier sind in der Behandlung von Wunden, die durch Hyperenergie verursacht wurden, sehr erfahren und haben sofort eine Regenerationstherapie eingeleitet. In ein paar Stunden wird sie wieder vollkommen hergestellt sein. Sie sollten diese Zeit nutzen, um sich auszuruhen.«

»Dürfen wir nach Hause?«, fragte Toby eifrig. Aus den Augenwinkeln sah er, wie Pete sich verkrampfte.

»Nein.« Als er ihre Gesichter sah, hob er beruhigend die Hand. »Ihre Familien sind absolut sicher. Aber Sie haben noch eine Mission zu beenden, falls die Vollstrecker scheitern sollten.«

Ein Krankenpfleger führte sie in den Warteraum, wo man ihnen auf sterilen Plastiktabletts etwas zu essen gab.

Lorna verzog das Gesicht: Es war absolut geschmacksneutral. Sie hatte ihr Handy wieder an sich genommen. Obwohl es einige Zeit tiefgefroren und in Wasser getaucht worden war, war es, abgesehen von ein paar Rissen im Display, immer noch vollkommen intakt. Erfreut stellte sie fest, dass auf ihrem Anrufbeantworter sogar ein paar Nachrichten warteten.

Lorna verließ den Raum, um jemanden anzurufen – Tobys fragenden Blick beantwortete sie kurz angebunden: »Keine Sorge; ich rufe nicht Mum und Dad an.«

»Wen rufst du dann an?«

»Einen Freund«, murmelte sie und verschwand eilig nach draußen.

»Ihren Freund«, stellte Pete fest.

Nach diesem Ausbruch eben hatte Toby wenig Lust, mit seinem Freund zu reden. Er starrte an die Decke und betete, dass es den Vollstreckern gelingen möge, Wurm und die anderen Superschurken gefangen zu nehmen oder zu töten. Sonst würden er und seine Freunde die ganze Welt vor einem Absturz in die Anarchie bewahren müssen.

Toby wurde das Gefühl nicht los, dass die Welt bereits dem Untergang geweiht war.

* * *

Trojan und Viral wechselten unsichere Blicke, während sie auf den roten Samtsitzen der *Nematode* durchgeschüttelt wurden. Wurm saß am Steuerpult und vor den Käferaugen-Fenstern sahen sie nichts als vorbeiströmende schwarze Erde. Hin und wieder hörten sie Steine gegen den bronzenen Metallrumpf schlagen. Sie warfen einen Blick nach hinten, wo Basilisk fest an den Boden geschnallt lag wie ein Stück Fracht.

»Sie verfolgen uns nicht«, erklärte Wurm einigermaßen erleichtert.

Weniger als eine Stunde zuvor hatten Trojan und Viral sich aus dem brennenden Kontrollraum gerettet, indem sie an der Seite der Pyramide hinuntergeklettert waren. Unten auf der Lichtung hatten sie Wurm getroffen und zugesehen, wie eine wütende orangefarbene Feuerkugel die Spitze der Pyramide wegriss.

»Das war's dann wohl mit unserem HQ«, sagte Trojan wehmütig. »Irgendwie hat es mir gefallen.«

»Ein Glück, dass ich mein Gefängnis endlich los bin!«, fauchte Wurm, der den Ort gehasst hatte. Basilisk hatte ihn lange überreden müssen, hierher zurückzukommen, weil sie so etwas wie eine Einsatzzentrale brauchten.

Nachdem ihre Kräfte wieder vollständig aufgeladen waren, hatte Trojan sich bereit erklärt, im Urwald nach Basilisk zu suchen. Quantenverschiebung kostete sie wesentlich weniger Kraft, wenn sie nur sich allein fortbewegen musste, und sie schaffte durchaus mehrere »Reisen« hintereinander. Nachdem sie eine Viertelstunde vergeblich den Dschungel durchforstet hatte, hatte sie Basilisk endlich an einem Flussufer entdeckt, wo er inmitten von lauter toten Krokodilen angespült worden war. Sie hatte sich ihm vorsichtig genähert und dabei die im Wasser lauernden Bestien nicht aus den Augen gelassen.

Basilisk bewegte sich noch, obwohl sein ganzer Körper von tiefen Wunden bedeckt war und er viel Blut verloren hatte. Frische Beute witternd, war eins der Reptilien plötzlich mit ungeahnter Geschwindigkeit aus dem Wasser auf die Sandbank geschossen und wollte sich auf sie stürzen. Trojan hatte ihren Umhang über Basilisk ausgeworfen und direkt neben der *Nematode* waren sie beide wieder aufgetaucht.

In diesem Moment prasselte zwischen Trojan und Viral automatisches Geschützfeuer über die Lichtung und die Salven frästen tiefe Furchen in den Urwaldboden. Zwei schwarze UH-60-Black-Hawk-Helikopter kreisten über ihnen, Vollstrecker hingen in den Türöffnungen und feuerten pausenlos auf sie herunter.

»Bestimmt haben diese verfluchten Kids sie uns auf den Hals gehetzt!«, fluchte Wurm, als er Richtung *Nematode* flüchtete. Viral war ein paar Schritte hinter ihm, als weitere Salven in die Tunnelmaschine einschlugen.

»Bring du den Großen Boss rein!«, rief er Trojan zu.

Sie wollte gerade antworten, als sie gezwungen war, ihren Umhang als Schutzschild gegen die Geschosse auszuwerfen, die auf sie herunterregneten.

»Ich schaff es nicht!«, schrie sie zurück. »Du musst mir helfen.«

Viral zögerte. Eigentlich war seine Haut viel zu schade, um sie für Basilisk zu riskieren, doch immerhin hatte er ihm seine Befreiung zu verdanken. Und sein Plan, um die Hero Foundation zu stürzen, war einfach genial. Man konnte Viral einiges nachsagen, aber er war loyal. Außerdem fühlte er sich zu Trojan hingezogen, auch wenn er wusste, dass er bei ihr keine Chance hatte. Was sollte man bei einem Namen wie Viral auch anderes erwarten? Er hatte schon daran gedacht, sich einen neuen Namen zuzulegen, sobald das hier vorbei war.

Er sprintete zurück zu Trojan. »Nimm seinen Arm.«

Sie stöhnten vor Anstrengung. Basilisk war sehr viel schwerer, als er aussah, und die beiden gehörten nicht gerade zu den Muskelprotzen. Die Black Hawks schwebten jeweils über einem Ende der Lichtung, als Wurm die *Nematode* startete.

»Beeilt euch!«, rief er.

Viral sah Mündungsfeuer von den Vollstreckern und hörte die Gewehrsalven über dem donnernden Dröhnen der Rotoren. Trojan warf ihren Umhang, um sie beide zu schützen.

»Sie haben uns«, warnte sie. »Und mein Schild wird nicht ewig halten.«

Viral nickte – dann sprang er hinter dem Schutzschild hervor. In den zwei Sekunden, die ihm blieben, merkte er, dass alle Vollstrecker leuchtend gelbe ABC-Schutzanzüge trugen, sodass ihnen seine Kräfte nichts anhaben konnten. Dafür gaben sie aber farbige Zielscheiben ab.

Viral schnalzte mit den Fingern und eine Nebelwolke schoss hervor und überdeckte einen der Black Hawks. Zuerst passierte nichts und er sah, wie die Vollstrecker sich zum nächsten Angriff rüsteten. Dann erschien ein orangefarbener Fleck auf dem Hubschrauber und breitete sich rasend schnell in sämtliche Richtungen über die Maschine aus. Die Besatzung im Inneren sah entgeistert zu, wie die äußere Metallhülle einen rostigen Farbton annahm.

Innerhalb weniger Sekunden hatte sich der gesamte Rumpf in Rost aufgelöst – einschließlich des Motors und der Rotoren. Die Männer saßen plötzlich auf Sitzen, die an nichts mehr befestigt waren – und stürzten in einer Wolke aus feinem Roststaub über dem Dschungel ab.

Viral wollte sich den zweiten Hubschrauber vornehmen, doch der drehte scharf ab und war außer Sicht. Mit einem zufriedenen Grinsen half er, Basilisk in der *Nematode* zu verstauen. Sobald Trojan die Tür verriegelt hatte, gab Wurm Gas und die Maschine grub sich in die Erde.

Emily saß aufrecht in ihrem Krankenhausbett und schob sich ein weiteres Stück Schokolade in den Mund. Die anderen saßen um sie herum. Pete hatte vorgeschlagen, dass sie das bisschen Geld, was sie dabeihatten, zusammenlegten und Gute-Besserung-Schokolade für Emily kauften. Obwohl sie sie eigentlich nicht gebraucht hätte. Ihre Schnittwunden und blauen Flecke waren verschwunden und sie verkündete strahlend, sie sei bereit für den nächsten Einsatz. Bis Pete ihr zuflüsterte, sie solle ruhig noch ein bisschen leidend tun. Denn die anderen waren alle noch sehr müde und wollten sich auf keinen Fall schon wieder ins Abenteuer stürzen.

Toby sah sich neugierig in dem gut ausgestatteten Krankenzimmer um. Die meisten der Vorhänge, die die Betten voneinander trennten, waren zugezogen, sodass man nicht sehen konnte, wer dahinter lag. Aber die Krankenstation war voll belegt. Die Schwestern, die von Bett zu Bett eilten, trugen alle blütenweiße Uniformen mit dem eingestickten Logo der Hero Foundation.

»Was haben sie mit dir gemacht?«, wollte Pete wissen.

Emily zuckte die Schultern. »Weiß nicht. Als ich aufwachte, lag ich an einem Tropf, so wie der da.«

Sie zeigte auf ein anderes Bett gegenüber, wo an einem hohen Ständer eine Infusion mit einer schmutzig grünen Flüssigkeit hing. Pete hätte schwören können, dass sie schwach leuchtete.

»Sicher ein Regenerations-Mittel«, murmelte er.

»Was immer es ist, es hat mich wieder aufgepäppelt. ›Hat meine Wunden geheilt‹, sagen die Ärzte. Sie meinten, wenn ihr mich nicht so schnell hergebracht hättet, wär ich erledigt gewesen.«

»Ja. Für einen Moment hatte ich da auch, äh, Angst, dass du ... weißt du, dass du ...«, nuschelte Pete, weiter kam er nicht.

Emily strahlte ihn an und er wandte sich ab, rot bis unter die Haarwurzeln. Es war das erste Mal, dass einer von ihnen nur knapp dem Tod entronnen war.

»Ich finde, wir sollten damit aufhören«, sagte Lorna entschlossen und wich Tobys finsterem Blick aus. »Es ist nicht in Ordnung, dass wir unser Leben aufs Spiel setzen. Ihr habt doch gehört, was Pete gesagt hat: ›Wir sind absolute Stümper.‹«

»Ich habe nur gesagt, dass wir ein schlechtes Team sind«, verteidigte Pete sich. »Das heißt nicht, dass ich es nicht genieße, diese Kräfte zu haben. Besser als zu Hause herumzusitzen, die Wand anzustarren und diese ewigen . . .«

». . . Streitereien zu hören«, hätte er beinahe gesagt.

»Aber es lohnt sich nicht, dafür zu sterben«, sagte Lorna fest.

Toby stand auf. Es ärgerte ihn maßlos, dass seine Schwester immer alles miesmachen musste. »Wofür denn sonst? Man hat uns gesagt, dass alles an uns hängt. Wenn wir nicht da rausgehen und diese Verbrecher davon abhalten, die Foundation zu zerstören, wird es die Welt, so wie wir sie kennen, bald nicht mehr geben!«

Lorna schüttelte den Kopf. »Das glaube ich nicht.«

»Du hast doch die Nachrichten gesehen! Wie kannst du tun, als wäre nichts passiert?«

»Ich glaube nicht, dass wir wirklich die Einzigen sind, die etwas dagegen unternehmen können. Ich meine, wer sind wir schon? Wir sind nur ein paar . . .«

». . . Kinder?«, vollendete Toby ihren Satz. Lorna nickte. Er zeigte mit dem Finger auf Pete. »Er hat unrecht! Wir sind ausgewählt worden, haben die Gelegenheit bekommen, diese Kräfte zu nutzen, aber auch die Pflicht, es zu tun. Ich jedenfalls denke, wir sollten da draußen helfen, so gut wir können.«

Lorna wollte etwas erwidern, doch Emily unterbrach sie, indem sie ihre Hand hob.

»Ich muss Toby zustimmen, Lorn. Wie Pete gesagt hat, es macht uns Spaß. Sonst würden wir es nicht tun, oder? Und wir fangen gerade erst an, den Dreh rauszuhaben, deshalb sind wir nicht das beste Team aller Zeiten. Noch nicht. Aber wenn wir weiter zusammenarbeiten und« – sie sah Toby an – »einen starken Anführer haben, werden wir es schaffen, das weiß ich. Du wolltest doch mit diesen Superkräften berühmt werden, Lorn. Berühmter als das Mädchen, das die Welt vor dem Untergang gerettet hat, kannst du eigentlich nicht werden, oder?«

Trotz aller Niedergeschlagenheit konnten Toby und Pete sich ein Grinsen nicht verkneifen. Emily schaffte es als Einzige, Lorna an ihrer schwachen Stelle, ihrer Eitelkeit, zu erwischen.

»Em hat recht«, sagte Pete. »Keiner von uns ist bislang gestorben, so musst du es sehen. Emily hat nicht mal einen Kratzer zurückbehalten!«

Toby lächelte, da war er wieder, der alte Pete. »Genau. Was immer passiert, wir stehen es gemeinsam durch, als *Team.*«

»Fürs Erste«, warf Pete ein.

Das Lächeln auf Tobys Gesicht verschwand. Er hatte sich getäuscht. Pete wirkte eindeutig kühl und distanziert. Er sah, dass Emily es auch bemerkt hatte, aber nichts dazu sagte.

Lorna sah von einem zum anderen und nickte widerstrebend. »Okay, ich bin dabei. Bevor wir wieder alle anfangen, uns zu streiten.«

Toby war erleichtert, dass der Streit im Keim erstickt worden war. »Vergiss nicht, Lorn, am Ende sind wir Superhelden. Wir sind etwas Besonderes.«

»Wie bewegend«, sagte Mr Grimm vom Fußende des Bettes her. Alle zuckten überrascht zusammen. Sie hatten ihn weder kommen sehen noch hören. »Es sieht so aus, als wäre Miss Harper bereit für den nächsten Einsatz, oder irre ich mich?«

Emily fühlte sich wieder so stark, dass sie mit einem breiten Grinsen salutierte.

Mr Grimm zeigte keinerlei Reaktion auf diesen Scherz. »Ausgezeichnet. Demnach sind Sie bereit für die schlechte Nachricht: Die Vollstrecker sind gescheitert. Jetzt hängt alles von Ihnen ab.«

Basilisk wusste, dass er dabei war zu sterben, aber diesen Prozess konnte er aufhalten. Viel mehr ärgerte ihn das schlechte Timing. Abgesehen von kurzen Ausrutschern war alles nach Plan gegangen und die Vernichtung der Hero Foundation war bereits zum Greifen nahe.

Bevor diese lästigen Downloader ihren Freund befreit hatten, hatten Basilisk und Wurm befriedigt die Unruhen zur Kenntnis genommen, die auf dem gesamten Globus ausgebrochen waren. Die organisierten Übergriffe waren ein klares Zeichen dafür, dass der Rat des Bösen den Zusammenbruch von Hero.com ausnutzte, um das Chaos auf die Spitze zu treiben. Und für Basilisk war es das Beste, was passieren konnte.

Sobald sie die Hero Foundation unter ihre Kontrolle gebracht hatten, würde er Viral und Trojan dazu bringen, Wurm aus dem Weg zu räumen. Dann konnte er Hero.com unter seiner Alleinherrschaft wieder in Kraft setzen. Allerdings würde er sich noch einen passenden Namen einfallen lassen müssen, um genügend Kanonenfutter für den geplanten Angriff auf den Rat des Bösen zu rekrutieren.

Falls er noch so lange am Leben blieb.

Seit seinem Zusammentreffen vor einem Monat mit diesem Schuljungen namens Jake Hunter fühlte sich Basilisk zunehmend geschwächt. Normalerweise hätten ihn seine Regenerationskräfte innerhalb von vierundzwanzig Stunden, nachdem Wurm ihn auf seiner zerfallenden Insel aufgesammelt hatte, wieder zusammenflicken müssen. Doch er litt mittlerweile schon viel zu lange und hatte den Verdacht, dass es allmählich wieder einmal Zeit für eine Verjüngungskur wurde. Basilisk heilte, auf einer genetischen Ebene, indem er seinem Opfer DNA raubte, um seine eigene neu aufzubauen. Das hatte er mit Jake Hunter gemacht, aber Basilisk wusste, dass er die Prozedur jetzt noch einmal vornehmen musste. Von anderen Primes, wie zum Beispiel Trojan, konnte er nichts nehmen, da es zu Komplikationen mit seinen eigenen Superkräften führen würde.

Als er an Bord der *Nematode* wieder zu sich kam, sahen ihn die anderen besorgt hat. Natürlich ging es ihnen dabei weniger um seine Gesundheit als um den Plan, den allein er im

Kopf hatte. Ohne ihn wussten sie nicht, was als Nächstes zu tun war. Zudem hatte Trojan offen die Frage aufgeworfen, wie der Rat des Bösen darauf reagieren würde, dass sie einem bekannten Flüchtling Hilfe und Unterschlupf gewährten. Das brachte sie alle in eine äußerst schwierige Lage.

Basilisk bekam nur schwer Luft, und obwohl er mit seinen aufgeplatzten Lippen kaum sprechen konnte, bestand er darauf, zur Pyramide zurückzukehren, um etwas zu holen, was sie dort gelagert hatten.

Trojan betrat die Ruine, während Viral draußen Ausschau hielt. Nach kurzer Zeit hatte sie gefunden, was Basilisk wollte. Eine kleine Kühlbox, die nach der Explosion ziemlich verbeult aussah, deren Inhalt jedoch immer noch gut gekühlt und unversehrt geblieben war.

Sie brachte die Box zurück zur *Nematode,* wo Basilisk sie hastig aufriss und den vereisten Sicherheitsbehälter herauszog. Der Behälter öffnete sich mit einem Zischen. Darin befand sich die kleine, gut erhaltene Probe, die sie Pete abgenommen hatten.

Die anderen sahen zu, wie Basilisk sie auf seine Handfläche legte. Seine eigene Haut begann, schnell um die Probe herumzuwachsen und nahm sie in seinen Körper auf. Er war so etwas wie ein genetischer Vampir, der sich von der Haut anderer ernährte.

Basilisks ganzer Körper verfiel in Zuckungen, solange er die neue DNA in sich aufnahm. Sekundenlang glaubte Trojan, er hätte einen Anfall. Sie streckte die Hand aus, um ihm zu helfen, doch dann hielt sie inne: Basilisks Gesicht kräuselte sich wie eine Wasseroberfläche, Narben und Falten glätteten und verschoben sich, während sie ihre neue Identität annahmen.

Seine Knochen krachten, als die neue Kraft in sie einströmte, die Muskeln zuckten, während er sich mithilfe der winzigen genetischen Probe regenerierte. Er fühlte sich stärker, verjüngt. Nach etwa einer Minute ließen die Zuckungen nach. Schweigen erfüllte die *Nematode*.

»Hey, Mann, alles klar bei dir?«, fragte Viral, der die Szene mit professionellem Interesse verfolgt hatte.

Basilisk kletterte aus dem Samtsessel. Seine Finger knackten, als er eine Faust machte.

»Ich fühl mich großartig! Jetzt kann ich es mit der ganzen Welt aufnehmen!«

Die anderen starrten ihn sprachlos an. Basilisks vollständig blaue Augen strahlten ein jugendliches Feuer aus, sein Gesicht hatte eine völlig andere Form angenommen. Es war immer noch älter und vernarbt von jahrzehntelangen genetischen Manipulationen und doch kam es ihnen eindeutig vertraut vor.

Viral runzelte die Stirn. »Weißt du, was? Du siehst jetzt aus wie dieser kleine Streber mit der Brille, den wir gefangen hatten.«

Toby rieb sich die müden Augen. Die Videoaufnahmen liefen jetzt schon zum dritten Mal in flimmernden Wellen über den Bildschirm. Es waren Bilder der Überwachungskameras des Hochsicherheitsgefängnisses auf Diablo Island, und was auf ihnen zu sehen war, erschien ihnen wie der Anfang eines Albtraums.

Das Gefängnis war bereits durch zwei vorausgegangene Ausbrüche schwer beschädigt und einem dritten Anschlag würde es nicht mehr standhalten können. Eine Bande Superschurken hatte sich zusammengerottet, um ihre gefangenen Kumpane zu befreien. Jeder neue Angriff wurde für die unter vollem Einsatz ihrer Kräfte kämpfenden Vollstrecker zur äußersten Zerreißprobe. Und mit jedem befreiten Gefangenen nahm die Wucht der Angriffe zu. Mr Grimm starrte unverwandt auf den Bildschirm. »Der Schaden ist vollkommen unkalkulierbar. Ganze Jahrzehnte der Tyrannei des Bösen werden wieder auf die Welt losgelassen.«

»Sollten wir nicht etwas dagegen unternehmen?«, sagte Pete.

»Das geht nicht. Wenn Sie versuchen würden, mit den Fluchtversuchen in Diablo Island fertig zu werden, stünde die Foundation vollkommen schutzlos da. Der Schutz des Hauptquartiers hat jetzt allerhöchste Priorität. Sie müssen auf der Stelle in die Mongolei reisen.«

»Mongolei?«, rief Pete. »Was gibt es denn da? Außer ... äh ...«

»Dorthin wurde der Sitz der Foundation verlegt. Soll Basilisk ruhig erst versuchen, den Hero-Satelliten lahmzulegen, aber ...«

»Sie haben Ihren eigenen Satelliten?«, platzte Pete heraus.

»Wir haben viele Dinge, von denen Sie nichts wissen. Falls er Wurm und Viral benutzt, um den Satelliten zu übernehmen, macht es keinen Unterschied, ob wir Hero.com online bringen oder nicht, da wir die Website dann ohnehin nicht benutzen können. Die Foundation wäre immer noch schutzlos.«

»Wie will Basilisk es schaffen, einen Satelliten zu erreichen? Er hat doch kein Raumfahrzeug ... oder?«, fragte Toby.

»Soviel wir wissen, nicht. Aber er ist sehr erfinderisch. Ich zweifle nicht daran, dass er sich bereits einen Weg ausgedacht hat, um seine Mannschaft ins All zu bringen und den Satelliten zu infizieren. Deshalb müsst ihr euch auf dem schnellsten Weg zur Foundation begeben.«

Sie verstummten. Mr Grimm sah auf seine Armbanduhr, als müsste er schon längst woanders sein. Lorna spielte mit dem kleinen Globus auf Grimms Schreibtisch und drehte ihn mit Schwung herum, bis sie die Mongolei oberhalb von China gefunden hatte. Auf einmal schoss ihr eine unwahrscheinliche Verbindung durch den Kopf, eine zufällige Bemerkung, die sie kürzlich aufgeschnappt hatte. »Yaks!«

»Toby zog die Stirn kraus. »Wie bitte?«

»Yaks ... die gibt es in der Mongolei!«

»Na und?«

Mit weit aufgerissenen Augen starrte sie Mr Grimm. »Wir müssen uns beeilen. Wir werden nicht in die Mongolei fahren! Ich glaube, ich weiß, wie Basilisk den Satelliten herunterholen will!«

COUNTDOWN ZUM AUSSTERBEN

Phase zwei war der einzige Teil des Plans, auf den Basilisk keinen Einfluss hatte, der allein vom Schicksal abhing. Es war gleichzeitig auch der Teil des Plans, mit dem Wurm auf keinen Fall etwas zu tun haben wollte. Basilisk überlegte kurz, dass dies die ideale Gelegenheit wäre, ihn loszuwerden, dann fiel ihm jedoch ein, dass er Wurms Talente später noch brauchen würde.

Die *Nematode* tauchte vier Meilen von ihrem Ziel entfernt diskret aus dem Erdreich auf und die vier Superschurken suchten sich in dem felsigen Gelände eine geeignete Deckung, von welcher aus sie freien Blick auf das Wunder der Technik hatten, das vor ihnen lag. Die Raumfähre hing auf ihrer Startrampe, Dampf strömte aus einer Vielzahl von Ankopplungsstellen, sie war bereit zum Start. Doch dieses war keine gewöhnliche Raumfähre.

Im Zuge des wachsenden Interesses am Weltraumtourismus hatte ein privater Investor die alte Raumfähre aus der russischen Buran-Serie gekauft. Ursprünglich in den Jahren um 1970 als Konkurrenzprodukt zur amerikanischen Raumfähre entwickelt, sah die Buran dem Original zum Verwechseln ähnlich. Sie war geringfügig größer, da sie auf einer mächtigen Energija-Trägerrakete saß. Nur durch ihre vier enormen Booster-Hilfstriebwerke und den langen Treibstofftank unterschied sie sich deutlich von dem NASA-Modell.

Die Rakete hing in ihrer Startrampe auf dem russischen Weltraumbahnhof Baikonur in Kasachstan und war gespickt mit den Logos ihrer Sponsoren. Ihre Besatzung bestand aus vier Astronauten oder Kosmonauten, wie die Russen sie nannten, und zwei Milliardären, die mehrere Millionen Dollar für ihren Vier-Tages-Trip zur Internationalen Raumstation ausgegeben hatten. Der Start hatte sich bereits verzögert, weil eine Herde Yaks in den fruchtbaren Bereich rund um die Startrampe eingedrungen war.

»Bist du dir wirklich sicher?«, sagte Viral leise. Er sah noch bleicher aus als sonst, wenn das überhaupt physikalisch möglich war.

Basilisk funkelte ihn an. »Und du bist sicher, dass du keinen Schiss hast?«

»Quatsch!«, log Viral und grinste schwach zu Trojan hinüber. Er musste das Mädchen beeindrucken. »Ich dachte nur, es könnte vielleicht noch einen *anderen* Weg geben.«

»Wir müssen den Satelliten unter unsere Kontrolle bringen und deine Kräfte wirken nur in einem Radius von fünfzig Metern. Selbst wenn wir an den Firewalls vorbeikämen, gäbe es keine Möglichkeit, deinen Virus auf den Satelliten zu übertragen. Aber wenn wir nahe genug herankommen, kann Wurm dich direkt ins System einschleusen.«

»Sicher, dass ich das nicht auch vom Boden aus schaffen kann?«, fragte Wurm. Er versuchte erst gar nicht, den Helden zu spielen. Er hatte eine Heidenangst.

»Unmöglich. Der Satellit hat ein internes Netzwerk, das aus Sicherheitsgründen nicht von einem Computer auf dem Boden aus zu erreichen ist. Der einzige Weg, auf dem die Techniker der Foundation zu ihm gelangen können, ist, hochzufliegen und per Funk auf ihn zuzugreifen. Trojan wird uns an Bord der Raumfähre bringen. Sobald wir nahe genug dran sind, wirst du das elektronische System des Satelliten überbrücken und es für Viral öffnen, damit er es infizieren kann. Und ich muss dabei sein, um sicherzugehen, dass ihr nicht alles vermasselt! Also, *ja*, wir müssen alle dabei sein.«

»Unser kleines fröhliches Team«, witzelte Trojan. Sie war angesichts der bevorstehenden Reise ins Weltall ziemlich aufgeregt. Das hier stellte jeden Museumsdiebstahl und jeden noch so raffinierten Bankraub in den Schatten.

Sirenengeheul ertönte auf der Raketenbasis, gefolgt von einem Countdown auf Russisch und Englisch. »T minus sechzig Sekunden.«

»Es ist so weit, Trojan. Bring uns da rein – das wird die gewagteste Entführung der Geschichte.«

Im Cockpit des Shuttles saßen drei Besatzungsmitglieder, flach auf dem Rücken liegend an ihre Sitze geschnallt, den Blick in den blauen Himmel über ihnen gerichtet. Der amerikanische Kommandant John Mather, der russische Pilot

Irenus Markow und die britische Flugingenieurin Rebecca Syms gingen noch ein Mal den letzten Kontrolldurchlauf vor dem Start durch. Ihre Missionsspezialisten und zwei Weltraum-Touristen saßen während des Starts in der Behausung im Frachtraum, der Ladebucht der Raumfähre.

»T minus vierzig Sekunden«, verkündete die Stimme des Startkontrollzentrums in ihren Headsets.

»Alles startklar«, meldete Commander Mather, ohne etwas von den blinden Passagieren zu ahnen, die durch Trojans Quanten-Tunnel in die Ladebucht der Buran eingedrungen waren.

Trojan hatte ihre Position falsch eingeschätzt – und die vier Superschurken fielen mehrere Meter, bis sie auf der Rückwand landeten, die angesichts der vertikalen Position der Raumfähre momentan der Fußboden war. Die Ladebucht war angefüllt mit Vorräten und Ausrüstungsgegenständen für die Internationale Raumstation und so unterteilt, dass eine Passagierkabine im vorderen Teil Touristen aufnehmen konnte. Wurm verstauchte seinen Knöchel bei der unsanften Landung und heulte auf vor Schmerz. Viral fiel direkt neben ihn. Nur Trojan streckte sich und fand Halt an der Wand. Eine weitere ihrer Fähigkeiten: Sie konnte sich auf glatten Flächen festsaugen wie eine Eidechse.

»Wartet hier und legt euch zum Start flach hin«, befahl Basilisk Viral und Wurm. Er zeigte auf ein Computer-Terminal, das neben ihnen in die Wand eingelassen war. »Wurm, verbinde Viral mit dem System. Schalte den Fernzugriff des Kontrollzentrums auf das Shuttle ab.«

Basilisk selbst flog hinauf bis zur Tür der Trennwand und entriegelte die Einstiegsluke mit einem einzigen Hieb. Trojan schlüpfte schnell hinterher.

Die Missionsspezialistin fuhr erschrocken herum. Sie schrie etwas auf Russisch. Einer der Touristen zückte seine Kamera und machte schnell ein Foto. Nach dem Blitz sah Basilisk für einen kurzen Moment nur noch Punkte vor den Augen.

»Trojan, du kümmerst dich um die hier!«

Basilisk brach mit solcher Wucht durch die Cockpit-Tür, dass er sie dabei aus den Angeln hob. Die Tür fiel durch das ganze Schiff nach hinten durch, wo sie direkt zwischen Wurm und Viral knallte.

In ihren straffen Sicherheitsgurten konnten sich die Crew-Mitglieder nur halb umdrehen, als Basilisk ins Cockpit schwebte. Ihnen blieb vor Staunen der Mund offen stehen.

»T minus dreißig Sekunden«, verkündete die ahnungslose Stimme des Kontrollzentrums. »Der Countdown läuft. Gott mit euch, Jungs.«

Commander Mather reagierte sofort. »Abbruch! Abbruch! Kontrollzentrum . . .«

»Pech gehabt, Herr Kommandant«, höhnte Basilisk. »Das Kontrollzentrum hört euch nicht mehr. Du bringst uns jetzt direkt da rauf.«

Flugingenieurin Rebecca Syms löste den Schnellspanner ihres Gurtsystems und stürzte sich auf Basilisk. Ein kräftiger Hieb traf ihn ins Gesicht und Basilisk taumelte gegen eine Armaturentafel. Der Pilot und der Kommandant hatten sich mittlerweile ebenfalls aus ihren Sicherheitsgurten befreit – doch Basilisk griff blitzschnell nach der Frau und packte sie um den Hals.

»Stopp! Eine Bewegung und sie ist tot! Ich schlage vor, ihr kooperiert brav und wir machen uns fertig zum Start.«

»T minus zwanzig Sekunden.«

Purer Zufall bestimmte, wessen Flugkräfte tatsächlich funktionieren würden, und diesmal hatten Toby und Pete Glück. Grimm erinnerte sie noch einmal daran, dass ihre Kräfte jeden Moment nachlassen oder unerwünschte Nebeneffekte auslösen konnten, doch sie hatten darauf bestanden, Lornas Eingebung zu folgen und sich statt in die Mongolei lieber auf den Weg nach Kasachstan zu machen.

Mr Grimm hatte die stabilisierende Wirkung des Armbands gelöscht. Nachdem Lorna und Pete neue Armbänder bekommen hatten, gab er ihnen die letzte Ampulle mit künstlichen Teleportationskräften, sodass sie direkt zum Startort der Raumfähre springen konnten. Die Foundation hatte sich verzweifelt um einen Kontakt zum Kontrollzentrum in Kasachstan bemüht, nicht ahnend, dass Viral bereits sämtliche Kommunikationswege infiziert und blockiert hatte.

Jetzt flogen Toby und Pete geradewegs auf die mächtige Buran-Raumfähre zu, die startbereit auf der Rampe schwebte.

»Wow! Die sieht ja genauso aus wie die echte!«, stellte Pete verblüfft fest.

»Es ist die echte!«

»Du weißt, was ich meine! Sieh nur, da! Basilisk!«, rief Pete, als sie näher herankamen. Tatsächlich: Durch das Cockpitfenster sahen sie Basilisk und Trojan, die flach auf der Kabinenwand lagen, bereit zum Abflug.

»T minus sechzehn Sekunden«, schallte die Stimme aus der Lautsprecheranlage über das Gelände. Aus einem Wasserturm in unmittelbarer Nähe wurde mehr als eine Million Liter Wasser gelassen, die das Geräusch der zündenden Booster dämpfen würden.

Die beiden Helden landeten auf der Nase der Raumfähre – dabei benutzten sie eine der Verteidigungskräfte, die noch aus Mexiko übrig waren: die Fähigkeit, an Wänden zu kleben. Die gleiche Kraft, mit der Toby Bekanntschaft gemacht hatte, als sie sich das erste Mal in Hero.com eingeloggt hatten. Fassungslose Gesichter starrten ihnen aus dem Cockpitfenster entgegen. Die Mitglieder der Shuttle-Crew dachten, sie sähen Gespenster, als wenige Sekunden vor dem Start auf einmal Kinder auf dem Shuttle herumkletterten – und Basilisk schäumte vor Wut.

»Ich hoffe nur, dass Lorna und Emily den Countdown rechtzeitig stoppen können!«, schrie Toby. »Sonst wird das hier richtig kompliziert!«

Lorna, Emily und Mr Grimm waren direkt ins Startkontrollzentrum teleportiert. Bei ihrem Auftauchen waren die Techniker in Panik ausgebrochen und bewaffnete Sicherheitskräfte hatten den Raum gestürmt.

»Stoppen Sie den Start!«, brüllte Lorna.

Die Wachen hoben ihre Gewehre und Emily zielte mit einer Hand auf sie – in der Hoffnung, dass ihre unberechenbaren Kräfte die Männer nicht allzu sehr verletzen würden.

Stattdessen sprangen den Wachen die Metallgewehre aus den Händen und flogen auf Emily zu – wie auch einige andere unbefestigte Metallgegenstände. Emily wurde von einem Hagel herumfliegender Metallteile zu Boden geworfen und unter ihnen begraben.

»Hören Sie auf das Mädchen!«, sagte Mr Grimm mit seiner stets gleichbleibend ruhigen Stimme. »An Bord der Raumfähre sind Entführer.«

Der Einsatzleiter der Kontrollstation sah ihn prüfend an. Er hatte viele Jahre für die NASA gearbeitet, bevor er diesen privaten, besser bezahlten Job angenommen hatte. In seinem Arbeitsleben hatte er schon viele höchst seltsame Dinge erlebt – allerdings setzten Menschen, die sich in seine Kommandozentrale teleportierten, allem bisher Dagewesenen die Krone auf. Doch sein professioneller Instinkt war stärker als seine Bedenken.

Ein Techniker rief: »Wir haben keinen Kontakt mehr zum Orbiter. Irgendein Virus scheint unsere Systeme zu blockieren!«

»Sie müssen etwas unternehmen!«, flehte Lorna.

»T minus sechzehn.«

Der Techniker meldete: »Das System zur Geräuschunterdrückung ist aktiviert.«

Der Einsatzleiter schüttelte den Kopf, während der automatische Countdown weiter ablief.

»Sie wird starten – und es gibt verdammt noch mal nichts, was wir dagegen tun können!«

Basilisks Augen glühten, doch die beiden Helden tauchten neben dem Cockpit-Fenster ab, bevor die Versteinerungskräfte des Superschurken wirken konnten.

»Geh raus und mach sie fertig!«, brüllte er Trojan an.

»Ich?«

»Ich werde nicht zulassen, dass sie unseren Plan ruinieren! Jetzt, wo wir schon so weit gekommen sind!«

»Ich habe nicht den Eindruck, dass der Countdown gestoppt wurde«, sagte Pete und seine Stimme bebte vor Angst, als ein tiefes Grollen das gesamte Weltraumfahrzeug erzittern ließ.

» T minus zehn . . .« Die Ansage wurde übertönt, als die Wasserstoffzündungen in jeder der mächtigen Booster aktiviert wurden.

»Ich fürchte, wir haben das hier mal wieder nicht zu Ende gedacht«, rief Pete. »Wie sollen wir das Ding anhalten?«

»Ich weiß es nicht!«

»Du willst doch unser furchtloser Anführer sein!«, schrie Pete zurück.

»Ihr werdet uns nicht aufhalten, Jungs«, sagte Trojan, die plötzlich aus dem Nichts auftauchte. Sie wieselte über die Nase des Shuttles wie eine Eidechse.

Pete schnaubte wütend. Er erinnerte sich noch, wie er mit Trojan eingesperrt gewesen war. Er schlug aus und sah zufrieden, dass ein Energiestrahl nur knapp über ihren Kopf schoss – bevor er in die Stahlkonstruktion einschlug, auf der das Shuttle ruhte.

Dann erstarrten sie alle in ihrer Bewegung, als der Countdown bei sechs Sekunden angekommen war und der Hauptantrieb zündete. Auf dem Bugkonus der Raumfähre, wo sie festhingen, klang es in ihren Ohren wie der Urknall. Die Vibration erfasste ihre Eingeweide und schüttelte sie, dass ihnen übel zu werden drohte.

»Was sollen wir tun?«, schrie Toby. Doch er konnte seine eigenen Worte nicht mehr hören. Und er sah auch nicht, wie Trojan eine Plasmascheibe auf ihn schleuderte. Sie traf seinen Brustkorb mit solcher Wucht, dass er vom Bugkonus *herunterrollte* . . .

. . . und nur seine Hand, die ihn wie eine Klette an der Seite des Shuttles festhielt, verhinderte seinen Absturz. Er bekam nur schwer Luft, als hätte er sich sämtliche Rippen gebrochen.

Dann flog alles um ihn herum auseinander.

Das Wasser aus dem Geräuschunterdrückungs-System war auf die Flammenstrahlen des Hauptantriebs getroffen, woraufhin rund um die Raketenbasis riesige weiße Dampfwolken aufquollen. Toby spürte, wie eine Hitzewelle über seinen Körper rollte. Dann kippte die Startrampe zur Seite weg und die Raumfähre schoss gen Himmel.

Im Inneren des Shuttles wurden Basilisk, Wurm und Viral gegen die Rückwände gepresst und von einem immer stärker werdenden Gewicht auf dem Brustkorb niedergedrückt, während die Beschleunigungskraft zunahm. Basilisk war wesentlich kräftiger gebaut als die meisten Menschen, sodass ihm die Beschleunigung nicht so sehr zusetzte.

Fassungslos verfolgten Lorna und Emily den Start der Raumfähre auf den Bildschirmen des Kontrollzentrums. Die zahlreichen Videokameras der Anlage zeigten alle das gleiche Bild: Trojan und Pete flach auf den Bugkonus gepresst und Toby, der an der Seite baumelte.

Pete lag direkt über der Nase der Raumfähre, als sie über den Tower hinausschoss. Unbewusst aktivierte er irgendeine Superkraft aus seiner Zufallsauswahl und der Schmerz des Beschleunigungsdrucks fiel von ihm ab. Er war sogar in der Lage, den Kopf zu heben.

Trojan war nicht allzu weit von ihm entfernt. Nur ihre Saugkraft hielt sie fest. Unter höchster Anstrengung krabbelte sie auf Pete zu.

Toby hatte das Gefühl, seine Arme müssten jeden Augenblick aus den Gelenken reißen. Er blickte nach unten. Der Erdboden schien wie eine Spirale unter ihm zu kreisen, als das Shuttle sich um seine eigene Achse auf den Rücken drehte, sodass sich die riesige Trägerrakete, an der die Raumfähre hing, jetzt über seinem Kopf befand. Er sicherte seine Hände und Füße. Wie bei Pete wurde eine Kraftreserve in ihm mobilisiert und nahm den Druck der Beschleunigungskraft von ihm. Dadurch gelang es ihm, gerade noch rechtzeitig zurück auf das Shuttle zu krabbeln, als er sah, wie . . .

. . . Trojans Plasmascheibe in Petes Gesicht traf und beinahe seine Brille wegriss. Pete rollte hilflos von der Shuttlespitze und . . . schaffte es gerade noch, sich an der flachen schwarzen Unterseite der Fähre festzusaugen, wo er dann zwischen der Trägerrakete und dem Shuttle hing. Ein kurzer Blick nach unten sagte ihm, dass ihn die mächtigen Antriebsdüsen, die sie in den Himmel trugen, glatt verdampft hätten, wenn er bis zum Ende abgerutscht wäre. Und er war sicher, dass *keine* seiner Superkräfte ihn davor bewahrt hätte.

Toby schoss einen Kugelblitz aus seinen Fingerspitzen, der von den Hitzeschutzkacheln des Shuttles abprallte. Trojan warf sich reflexartig zur Seite – und er verfehlte sie nur um Haaresbreite.

Das Shuttle drehte sich wieder und beide – Trojan und Toby – versuchten angestrengt, ihr Gleichgewicht zu bewahren, als sie sahen, wie sich der Boden unter ihnen bewegte, während die Raumfähre auf einen anderen Kurs schwenkte. Keiner von ihnen hatte gemerkt, dass sie soeben die Schallmauer durchbrochen hatten. Der Überschallknall rollte über das Kontrollzentrum am Boden. Nur ihre übermenschlichen Superkräfte hielten sie an der Seite des Shuttles fest. Die Windgeräusche verschluckten jedes Wort. Also entschied Toby sich für einen weiteren Blitzstrahl – Trojan warf im selben Moment eine Plasmascheibe auf ihn. Die beiden Geschosse stießen mit einem lauten

Knall in der Luft zusammen und löschten sich gegenseitig aus. Toby kniff bei dem grellen Lichtblitz die Augen zu – dann war Trojan verschwunden. Er vermutete, dass sie abgestürzt war.

Toby suchte verzweifelt nach einem Weg, die Rakete zur Erde zurückzubringen, ohne die Besatzung zu gefährden. Eine schier unmögliche Aufgabe. Er hatte nicht bemerkt, dass Trojan auf die Seite des Rumpfs gekrabbelt war, um sich unbemerkt an ihn heranzuschleichen. Sie holte aus und schlug zu.

Toby spürte seinen Unterkiefer knacken, Sterne tanzten vor seinen Augen. Er rutschte an der Seite des Shuttles hinunter – und merkte zu seinem Entsetzen, dass er sich nicht mehr festhalten konnte.

Seine Saugkräfte waren verschwunden!

Trojan sah verblüfft zu, wie Toby von der Seite des Shuttles rutschte und abstürzte. So hart hatte sie ihn doch eigentlich gar nicht erwischt . . .

Toby schaffte es gerade noch, sich am Deltaflügel des Shuttles festzuklammern. Nur seine verstärkte Muskelkraft bewahrte ihn davor, in den Feuerstrahl der Antriebsdüsen zu geraten, was sein sicherer Tod gewesen wäre. Für einen kurzen Moment wurde ihm bewusst, dass der Himmel über ihnen allmählich immer dunkler wurde und sich nach unten hin leuchtend blau färbte. Er wusste, dass es nur noch wenige Sekunden dauern würde, bis sie ersticken und in der Atmosphäre verglühen würden.

Trojan schoss zu ihm herüber und riss eine seiner Hände

los. Er wusste nicht, wie lange er ihrem entsetzlichen Schraubstockgriff standhalten würde – vergaß jedoch allen Schmerz, als er an ihr vorbeisah. Sie runzelte die Stirn und folgte seinem Blick. Pete hockte entgegen der Flugrichtung auf der Trägerrakete über ihnen.

Er grinste verschlagen und machte den witzigsten Kommentar seines Lebens – der vom Fahrtwind und dem Brüllen der Maschinen fortgerissen wurde –, bevor er eine Eiskugel auf Trojan schleuderte. Sie traf ihren Umhang und prallte ab, doch es genügte, um die Schurkin aus dem Gleichgewicht zu bringen. Sie stürzte ab und hing plötzlich an der gegenüberliegenden Kante des Deltaflügels.

Toby fühlte, wie sein Griff nachließ. Wenn er noch ein bisschen durchhielt, würde Pete ihm sicher gleich zu Hilfe kommen. Auf einmal erzitterte das ganze Shuttle und eine Serie von Explosionen brach los.

Die Trägerrakete war abgekoppelt worden.

Und Pete klammerte sich immer noch an ihr fest.

Toby sah, wie Petes Gesicht immer kleiner wurde, während die Trägerrakete abdrehte, vor der Rundung des Planeten im Hintergrund schwebte, Richtung Erde fallend.

Seine Aufmerksamkeit wurde abgelenkt, als die Nase der Raumfähre durch die Luftreibung erglühte. Flammen schlugen über den Bug und, Sekunden später, auch über den Flügel, an dem er hing. Stechender Schmerz durchfuhr ihn, als die Flammen über seine Hände züngelten. Er fragte sich, warum die Kraft, die ihn in dieser sauerstoffarmen Höhe am Leben hielt, ihn nicht auch unempfindlich gegenüber Hitze machen konnte. Der Schmerz übermannte ihn, er hielt es nicht länger aus – und ließ los.

Toby fiel.

Er sah, wie auch Trojan von dem Flügel abrutschte – und in den Falten ihres Umhangs verschwand, der sich in Nichts auflöste.

Der tosende Wind machte seine Ohren taub und sein Rücken musste die volle Wucht des Luftdrucks aushalten. Er sah, dass das Shuttle jetzt nur noch ein brennender Pfeil war, der weiter in den Himmel schoss, jetzt nur noch angetrieben vom OMS, seinen drei Manövriertriebwerken, die ihn auf seine Umlaufbahn brachten.

Toby empfand eine seltsame Ruhe. Er war so hoch oben, dass sein Fall zur Erde mehrere Minuten dauern würde. Ihre Mission war gescheitert.

Er drehte sich auf den Bauch. Welche Schutzkräfte es auch immer waren, die es ihm erlaubten, zu atmen und die Beschleunigungskräfte zu überleben, sie schienen noch immer aktiviert zu sein, sonst hätte ihm der Luftstrom längst die Lungen aus dem Leib gerissen. Er trat nach hinten aus, wollte seine Flugkräfte aktivieren, um Pete zu finden, bevor sie landeten.

Nichts geschah.

Er versuchte es wieder.

Doch er spürte nicht das kleinste Aufflackern einer Kraft, mit der er seinen Absturz hätte steuern können. Toby musste einsehen, dass seine Flugkräfte ihn im Stich gelassen hatten. Und zum ersten Mal packte ihn die Angst.

Pete ärgerte sich maßlos, dass es ihnen nicht gelungen war, das Shuttle zu stoppen – dabei war er gerade dabei gewesen, einen Plan zu berechnen, als die Energija-Rakete sich abgetrennt und alles zunichtegemacht hatte. Hilflos sah er dem Shuttle nach, während er nach unten fiel und auf der Trägerrakete zur Erde ritt.

Von den vielen Raketenstarts, die er im Fernsehen gesehen hatte, wusste er, dass sich irgendwann ein Fallschirm lösen und die Rakete und ihn selbst sicher zur Erde bringen würde. Er war nur unendlich sauer, dass Basilisk ihm durch die Lappen gegangen war.

Pete nahm den einmaligen Ausblick, den man aus dieser Höhe hatte, in sich auf. Erst dann bemerkte er am Himmel noch etwas anderes. Pete fixierte den Punkt mit aller Kraft, um überhaupt etwas erkennen zu können, doch er war sicher, dass es entweder Toby oder Trojan sein musste. Das Shuttle war mit solcher Geschwindigkeit unterwegs, dass die Gestalt noch meilenweit entfernt sein musste. Ohne lange zu überlegen, sprang Pete von der Trägerrakete ab und segelte mühelos durch die Luft.

Er zwang sich, schneller zu fliegen, wollte die Flugbahn der fallenden Gestalt kreuzen, um sie noch abzufangen. Wenn es Trojan wäre, würde er sie einfach abstürzen lassen. Er stellte sich kurz vor, was bei ihrem Aufprall auf dem Erdboden mit ihr geschehen würde. Bevor er seinen makabren Vorstellungen noch weiter nachhängen konnte, erkannte er jedoch, dass es Toby war. Aber warum flog er nicht?

Pete passte sich Tobys Geschwindigkeit an, der mit weit

ausgebreiteten Armen und Beinen in der Luft hing wie ein Fallschirmspringer.

»Tolle Aussicht, was?« Etwas Besseres fiel Pete gerade nicht ein, weil er nicht über ihre soeben gescheiterte Mission reden wollte.

»Wunderbar«, schrie Toby. »Schade, dass ich keine Kamera dabeihabe.« Er starrte Pete an, der offensichtlich nicht begriffen hatte, in welcher Gefahr Toby sich befand. »Also?«

»Was?«

»Willst du mich nicht fragen, warum ich mich im freien Fall befinde?«

»Weil es der schnellste Weg nach unten ist?«

Toby unterdrückte einen Fluch. Das war wohl der denkbar ungünstigste Zeitpunkt, sich zu streiten. »Nein, Pete. Ich habe meine Kraft verloren. Ich kann nicht fliegen.«

»Oh ... das ist in der Tat ein Problem.«

Toby hätte ihm am liebsten eine runtergehauen, doch er hielt sich zurück. »Wie wär's mit etwas Hilfe? Das wäre ... wunderbar.«

Der angespannte Gesichtsausdruck seines Freundes erinnerte Pete daran, in welch tödlicher Gefahr er schwebte. Auf der Erde unter ihnen waren allmählich deutliche Strukturen zu erkennen: Straßen und Eisenbahnlinien zeichneten sich ab.

Mit etwas Glück würden sie noch den Kondensstreifen der Buran-Raumfähre sehen, der bis zum Kontrollzentrum reichte.

Pete schwang sich unter Toby, als wollte er ihn Huckepack nehmen.

»Halt dich an meinen Schultern fest.«

Tobys Finger gruben sich so fest in Petes Schultern, dass nicht viel gefehlt hätte und er hätte ihm die Knochen gebrochen. Pete flog eine Schleife und hoffte, dass Tobys zusätzliches Gewicht sie nicht beide in den Tod reißen würde.

Ohne ein Zutun der Crew brachte der Bordcomputer die Buran auf ihre Umlaufbahn und Basilisk konnte endlich zurück neben den Kommandanten schweben.

»Wenn ihr tut, was ich sage, könnt ihr meinetwegen bis ans Ende eurer Tage weiterleben. Haben wir uns verstanden?«

Commander Mather warf einen Blick nach hinten auf seine Passagiere in der Ladebucht. Nachdem Trojan sich um sie »gekümmert« hatte, waren sie bewusstlos in ihren Sitzen zusammengesunken, doch die kleinen Monitore, die ihren Puls und ihre Herzfrequenz aufzeichneten, piepten gleichmäßig. Demnach waren sie noch am Leben. Die anderen Crewmitglieder erwiderten Mathers Blick und nickten knapp.

»Also schön«, sagte der Kommandant. »Wenn ich euch damit von meinem Schiff runterkriege – was wollt ihr?«

Basilisk beugte sich zu einer Computeranlage und tippte einige Koordinaten ein. »Ihr werdet das Schiff auf diese Flugbahn bringen, damit wir einen Satelliten abfangen können.«

»Und dann? Wollt ihr einfach zu ihm hinüberspazieren?«

»Ein solches Risiko werden wir gar nicht eingehen müssen, Herr Kommandant. Bringt uns nur nahe genug heran, dann können wir direkt über das drahtlose Netzwerk des Shuttles kommunizieren. Dann drehen wir wieder um und ihr bringt uns sicher auf die Erde. Uns *alle*, lebend und ohne einen Kratzer.«

»Das ist alles?«, fragte der Kommandant verblüfft. »Das hättet ihr doch genauso gut vom Boden aus haben können.«

»Nein, das ging leider nicht. Dieses ist ein ganz *spezieller* Satellit.« Basilisk klatschte in die Hände und es klang, als würde man zwei Backsteine aneinanderschlagen. »Also dann, an die Arbeit: Die Zeit drängt.«

Pete öffnete die Augen und sah nichts als Staub. Irgendwo in der Ferne heulten Krankenwagensirenen. Er blinzelte und blickte sich um. Er lag am Ende einer dreihundert Meter langen Furche, die er gerade selbst in die Erde gepflügt hatte.

Wie befürchtet hatten sie durch Tobys zusätzliches Gewicht schneller an Höhe verloren, als Pete lieb war. Er hatte mit aller Kraft versucht, nicht in einem allzu steilen Winkel zu landen, doch Toby hatte ihre Landung zu sehr beschleunigt.

Sie schossen über den Komplex des Weltraumbahnhofs in Baikonur hinaus in die felsige Hügellandschaft. Im letzten Moment hatte Toby noch versucht, einen Schutzschild um sie herum zu schaffen, es hatte jedoch nur zu einer Halbkugel um ihre Füße gereicht. Pete war eine schnelle Drehung gelungen, sodass sie mit den Füßen zuerst herunterkamen.

Der Schild funktionierte wie ein Snowboard, als sie mit etwa einhundertsechzig Stundenkilometern auf dem Abhang eines Hügels landeten. In den letzten Sekunden ließen die Kräfte allerdings nach und der Schild wurde zu einer Eisscholle, die unter ihren Füßen zerbrach. Sie überschlugen sich und kugelten noch ein paar Meter, wobei sie sich noch einige Kratzer und Prellungen zuzogen. Wie durch ein Wunder überlebte Petes Brille heil den Absturz.

Toby setzte sich neben ihm auf, seine Haare grau vom Staub. Er hustete. »Ich glaube, das hier werde ich so schnell nicht vergessen!«

Die beiden Jungen brachen in lautes Gelächter aus, sie lachten, bis sie Tränen in den Augen hatten. Die Rettungssanitäter, die sich in den Allrad-Krankenwagen der Weltraumbasis durch die Hügel bis zu ihnen vorgearbeitet hatten, staunten nicht schlecht, als sie zwei weinende, hysterisch kichernde Jungen vor sich sahen. Lorna und Emily saßen im hinteren Teil des Krankenwagens. Ihre besorgten Gesichter verdüsterten sich zusehends.

»Ihr habt sie entwischen lassen!«, schäumte Lorna.

Toby schüttelte, immer noch vor sich hin kichernd, den Kopf. »Nicht, dass wir es nicht versucht hätten, Lorn.«

Lorna verschränkte die Arme vor der Brust und zog einen Schmollmund. »Nun, Mr Grimm besteht darauf, dass wir sofort in die Mongolei aufbrechen. Zum Duschen ist leider keine Zeit.«

Beide Jungen sahen zum ersten Mal an sich herunter – der Staub klebte an ihnen, als hätte man sie in Mehl gewälzt. Sie zeigten mit den Fingern aufeinander und bekamen wieder einen Lachanfall.

Lorna schüttelte entnervt den Kopf. *Typisch Jungs*, dachte sie.

Commander Mather brauchte nur wenige Stunden, um die Buran auf eine neue Flugbahn zu lenken, und schon bald hatten ihre Instrumente den Satelliten aufgespürt, der ruhig auf dem Erdsynchronorbit seine Bahnen zog. Sonnenlicht schimmerte auf seinen goldenen Hitzeschilden, auf den schwarzen Solarmodulen und dem Logo der Hero Foundation auf der Seite.

Basilisk hatte alles bis ins letzte Detail durchgerechnet und wies Commander Mather an, das Shuttle bis auf zehn Meter an den Satelliten heranzubringen. Aus dieser Nähe konnten sie sehen, dass er ungefähr die Größe eines Lastwagens hatte und noch relativ neu aussah. Basilisk stellte mit den Kommunikationssystemen der Raumfähre eine Verbindung zu dem Satelliten her; eine Funktion, die von autorisierten Crews benutzt wurde, um direkten drahtlosen Zugang zu Satelliten zu bekommen. Er stieß sofort auf die eigene Firewall des Satelliten und reichte die Konsole an Wurm weiter.

Wurm war froh über ein wenig Abwechslung. Durch die

Schwerelosigkeit war ihm speiübel geworden, woraufhin der hintere Bereich der Ladebucht aufgrund seines nun dort umherschwebenden Mageninhalts nicht mehr zu betreten war.

Er berührte den Computerbildschirm und erlaubte einigen Elektronen, die seine Fingerspitzen bildeten, ins System einzufließen. Sobald er drin war, brauchte er nur blind die Software abzutasten, bis er Zugang in das Betriebssystem des Satelliten bekam. Er knirschte vor Schmerzen mit den Zähnen.

Als Wurm die Augen schloss, konnte er den Datenfluss vor sich sehen, wie winzige Autos, die auf Luftwegen flogen, während sie Daten an die und von den Bodenstationen übermittelten. Basilisk hatte versucht, ihm zu erklären, dass das, was er dort sah, ein seltenes und wunderbares Ding, ein virtueller Raum oder »Cyberspace« war – eine elektronische Welt, die nur wenige Menschen tatsächlich *sehen* konnten.

Sobald Wurm hineingekommen war, setzte er die Firewall des Satelliten außer Funktion, sodass einem Übergriff kein Hindernis mehr im Weg stand. Jetzt war Viral an der Reihe. Er musste einen Virus erschaffen, der nicht das System des Shuttles angreifen durfte, sondern sich nur auf den Datenfluss setzte, den Wurm soeben geöffnet hatte. Damit würde er den Satelliten ausschalten und ihn in der Schwebe lassen, bis entweder Viral oder Basilisk beschloss, ihn wieder online zu bringen.

Es hatte ein bisschen Planung und Konzentration gebraucht, einen solchen Virus zu schaffen. Viral hatte schon immer gewusst, dass er mit natürlichen Eiweißfäden und DNA-Strängen interagieren konnte, was ihn in die Lage versetzte, die verheerendsten Viren zu erschaffen, die es je auf dem Planeten Erde gegeben hatte. Erst gegen Ende seiner Teenagerzeit hatte er erkannt, dass er, wenn er sich etwas mehr anstrengte, ebenfalls Elektronen so manipulieren konnte, dass sie bösartige Computerviren hervorbrachten. Sein allererster hatte gleich sämtliche Computer des internationalen Börsenmarktes lahmgelegt und die Weltwirtschaft ins Wanken gebracht. Der einzige Nachteil seiner Kräfte war, dass die Viren – sowohl die physikalischen als auch die digitalen – eine so zerstörerische Wirkung entfalteten, dass sie nur eine Lebensdauer von wenigen Minuten hatten, bevor sie sich selbst vernichteten.

»Beeil dich!«, knurrte Wurm. Der Schmerz in seinen Fingern war allmählich kaum noch zu ertragen und er glaubte schon, ohnmächtig zu werden.

»Okay, die ersten Codes sind gleich drin.« Viral übertrug seinen elektronischen Bazillus mit einem winzigen, kaum sichtbaren Funken zwischen seinen Fingern und dem Bildschirm.

Basilisk ließ den Monitor nicht aus den Augen. Der erste Teil des Virus würde die Server der Foundation *anpingen.* Die Antwort, die er zurückbekommen würde, würde die Lokalisierung des Stiftungs-Hauptquartiers enthalten – geheime Informationen, die auf dem Satelliten gespeichert würden, vom Boden aus unerreichbar.

Auf dem Shuttle-Bildschirm erschienen ein paar Koordinaten. Basilisk lachte laut auf.

»Wir haben's! Gut gemacht!«

Viral grinste und entblößte seine fleckigen Zähne. »Ein Klacks. Ich werde jetzt noch die Malware einbringen, um ihre Schutzprogramme auszuschalten.«

Die Superschurken waren so vertieft in ihre Operation, dass sie nicht bemerkten, wie Commander Mather seiner Crew ein Zeichen gab.

Viral war gerade damit beschäftigt, die letzte Folge infizierter Daten abzuschicken, als der Pilot einen kleinen Metall-Notfallkoffer aus der Verankerung löste und ihn mit voller Wucht auf Virals Hinterkopf schmetterte. Viral war auf der Stelle bewusstlos und wirbelte Hals über Kopf in den hinteren Teil der Ladebucht, wo er mitten in Wurms Erbrochenes klatschte.

Wurm öffnete den Mund, um etwas zu sagen, als sich plötzlich eine Schlinge um seinen fetten Hals legte und ihn mit einem kräftigen Ruck strangulierte. Rebecca Syms stemmte ihm von hinten ihr Knie ins Kreuz und schrie vor Anstrengung, als sie den Schurken erdrosselte. Mit Wurms schwindender Konzentration brach auch die Kommunikation mit dem Satelliten ab. Nur ein Teil von Virals zerstörerischem Code war übertragen worden.

Basilisk schnellte herum und er funkelte Commander Mather böse an.

Der verpasste ihm einen kräftigen Fausthieb, was den Schurken allerdings nicht weiter störte.

»Du hast einen bösen Fehler gemacht, Herr Kommandant.«

Anstelle einer Antwort stützte Mather sich am Schaltpult ab und versetzte Basilisk mit beiden Füßen gleichzeitig einen kräftigen Tritt vor die Brust. Auf der Erde hätten Basilisks Kräfte dem Angriff eines normalen Menschen jederzeit standgehalten und er hätte sich keinen Zentimeter bewegt. Doch hier in der Schwerelosigkeit hatte er diesen Vorteil nicht mehr. Basilisk flog wie eine Kanonenkugel nach hinten in die Ladebucht. Rebecca Syms folgte ihm mit Wurm und schleuderte ihn auf Basilisk.

In der Schwerelosigkeit waren die normalen Menschen gegenüber den Superschurken eindeutig im Vorteil. Irenus Markow drückte auf einen Knopf und die Notfall-Dekompressions-Türen riegelten die Ladebucht hermetisch ab. Die Hand des Russen schwebte schon über dem Knopf mit der Markierung »Luftschleuse«, doch Commander Mather konnte ihn gerade noch zurückhalten.

»Markow, nein! Wenn Sie die Luftschleuse öffnen, werfen Sie die Passagiere mit über Bord. Ich brauche Sie, um den Wiedereintritt vorzubereiten, und zwar *jetzt!*«

Sofort nahm die Crew ihre Plätze ein.

Basilisk war rasend vor Wut, doch er musste sich beherrschen. Schließlich wollte er nicht riskieren, ein Loch in die Außenhülle des Shuttles zu schlagen, wenn er die Trennwand aufsprengte. Das hätte einen Druckabfall im gesamten Schiff zur Folge gehabt, würde den Sauerstoff in den

Weltraum absaugen und sie alle umbringen. Durch die Schwerelosigkeit war schwer zu erkennen, ob die Raumfähre sich bewegte, doch ein leises Zittern des Rumpfes deutete darauf hin, dass die Manövriertriebwerke gezündet worden waren.

Viral war noch immer bewusstlos, während Basilisk und Wurm darüber stritten, wie sie am besten aus ihrer Zelle ausbrechen konnten. Alle Lösungen, die ihnen einfielen, schienen viel zu riskant; dieses war ausnahmsweise eine Situation, in der sich ihre Superkräfte als vollkommen nutzlos erwiesen. Wenigstens hatten sie das Versteck der Foundation herausgefunden und auch ein Teil des Virus war in den Satelliten gelangt, was hoffentlich genug Schaden angerichtet hatte, um ihn offline zu halten.

Ein paar Stunden lang schien sich nichts zu tun, außer dass die Schubdüsen laufend zündeten und wieder ausgingen. Basilisk vermutete richtig, dass das Shuttle für den Wiedereintritt in Position gebracht wurde.

Dann begann die Buran, heftig zu flattern, und die Schurken konnten spüren, wie die Erdanziehungskraft allmählich stärker wurde. Viral wachte gerade auf, als die Erdanziehung wieder voll einsetzte, und er landete polternd mit dem Rücken auf dem Boden.

»Was war das?«, fragte er benommen.

»Wir fliegen zurück zur Erde. Halt dich fest!«

Es war das Glücklichste und Wunderbarste, was Toby je erlebt hatte. Und dann hatte Pete ihn aus seinem tiefen Schlaf geweckt. Toby öffnete mühsam ein Auge, grelles Sonnenlicht begrüßte ihn. Er gähnte und wünschte, er könnte sich in einem warmen Bett noch einmal umdrehen und den ganzen Tag weiterschlafen.

»Wo sind wir?«

»Du hast die ganze Nacht geschlafen. Wir sind da.«

Sofort nachdem man sie in Kasachstan aufgesammelt hatte, hatte Mr Grimm verkündet, dass sie auf direktem Wege in die Mongolei, zum derzeitigen Hauptquartier der Hero Foundation, fahren würden, um dort vor der letzten Hürde Basilisk gegenüberzutreten.

Auf halber Strecke des Fluges hatte Mr Grimm gemeldet, dass es Basilisk gelungen war, den Satelliten der Stiftung aus dem Netz zu nehmen. Die Techniker, die Tag und Nacht daran gearbeitet hatten, Hero.com wiederherzustellen, hatten sich umsonst abgemüht.

Jetzt würde keine Hilfstruppe mehr zu ihrer Rettung herbeieilen.

Alles hing nur noch von ihnen ab.

Die einzigen Kräfte, die ihnen noch geblieben waren, waren die, die sie aus Versehen als Überdosis bekommen hatten, als Basilisk Hero.com mit seinem Virus infiziert hatte. Und auch diese würden nicht mehr lange vorhalten.

Toby war tief in Gedanken versunken und merkte erst nach einer ganzen Weile, dass er die ganze Zeit Emily angestarrt hatte, die zu schlafen versuchte. Er wandte schuldbewusst den Blick ab und sah stattdessen Pete vor sich, der ihn mit steinerner Miene beobachtete.

Toby versuchte, die Stimmung mit einem Lächeln aufzulockern. »Kannst auch nicht schlafen, was?« Pete schüttelte den Kopf, sagte aber kein Wort. »Hör mal, zu dem, was du da gesagt hast, dass wir kein Team wären . . .«

»Ein Dreck sind wir und das weißt du.«

»Wie bitte? Wir sind super, wir arbeiten gut zusammen . . .«

»Vielleicht in deinem Kopf. Du lässt uns nicht auf die Website, wann wir wollen. Du hast einen Teamnamen abgelehnt, eine Verkleidung, einfach *alles,* was ich vorgeschlagen habe.« Die Bitterkeit in seinen Worten war unüberhörbar.

»Das ist nicht wahr!«, protestierte Toby, obwohl er nur allzu gut wusste, was Pete meinte. »Außerdem brauchen wir einen Anführer, um die Gruppe . . .«

»Niemand hat dich zum Anführer gewählt. Weißt du, wie man nicht gewählte Führer nennt? Diktatoren. Das haben wir letzte Woche gerade in der Schule gelernt, falls du dich erinnerst.«

Toby wusste nicht, was er sagen sollte. Sein bester Freund griff ihn an und das Schlimmste war: Er sah ein, dass sein bester Freund recht hatte.

»Ich sollte besser allein bleiben. Wie neulich, als ihr mich mit Basilisk allein gelassen hattet.«

Toby schloss die Augen. Er wusste, dass das der Kern des Problems war. »Pete, ehrlich, wir hatten ja keine Ahnung ... es war ziemlich dumm von uns, dich allein zu lassen.«

Pete wurde immer lauter, Emily bewegte sich unruhig im Schlaf. »Ja, das war es! Aber ich sollte euch dafür dankbar sein. Denn da habe ich gelernt, dass ich auf mich selbst aufpassen muss, dass ich nicht auf meine Freunde zählen darf, geschweige denn auf meine *Familie!*« Das letzte Wort spuckte er fast aus und Toby spürte, wie ihn neue Schuldgefühle überkamen. In letzter Zeit war so viel passiert, dass sie nicht dazu gekommen waren, über die Trennung von Petes Eltern zu reden. Toby wollte etwas erwidern, doch Pete hatte ihm bereits den Rücken zugekehrt und tat, als ob er schliefe.

Toby seufzte. Was ihn beschäftigte, war gar nicht so sehr das Auseinanderbrechen seines Superteams, sondern vielmehr die Tatsache, dass sich seine Freunde alle zu verändern schienen, sich irgendwie von ihm entfernten. Und was noch schlimmer war: Er fürchtete, es war alles seine Schuld. Wenn er glaubte, sich um seine Freunde zu kümmern, richtete er in Wirklichkeit nur Schaden an.

Er dachte an Mr Grimms Worte über das Gleichgewicht, das die Welt brauchte. Allmählich bekamen sie einen Sinn.

Als Pete ihn schließlich weckte, waren sie bereits auf einer Flugpiste am Ende der Welt gelandet. Und Flugpiste war eigentlich auch übertrieben, es war nicht mehr als ein festgetretener Streifen Steinwüste. Richtung Süden flimmerte eine Bergkette in der sengenden Hitze.

»Wo genau ist *da?*«, fragte er.

Mr Grimm begleitete sie zu einem Toyota Landcruiser.

»Steigen Sie ein, wir haben nicht viel Zeit. ›*Da*‹ ist die Wüste Gobi in der Mongolei.«

Der klimatisierte Innenraum des Geländewagens war nach dem kurzen Weg durch die Bruthitze eine Wohltat. Noch bevor sich die Wagentüren geschlossen hatten, hatte die Gulfstream-Maschine, mit der sie gekommen waren, bereits gedreht und beschleunigte zum Start.

»Von abwarten halten die hier wohl nicht viel«, brummte Pete.

»Warum sollte man an so einem unwirtlichen Ort warten? Ob Sie es glauben oder nicht, aber hier ist gerade Winter«, sagte Mr Grimm, als sie durch die Landschaft holperten. Sein Ausdruck hatte sich immer noch nicht verändert, er hatte weder auf die Hitze da draußen noch auf die kühle, klimatisierte Luft im Wagen irgendeine Reaktion gezeigt. »Es ist wärmer als sonst um diese Jahreszeit, aber in der Nacht sind die Temperaturen bis auf minus dreißig Grad gefallen.«

Toby und Pete wechselten einen wissenden Blick. Sie hatten die schneeverwehten Ebenen der Antarktis überlebt. Dagegen war die Wüste Gobi das reinste Ferienlager.

»Warum befindet sich das Hauptquartier der Hero Foundation ausgerechnet hier?«, fragte Emily und blickte hinaus in die trostlose Landschaft.

»Normalerweise ist es nicht hier«, erklärte Mr Grimm geheimnisvoll. »Doch aufgrund jüngster Ereignisse war dies der beste Ort, um es zu verstecken. So entlegen und von der Außenwelt abgeschirmt, dass in Zeiten eines geheimen Krieges wohl kaum irgendwelche Zivilisten zufällig darüber stolpern würden.«

Die Freunde runzelten die Stirn, Lorna war die Erste, die die Frage stellte: »Was meinen Sie mit Krieg? Wer führt Krieg?«

»Wir, gegen die Superschurken, die die ganze Welt umstürzen. Die Dinge sind vollkommen außer Kontrolle geraten.«

Toby schüttelte den Kopf. Bei all ihren Abenteuern, auf Diablo Island, im mexikanischen Dschungel und bei ihrem Überlebenskampf im All, hatten sie dem, was im Rest der Welt geschah, wenig Beachtung geschenkt. Sie war dabei, sich gravierend zu verändern. Pete fasste es wortgewandt zusammen: »Verdammt! Dann sollten wir uns wohl lieber beeilen!«

Mr Grimm zeigte nach vorn. »Wir sind da.«

Die Buran-Raumfähre wurde wild durchgerüttelt und an der Oberfläche bildeten sich Blasen, während sie durch die Atmosphäre raste. Durch die enorme Luftreibung hervorgerufene Flammen züngelten über die schwarzen Hitzekacheln auf der Unterseite des Luftschiffs.

Drinnen drückte die Beschleunigungskraft jeden an die Wand, bis auf Basilisk, der in der Mitte der Ladebucht in der Luft schwebte.

»Wir treten in die Atmosphäre ein«, knurrte er. »Immerhin haben wir dann wieder Luft zum Atmen.«

Bevor die anderen protestieren konnten, schleuderte er einen Energiestrahl auf die Cockpit-Tür, der ein Loch mitten hineinriss. Basilisk flog entgegen der starken Beschleunigungskraft mühelos hindurch. Die drei Besatzungsmitglieder wurden so in ihre Sitze gedrückt, dass sie nur ihre Augen zu dem Schurken drehen konnten. Sie hatten sich zu sicher gefühlt, nachdem die Schurken so lange keinerlei Versuch gemacht hatten, ins Cockpit einzubrechen. Und ausgerechnet jetzt, zu einem äußerst kritischen Zeitpunkt, platzte doch noch einer bei ihnen herein.

Irenus Markow lenkte die Raumfähre mit einem Steuerknüppel, der aussah wie der eines Flugzeugs. Er riss ihn zu einer Seite herum. Das Shuttle schlingerte nach Backbord und Basilisk krachte mit dem Kopf gegen die Instrumententafel an der Decke. Der Superschurke zerrte Markow daraufhin mit solcher Gewalt von seinem Sitz, dass sämtliche Sicherheitsgurte rissen.

»Nein!«, brüllte Commander Mather. »Du wirst uns alle umbringen!«

Basilisks versteinernder Blick bohrte sich in den Russen. Markow schrie auf und versuchte, sich loszureißen, doch innerhalb weniger Sekunden wurden seine Bewegungen schwächer, während seine Haut zu Stein wurde. Basilisk drückte noch einmal kräftig zu und der versteinerte Körper des Mannes zerfiel zu Staub. Die anderen starrten Basilisk mit offenem Mund an.

»Jetzt landen wir da, wo ich es sage!«, bellte Basilisk.

»Das können wir nicht«, sagte Mather kleinlaut. »Du hast gerade den *Piloten* umgebracht!«

Basilisk besann sich. Er hatte sich von seiner Wut mitreißen lassen und jetzt hatte er den falschen Typen getötet. Drohend richtete er seinen Zeigefinger auf Commander Mather.

»Du wirst das Ding fliegen. Das hier sind die Landekoordinaten.« Basilisk schwang sich durch die Luft und gab etwas in einen der Computer ein. Sekunden später erschien eine Weltkarte auf dem Bildschirm, auf der bereits die Flugbahn eingezeichnet war, die sie nehmen musste, um dort zu landen, wo er gesagt hatte.

Mather blieb nichts anderes übrig, als die Raumfähre zu übernehmen. Die Beschleunigungskräfte hatten nachgelassen und er hatte Mühe, die Nase des Shuttles oberhalb des Horizonts zu halten. Es musste ohne die steuernde Hilfe der Triebwerke zur Erde gleiten.

Basilisk kletterte auf den freien Pilotensitz und sah, wie die Erde vor ihnen Gestalt annahm. Der Kommandant lenkte die Fähre in einem Bogen herum, exakt der Flugbahn auf dem Bildschirm folgend.

»Gut. Ich muss dich warnen. Es gibt dort keine Landebahn.«

Der Kommandant warf ihm einen hasserfüllten Blick zu.

»Dann wirst du uns alle umbringen. Die Fähre ist für Landungen außerhalb der Piste nicht gebaut.«

»Das ist nicht mein Problem.«

Commander Mather sah die seltsame Missgeburt nur an. Dann sagte er ruhig etwas auf Russisch zu Rebecca Syms. Basilisk nahm an, es handele sich um eine übliche Anweisung zum Landemanöver, schließlich war der Flug von einer russischen Raketenbasis ausgegangen. Er merkte nicht, dass Mather und Syms ihre Sicherheitsgurte fester zogen. Sekunden später fasste Mather unter seinen Sitz und zog an einem Griff.

Basilisk hatte keine Ahnung, dass das einzelne Wort, was Mather eben gesagt hatte, übersetzt »Schleudersitz« bedeutete.

Der Kommandant sah Basilisk ruhig an. »Jetzt *ist* es dein Problem.«

Mit einem Knall schoss sein Sitz durch die Decke. Syms folgte eine Sekunde später – gefolgt von drei weiteren Explosionen aus der Ladebucht, wo die immer noch bewusstlosen Passagiere in Sicherheit katapultiert wurden.

Allein der Kommandant hatte Zugriff auf die Schleudersitze, falls es galt, im Notfall Besatzung und Passagiere in Sicherheit zu bringen. In den Schleudersitzen waren Fallschirme eingebaut und kleine Sender, sodass das bewusstlose Trio sicher landen würde und schnell von Rettungskräften gefunden werden konnte.

Basilisk starrte ungläubig auf die Armaturen vor ihm. Bisher hatte er nur eine seiner eigenen Erfindungen geflogen, das SkyKar, und das war vor Wochen zerstört worden. Er dachte kurz daran, einfach selbst zu fliegen und sich in Sicherheit zu bringen, als ihm einfiel, dass Wurm und Viral keine Flugkräfte hatten – und er sie für die Abschlussphase noch brauchen würde. Wenn sie jetzt starben, wäre alles umsonst gewesen.

»He, ihr beiden! Kommt sofort ins Cockpit!«

Er drückte den Steuerknüppel nach vorn, um das Luftschiff auf den Horizont auszurichten – doch die Skala des Höhenmessers schien dadurch noch schneller zu fallen. Viral und Wurm stürmten ins Cockpit.

»Was ist los?«

»Die Besatzung hat sich per Schleudersitz verabschiedet und lässt uns hier draufgehen«, erklärte Basilisk bitter. Es war nie angenehm, zum Opfer der Selbstsucht anderer zu werden.

Viral lehnte sich gegen die Konsole des Flugingenieurs – da es keine Sitze mehr gab, blieb ihm nichts anderes übrig. Er starrte hinunter auf den Erdboden, der ihnen viel zu viel Raum im Panorama einzunehmen schien.

»Kannst du fliegen?«

Basilisk zögerte. »Ich persönlich: ja. Wenn du ein Flugzeug fliegen meinst: nein.«

Wurm gab Basilisk ein Zeichen, den Sitz freizugeben. »Lass mich mal.«

»Du?«, rief Basilisk verblüfft und tauschte seinen Platz mit dem kleinen Mann.

»Du hast die Nase zu steil nach unten gedrückt, dadurch

verlieren wir zu viel Höhe. Sie muss knapp über den Horizont zeigen, so etwa.«

Wurm riss den Knüppel zurück – etwas zu heftig. Das Shuttle stellte sich beinahe senkrecht und verlor so viel Fahrt, dass es um ein Haar den Motor abwürgte. Alarmsignale piepten und blinkten im ganzen Cockpit.

»Zurückdrücken!«, schrie Viral, als er gegen die Wand stürzte.

Wurm schob den Knüppel wieder nach vorn, die Nase des Shuttles tauchte unter den Horizont – und plötzlich schossen sie im Steilflug auf die Erde zu. Er steuerte dagegen und schaffte es, die Raumfähre auf Kurs zu halten. Basilisk hatte sich so an der Instrumententafel festgekrallt, dass seine kräftigen Finger Abdrücke hinterließen.

»Die Steuerung reagiert empfindlicher als damals«, entschuldigte Wurm sich.

»Wann bist du denn zuletzt geflogen?«, fragte Basilisk, obwohl er nicht wusste, ob er die Antwort wirklich hören wollte.

»Es war ein Sopwith-Camel-Doppeldecker damals im ...«

»... *Ersten Weltkrieg*?«

Viral klammerte sich an die Konsole. »Oh mein Gott! Du hast fliegen gelernt, als sie das Flugzeug gerade erst erfunden hatten!«

Wertvolle Sekunden verstrichen und niemand wagte, etwas zu sagen. Basilisk sah auf den Computerbildschirm und merkte, dass sie von ihrem Kurs abgekommen waren. Er tippte auf den Monitor.

»Diese rote Linie hier, das sind wir. Versuch, sie mit der blauen zusammenzubringen.«

Wurm richtete das Flugschiff sanft aus. Basilisk musste zugeben, dass er sich als ziemlich lernfähig erwies.

»Wir sollten unsere Geschwindigkeit verringern«, sagte Wurm. »Wo sind die Klappen?«

Sie suchten das Schaltpult ab – die meisten Beschriftungen waren auf Russisch, nur hier und da gab es ein paar handgeschriebene englische Aufkleber –, alles andere als Hightech. Auf keinem von ihnen stand etwas von »Klappen«. Wurm war so auf die Knöpfe und Schalter konzentriert, dass er die Bergspitzen, die plötzlich vor ihnen auftauchten, nicht bemerkte.

Viral zeigte mit dem Finger darauf, brachte aber keinen Ton heraus. In diesem Moment lernte er, was Angst ist, und schwor, seine verbrecherische Laufbahn zu beenden, wenn er nur lebend hier wieder rauskam. Wurm blickte hoch, gerade noch rechtzeitig.

WUUUSCH! Die Buran legte sich auf die Seite und schoss zwischen den beiden Berggipfeln hindurch, dass die Druckluftwelle auf beiden Bergen Lawinen auslöste.

Er pendelte die Maschine wieder ein, doch der Höhenmesser drehte sich immer noch wie eine wild gewordene Uhr. Die Landschaft vor ihnen war vollkommen ausgedörrt. Basilisk warf einen Blick auf den Bildschirm. Wurm hatte sie erstaunlich gut auf Kurs gehalten. Die Landezone lag direkt vor ihnen – wurde aber immer schneller zur Aufprallzone.

»Wir müssen abbremsen, schnell!«, schrie Basilisk. »Die Landezone ist nicht mehr weit.«

Viral entdeckte auf der Konsole des Bordingenieurs einen Schalter mit einem handgeschriebenen Aufkleber. »Ich hab's! Da steht Fallschirm!«

Basilisk wirbelte herum. »Nein, nicht!«

Zu spät. Viral hatte schon gedrückt. Er wusste nicht, dass der Fallschirm immer erst zum Einsatz kommt, um das Shuttle abzubremsen, wenn es bereits sicher gelandet ist.

Eine Explosion am Hinterteil der Raumfähre sprengte eine Platte ab und der Fallschirm schoss hervor. Da sich das Shuttle noch in der Luft befand, hatte dies die gleiche Wirkung, als hinge es am Ende eines Spannseils und würde mit einem Ruck zurückgerissen.

Die Buran drehte Korkenzieher, während sich der Fallschirm ausbreitete und sich dann durch die Bewegung der Maschine verhedderte. Dutzende von Alarmsignalen ertönten im Cockpit – Viral wurde herumgeschleudert wie in einer Waschmaschine. Basilisk schwebte weiter in der Luft, sodass ihm die Rotation nichts anhaben konnte, und Wurm hatte sich glücklicherweise *gerade eben* auf dem Pilotensitz festgeschnallt.

Die Raumfähre machte vier Überschläge über den Flügel, als das hintere Triebwerk auf dem Wüstenboden aufsetzte und sich fast in seine Bestandteile auflöste.

»Das Fahrwerk!«, brüllte Basilisk, doch es war bereits zu spät.

Die übrige Buran-Raumfähre machte eine Bauchlandung

auf dem Wüstenboden – Felsbrocken und Steine schliffen das Hitzeschild ab und zertrümmerten beide Tragflächen, als das Shuttle noch fast achthundert Meter weiter schlitterte. Mehrere Male hob es von einem Felsgrat ab – und flog ein Stück, bevor es wieder auf den Boden krachte.

Die Buran raste direkt auf einen Felsen zu, der wie ein erhobener Zeigefinger aus der ausgedörrten Erde ragte. Der Felsen traf genau die Mitte des Schiffs und das Milliarden-Dollar-Gefährt brach in zwei Hälften auseinander. Die beiden Hälften wirbelten davon. Das Rumpfende überschlug sich mehrfach, die Motoren rissen sich selbst auseinander. Dem Cockpit erging es etwas besser, es kam knirschend in der Rinne eines ausgetrockneten Flussbetts zum Halten, auf dem Kopf.

Staubwolken hingen in der Luft und eine Zeit lang regte sich nichts.

Dann brach eine Steinhand durch den verdrehten Rumpf und Basilisk schälte sich aus dem Wrack, während seine Wunden und Kratzer sich schnell schlossen. Vor lauter Staub konnte er kaum die Hand vor Augen sehen, hustend fiel er auf die Knie.

Er lebte. Aber er hatte keine Ahnung, wo die anderen geblieben waren. Der Gedanke, gescheitert zu sein, traf ihn wie ein Hammerschlag.

»Wow!«, war das Einzige, was Pete einfiel, um das Hauptquartier der Hero Foundation zu beschreiben.

Zuerst hatten sie in der flimmernden Hitze so etwas wie

eine kleine Stadt vor sich gesehen. Es hätte auch eine Fata Morgana sein können. Doch beim Näherkommen erkannten die jungen Helden, dass das Flimmern eine riesige Feuerwand war.

»Nicht die Art Firewall, die ich erwartet hätte«, bemerkte Emily. Pete lachte, doch die anderen beiden hatten entweder den Witz nicht verstanden oder waren zu verblüfft, um etwas zu sagen.

»Es hält die Leute fern«, erklärte Mr Grimm.

Die ganze Stadt schwebte knapp über dem Wüstenboden.

»Es fliegt?«, fragte Toby staunend.

»Natürlich, wie könnte es sich sonst bewegen?«

Sie näherten sich einer Rampe, die sich von den Flammen herunter bis zu ihnen erstreckte. Als der Geländewagen hinauffuhr, wichen die Flammen wie ein Vorhang beiseite und gaben den Weg frei.

Als sie die Wand passierten, spürten sie deutlich die Hitze, die rauschte wie ein Orkan. Sobald sie hindurch waren, lag das Hauptquartier vor ihnen.

Es sah aus wie eine riesige Ölraffinerie auf einer gigantischen kreisförmigen Plattform. Graue Stahlgebilde und Türme stützten ein komplexes Geflecht aus Röhren, die zwischen Hunderten zylindrischer Glastanks verliefen, von denen jeder die Größe eines Hauses hatte und eine Vielfalt verschiedenfarbiger zäher Flüssigkeiten enthielt. Leitungen und Ventile waren in einer komplizierten Anordnung mit den Tanks verbunden. Die Tanks selbst waren rund um das kreisförmig angelegte Zentrum angeordnet, das mit seinen schlanken Hochhaustürmen wie eine futuristische Stadt aussah. Die Gebäude waren gespickt mit Sendetürmen und Satellitenschüsseln und das mächtige, in Marmor gehauene Logo der Hero Foundation war kaum zu übersehen.

Die Ausmaße der Anlage waren einfach überwältigend. Sie hatte die Größe einer Kleinstadt, mit kreuz und quer verlaufenden Versorgungsstraßen.

»Wir nähern uns jetzt dem Zentrum«, erläuterte Mr Grimm. Er klang jetzt wie ein Reiseleiter. »Dort haben wir die Forschungs- und Entwicklungslabore, Planungsräume, das weltweit vernetzte Kommunikationszentrum, Unterkünfte, ein Restaurant, Sporthalle, Sauna und ein ausgezeichnetes beheiztes Schwimmbad mit Wellenanlage.«

»Und in diesen Tanks sind die Superkräfte?«, fragte Lorna.

»Rohe, unbearbeitete Superkräfte, gespendet von Primes auf der ganzen Welt, und einige mittlerweile künstlich reproduzierte, sodass Sie das Privileg haben, Superhelden zu sein.«

Lorna blinzelte. »Können künstlich hergestellte Superkräfte schädlich sein?« Sie schimpfte ständig mit ihrer Mutter, weil sie Lebensmittel mit künstlichen Konservierungsmitteln kaufte.

»Tja, sie bringen uns ständig in lebensgefährliche Situationen«, witzelte Toby, der ihren Ausflug sichtlich genoss, mehr noch als die Besichtigung einer Schokoladenfabrik.

»Machen Sie sich keine Sorgen, bislang wurden keine gesundheitsschädigenden Nebenwirkungen nachgewiesen.«

Das beruhigte Lorna keineswegs. »Sind es Chemikalien?«

»Man könnte sie vielleicht am besten als eine Kombination aus Energieplasma und Zellplasma-Kulturen beschreiben.« Er bemerkte den Ausdruck auf Lornas Gesicht. »Lebende Energie, allgemeinverständlicher ausgedrückt.«

»Cool«, sagte Pete.

»Ich sehe keine anderen Menschen«, stellte Toby fest.

»Die gesamte Station ist automatisch gesteuert und nur mit Stammpersonal bemannt. Alle anderen wurden aus Sicherheitsgründen evakuiert und die Primes, die sich entschlossen haben, hier zu leben, haben die Station verlassen.«

Mr Grimm fuhr in einem kreisförmigen Innenhof vor. Er zeigte auf eine vornehme Marmorlobby.

»Kommen Sie nicht mit?«, sagte Emily.

»Ich werde später zu Ihnen stoßen. Aber der, äh, Chef möchte Sie kennenlernen.«

»Der Chef? Meinen Sie damit Commander Courage?«, fragte Toby aufgeregt.

Mr Grimm antwortete nicht. Er fuhr davon und die vier gingen auf den Eingang zu. Lorna packte Emilys Arm und zeigte über die Plattform.

»Sieh mal!«

Leichter weißer Nebel zog über das Gelände. Wolken kamen schnell auf sie zu – dann hatten sie sie plötzlich eingehüllt.

»So wie es aussieht, steigen wir ziemlich schnell nach oben«, sagte Pete. »Aber ich spüre gar keine Bewegung.«

Plötzlich traten die Wolken auseinander und ein frostig klarer blauer Himmel umgab sie.

»Kommt«, sagte Toby. »Wir sollten den Chef nicht warten lassen.«

Lorna und Pete wechselten einen Blick. Beiden fiel ein alter Streit wieder ein. *Chef* implizierte, dass sie für jemanden arbeiteten, und Lorna und Pete waren der Meinung, in diesem Fall sollten sie auch dafür bezahlt werden, dass sie ihr Leben aufs Spiel setzten.

Seit Lorna sich zum ersten Mal mit einem Jungen verabredet hatte, fühlte sie sich reifer und sie fand mehr und mehr, dass Tobys und Emilys Ansichten darüber, das eigene Leben zum Wohle der Menschheit aufs Spiel zu setzen, zu idealistisch waren – überhaupt nicht realistisch.

Vielleicht wird es Zeit für eine Veränderung?, dachte sie, als sie aus der Drehtür in eine marmorne Lobby traten.

Die Empfangshalle hatte beeindruckende Ausmaße. In der Mitte ragte stolz das Logo der Stiftung auf, diesmal in der Gestalt eines plätschernden Brunnens. Es sah aus wie in einem Luxushotel.

»Ah! Da seid ihr ja!«, sagte ein Mann und trat aus dem Schatten. »Wurde aber auch Zeit.«

Der Mann kicherte, doch es ärgerte Lorna, dass er sie gleich mit einem Rüffel begrüßt hatte. Toby empfand genau das Gegenteil. Er zitterte vor Aufregung.

»Erlaubt, dass ich mich vorstelle. Ich bin der Gründer der

Hyperenergierechercheorganisation – und der Grund, warum ihr hier seid. Mein Name ist Eric Kirby, früher kannte man mich unter dem Namen Commander Courage.«

DIE RACHE EINES VERRÄTERS

»Er lebt, gerade noch«, sagte Trojan, als sie Virals Puls fühlte. Obwohl sie den Mann äußerlich ziemlich abstoßend fand, hatten sie sich gut verstanden. Er war für sie sogar so etwas wie ein Freund geworden, was in der Welt der Superschurken eher selten vorkam.

Sie saßen im Schatten des zertrümmerten Shuttle-Cockpits und Basilisk war dabei abzuwägen, welche Optionen ihnen noch blieben. Direkt nach der Bruchlandung hatte er Wurm und Viral bewusstlos aufgefunden.

Wurm hatte sich schnell erholt, aber Viral war von einer Konsole halb erschlagen worden und blutete stark.

Glücklicherweise war Trojan von selbst auf die Idee gekommen, die Spur des Shuttles zu verfolgen, und war durch ihren Quantentunnel direkt bei ihnen aufgetaucht, als sie ihre Bruchlandung hatten. Sie war sofort zur Stelle gewesen, um Viral Erste Hilfe zu leisten.

Die beiden anderen Schurken kannten sich überhaupt nicht mit so etwas aus.

Sie hoffte nur, dass sie sich nicht irgendeine Krankheit bei ihm holte.

»Das ist doch Wahnsinn!«, sagte Wurm nun schon zum

zweiten Mal. »Wir riskieren unser Leben und wofür? Einen gescheiterten Plan!«

»Wir müssen einfach annehmen, dass der Teil des Virus ausgereicht hat, um das Netzwerk des Satelliten lahmzulegen«, brummte Basilisk.

»Wir kriechen hier im Dreck herum wie die Tiere, Basilisk! Ich muss geistig umnachtet gewesen sein, als ich mich auf deine Pläne eingelassen habe! Ich sollte dich vor den Rat des Bösen schleppen und mein Kopfgeld kassieren, damit wäre die Sache erledigt!«

Basilisks Augen flackerten böse. Sobald sie im Hauptquartier der Stiftung waren, würde er Wurm brauchen, um in das Computernetzwerk einzudringen. Wenn Viral allerdings starb, wäre auch Wurm für ihn nutzlos.

»Es überrascht mich, dass du so denkst, besonders jetzt, wo du so nahe dran bist, Commander Courage zu töten.«

Bei dem Gedanken daran verengten Wurms Augen sich zu schmalen Schlitzen.

Da meldete Trojan sich zu Wort. »Ich habe eine Idee. Viral besitzt keine Heilungskräfte. Aber er könnte doch von Villain.net welche runterladen.«

Basilisk schüttelte den Kopf. »Viral ist ein Prime. Und wenn ein Prime etwas aus dem V-Net-System runterlädt, würde es verheerende Rückkopplungen und jede Menge Chaos anrichten. Das kannst du mir glauben.«

»Aber es ist die einzige Möglichkeit, ihn zu retten.«

Basilisk überlegte. Wenn er Viral mit Villain.net verband, bestand ein geringes Risiko, dass er aus Versehen das

Netzwerk verseuchen und es auch funktionsunfähig machen würde. Außerdem würde es dem Rat des Bösen ihren Aufenthaltsort verraten, denn nach dem, was Basilisk bei Hero.com gelungen war, würden sie ihr eigenes System sicher strengstens überwachen.

Doch er war bereit, dieses Risiko einzugehen.

»Du hast recht!«, sagte er schließlich und nahm ein kleines Handy von seinem Gürtel. Kurz darauf hatte er die Verbindung zu Villain.net hergestellt. Er scrollte durch den Wirrwarr von Icons. Er wusste, welches für Regenerationskräfte stand, schließlich war es einer seiner eigenen Beiträge zu den Superkräften auf Villain.net gewesen. Er wählte das Icon an und drehte das Display zu Viral. Ein kleiner dünner Silberfinger zuckte heraus und tippte auf Virals Stirn.

Sofort begann er zu zucken, als hätte er einen Elektroschock bekommen, seine blutunterlaufenen Augen öffneten sich und er schrie auf. Seine Knochen krachten, während sie sich in Sekundenschnelle wieder zusammenfügten – knirschend sprang sein ganzer Brustkorb wieder zurück in seine alte Form. Die Wunden schlossen sich und er setzte sich plötzlich kerzengerade auf.

»Wow! Das fühlte sich toll an! Was habt ihr mit mir gemacht?«

Trojan lächelte. »Nur ein kleines Aufputschmittel.«

Basilisks Züge entspannten sich vor Erleichterung, doch das konnte von den anderen unter seiner dunklen Kapuze keiner sehen.

»Ausgezeichnet. Und nun, Leute, auf zu Kampf und *Sieg.*«

Toby war etwas enttäuscht. Commander Courage oder Eric, wie er jetzt genannt werden wollte, war ein alter Mann. Er strahlte sie aus seinem faltigen Gesicht freundlich an und trug einen sorgfältig gestutzten Schnauzbart von der gleichen Farbe wie sein schlohweißes Haar. Trotz seines Gehstock schien er noch recht gut zu Fuß zu sein.

Eric geleitete sie zu einem Aufzug, der sie in einen runden, geräumigen Sitzungssaal brachte. In der Mitte stand ein runder Tisch mit Monitoren vor jedem Platz. In der Mitte des Tisches drehte sich ein holografischer Globus, auf dem Krisenherde rot gekennzeichnet waren – und das war im Moment der größte Teil des Planeten.

Die beiden Hälften des Raums hatten jeweils ein rund geschwungenes Panoramafenster, aus dem man das gesamte Gelände überblickte, bis hin zu den brennenden Feuerwänden.

Eric wies auf die Plätze am Tisch. »Hier haben die größten Superhelden aller Zeiten zusammengesessen und darüber diskutiert, wie sie ihre besonderen Gaben am besten zum Wohl der Menschheit einsetzen konnten.«

Pete meldete sich als Erster zu Wort. »Und dabei sind Sie auf die Idee gekommen, Kids für Superkräfte zahlen zu lassen und dann ihr Leben zu riskieren, um Ihnen die schmutzige Arbeit abzunehmen?«

Toby und Eric sahen ihn erstaunt an.

»Nein, Pete. Es war unser Plan, *jedem* – ob jung oder alt – die Möglichkeit zu geben, ein Held zu sein. Derjenige, der Erfolg hat, wird mit Heldenpunkten belohnt und die Kräfte sind umsonst. Falls man versagt, muss man sie bezahlen.« Er lächelte wieder. »Sieh es als eine Art Erfolgsmotivation an. Außerdem trägt sich das alles hier nicht von allein.«

»Wäre es nicht besser, Sie würden uns *tragen,* also bezahlen?«

Eric schüttelte den Kopf. »Dann wären eure Handlungen finanziell motiviert. Von Geldgier gesteuert.«

Pete sah aus dem Fenster und nickte. Toby neben ihm flüsterte ihm zu.

»Was zum Teufel ist in dich gefahren?«

Pete versuchte gar nicht erst, seinen Ärger zu verbergen. »Ist doch klar, oder? Für uns ist das Geld nicht gut, aber es ist in Ordnung, wenn wir die da für die Kräfte bezahlen! Sie sind doch genau wie die anderen Geschäftemacher – habgierig und manipulierend!«

Eric schüttelte den Kopf. »Ich versichere dir . . .«

»Meine Eltern trennen sich, weil wir pleite sind. Unser Haus ist zerstört und wir werden nie das Geld haben, uns ein neues zu leisten, und trotzdem bin ich hier und kämpfe für die sogenannten Helden! Und was habe ich davon? Nichts! Machen sich all die anderen großen Helden, die hier am Tisch gesessen haben, Sorgen um ihre Eltern? Fragen sie sich, ob sie wohl genug Geld haben werden, um einzukaufen? Ich wette, das tun sie nicht. Ich wette, sie sind alle stinkreich!«

Emily legte sanft eine Hand auf seinen Arm und wie durch Zauberei beruhigte Pete sich. »Pete, wir wissen, dass das nicht in Ordnung ist. Aber jetzt ist nicht die Zeit dafür. Wir kämpfen alle für dieselbe Seite.«

»Ich habe den Eindruck, Mr Kendall sieht hier nur einen alten Mann vor sich und glaubt, ich bitte ihn darum, die kostenlose Haushaltshilfe zu sein.«

»Verdammt richtig!«, schnauzte Pete.

Toby war der Ausbruch seines Freundes so peinlich, dass er rot anlief. »Er hat im Moment einfach zu viele Dinge im Kopf, die ihn beschäftigen.« Er versuchte, Pete mit einem Blick zum Schweigen zu bewegen.

»Tapfer für seine Freunde einzutreten, ist ein ehrenwerter Zug. Aber ich kann es verstehen, wirklich. Primes sind eine aussterbende Rasse. Jedes Jahr werden weniger von uns geboren, wohingegen es früher viele gab. Wisst ihr, die ganzen Legenden, von den griechischen Heldensagen bis zu Hollywood-Helden – all diese Menschen waren Primes.

Wir haben die Hero Foundation gegründet, im Bemühen, ihre Kräfte zu vermehren und zu ernten. Wir haben einen Weg gefunden, die Kräfte greifbar zu machen, und dann ein System geschaffen, sie an Menschen weiterzuleiten, die überhaupt keine haben. Da wir alle zum Kämpfen zu alt geworden waren, mussten wir uns zur Ruhe setzen. Dennoch wollten wir nicht kampflos das Feld räumen.« Er wurde auf einmal melancholisch. »Auch Superhelden werden einmal alt, leider! Allerdings nicht alle in gleichem Maße. Ich bin hundertdrei, obwohl ich keinen Tag älter als fünfundsechzig aussehe. Zumindest bilde ich mir das gern ein.

Statt Superkräfte in einem Laden zu verkaufen, wo jeder hingehen und sich etwas aussuchen kann – was unweigerlich in einem Chaos geendet hätte –, beschlossen wir, eine Website zu entwickeln, die nach dem Zufallsprinzip Kandidaten auswählte, wie euch zum Beispiel. Natürlich wurde von komplexen Algorithmen vorherbestimmt, welche Art von Menschen wir suchen wollten. Eure Internetrecherchen wurden aufgezeichnet und analysiert. Intellektuelle Recherchen wurden als ›von möglicherweise geeigneten Kandidaten durchgeführt‹ gekennzeichnet. Aber wenn ihr nach irgendwelchem Unsinn, nach Waffen zum Beispiel, gesucht hättet, wäret ihr wahrscheinlich nicht unter die geeigneten Kandidaten gefallen.«

»Das heißt, wir sind alle zufällig ausgewählt worden?«, fragte Toby, der gehofft hatte, es wäre etwas mehr von »Schicksal« und »Vorsehung« die Rede gewesen.

Eric lächelte rätselhaft. »Mehr oder weniger.«

Emily wollte einwenden, dass »zufällig« nicht gleichzeitig »mehr oder weniger« bedeuten konnte, doch Eric fuhr fort: »Doch ihr besitzt Qualitäten, die den wahren Superhelden vom Superschurken unterscheiden, unabhängig von seinen besonderen Kräften und Fähigkeiten.«

»Und welche sind das?«, wollte Pete wissen.

»Eine ausgeprägte Fähigkeit zu Mitgefühl und logischem Denken. Die beiden schlagkräftigsten Eigenschaften, die ein Mensch haben kann.«

Pete verzog das Gesicht und schüttelte den Kopf. Niemals konnte das besser sein als fliegen können oder Laserstrahlen abfeuern.

Eric lächelte. »Du glaubst mir vielleicht nicht, aber weil sie diese beiden Eigenschaften nicht hatten, wurden wir von einigen Superhelden verraten, die sich von uns lossagten und den Rat des Bösen gründeten . . .«

»Das sollen auch Superhelden sein?«, rief Lorna überrascht aus.

»Exsuperhelden. Von dem Moment an wussten wir, wie gefährlich es war, unseren eigenen Leuten zu sehr zu vertrauen. Die Verräter stahlen den Bauplan von Hero.com und der Rat des Bösen schuf Villain.net als Gegenstück dazu. Doch es war nicht so gut wie das Original.«

Pete stieß einen leisen Pfiff aus. »Also können aus Helden Schurken werden. Interessant.«

Eric starrte ins Leere, als würde er sich gerade an etwas erinnern. »Das kann mit dem besten Freund passieren.« Er warf Toby einen seltsamen Blick zu. »Aber so etwas kennt ihr wahrscheinlich noch nicht.«

Was soll das denn jetzt heißen?, dachte Toby. Er fragte sich, ob der alte Mann nicht doch allmählich senil wurde.

* * *

Mr Grimm fuhr den Toyota Landcruiser zu einem Gebäude am Rande des Komplexes. Direkt vor der tosenden Feuerwand stand ein gedrungener Bunker, den zahlreiche

Satellitenschüsseln schmückten: die Haupt-Kommunikations-Relais-Zentrale. Commander Courage hatte ihn gebeten herauszufinden, welcher Schaden durch Virals Eindringen entstanden war.

Drinnen hockte ein übergewichtiger Techniker namens Johnston, der gerade in ellenlange Codes, die seitenweise über die Bildschirme liefen, vertieft war. Mr Grimm sah sich um.

»Ist der Rest der Mannschaft evakuiert worden?«

Johnston antwortete, ohne von seinen Monitoren aufzusehen: »Sind in die Elementar-Basis verlegt worden, falls wir uns hier nicht mehr halten können.«

»Und, wie stehen die Chancen?«

Johnston tippte auf den Code auf dem Bildschirm. »Der Satellit ist offline, aber er ist nicht zerstört worden. Ein Wahnsinnsding, dieser Virus. Er hat das Netzwerk für die nächsten vier Stunden oder so eingeschläfert, danach geht es wieder online und ist so gut wie neu. Muss es nur noch schaffen, die Kräfte hochzupumpen, und wir sind wieder im Geschäft.«

Mr Grimm runzelte die Stirn. »Warum sollten sie den Satelliten angreifen, ihn aber nicht zerstören?«

»Schätze, sie haben nicht vor, die Website zu zerstören, sie wollen sie nur übernehmen.«

»Um sie gegen den Rat des Bösen einzusetzen, klar«, überlegte Mr Grimm.

Jetzt sah Johnston Mr Grimm zum ersten Mal direkt an. »Meinen Sie?«

»Können Sie den Zeitpunkt, zu dem das System wieder online geht, verzögern?«

»Verzögern? Warum sollte ich das wollen? Das Netzwerk muss so bald wie möglich wieder funktionieren.«

»Basilisk und seine Leute müssten bald hier sein. Falls sie die Kontrolle hier übernehmen sollten, will ich sicherstellen, dass sie nicht einfach nur darauf warten müssen, bis das System wieder online geht.«

»Verstehe. Ich werde mich dransetzen. Aber hier liegt so viel anderes Zeug rum, dass ich nicht sagen kann . . .«

»Ich bin sicher, Sie schaffen es.« Mr Grimm machte auf dem Absatz kehrt. Er hatte gehört, was er wissen musste. Er verließ den Bunker und straffte seine Krawatte.

Das waren nützliche Informationen, die er dem Rat des Bösen zukommen lassen konnte.

Schon seit Langem verkaufte er für irrwitzige Geldbeträge geheime Informationen an den Rat und ließ gelegentlich auch der Hero Foundation Informationen zukommen. Er war ein Doppelagent, die gute Seite bezahlte ihn, um ihre Interessen zu wahren, die böse für Informationen über die Foundation. Er enthüllte nichts, was den Zusammenbruch der einen oder anderen Organisation herbeiführen würde, wie etwa den Standort ihrer Hauptquartiere und Nebenstationen.

Nur so viel, um den gesunden Wettbewerb zwischen beiden im Gleichgewicht zu halten und sich selbst ein regelmäßiges Einkommen zu garantieren.

Der Rat hatte ihn gebeten, Basilisks Überfall zu unterstützen, was er selbstverständlich nicht tun würde. Und jetzt, wo er Basilisks wahre Absichten durchschaut hatte, noch viel weniger. Alles, was Mr Grimm jetzt noch zu tun hatte, war, sich aus der Gefahrenzone zu bringen.

Ein dumpfes Geräusch ließ die Anlage erzittern. Mr Grimm wollte gerade die Tür des Landcruisers öffnen und blickte irritiert auf. Die Feuerwand war ausgegangen – und gab den Blick frei auf einen unendlich weiten blauen Himmel. Im gleichen Augenblick heulten überall Alarmsirenen auf.

Mr Grimm hatte einen kurzen Anflug von Panik, als ihm klar wurde, dass der Virus, den Basilisk in das Satellitensystem geschleust hatte, soeben den Schutzschild deaktiviert hatte. Damit war die Foundation schutzlos jedem Angriff preisgegeben, noch bevor er sich absetzen konnte.

Vier Gestalten erschienen auf der Plattform, sie entstiegen den ausladenden Falten von Trojans Umhang. Noch ehe Mr Grimm die Wagentür öffnen konnte, schlug ein Energiestrahl in das Fahrzeug ein und warf es auf die Seite – Mr Grimm stand nur noch mit dem abgebrochenen Türgriff in der Hand da.

»Das werden Sie nicht mehr brauchen, Grimm«, schrie Basilisk. »Jetzt habe ich hier das Sagen.«

»Basilisk, welch unerwartetes Vergnügen . . .«, begann Mr Grimm in neutralem Tonfall.

»Halt die Klappe! Ich habe Ihre doppelten Geschäfte noch nie gemocht, als ich noch beim Rat war. Und jetzt kann ich Sie überhaupt nicht gebrauchen.«

Johnston erschien in der Tür zum Kommunikations-Bunker, die Hand in einer großen Chipstüte vergraben.

»Was soll der Lärm hier . . . ?«

Er verstummte, als er die vier Superschurken entdeckte. Er wollte sich umdrehen und weglaufen, aber da hatte Viral bereits eine Rauchkugel auf ihn geschleudert. Johnston ging zu Boden, als der schwarze Nebel seinen Kopf einhüllte. Er fing an zu würgen und fasste verzweifelt nach seinem Hals, während sich große Quaddeln auf seinem Gesicht ausbreiteten. Er spuckte Blut und verendete qualvoll.

Das kurze Spektakel hatte die Aufmerksamkeit der anderen für einen Moment von Mr Grimm abgelenkt. Der nutzte die Gelegenheit, um sich aus dem Staub zu machen. Grimm hasste Auseinandersetzungen und im Grunde seines Herzens war er ein Feigling, deshalb hatte er auch die jungen Downloader auf Diablo Island im Stich gelassen. Er schwang sich in die Luft und nahm sofort eine andere Gestalt an. Sein Gesicht sah plötzlich ausgemergelt, beinahe totenkopfartig aus und er zischte durch die Luft wie ein Gespenst – ein Nebeneffekt seiner Kraft.

Basilisk nahm seine Verfolgung auf, nachdem er den anderen befohlen hatte, sich über den Kommunikations-Bunker Zugang zu den Computern der Foundation zu verschaffen.

Basilisk und Grimm schossen mit Höchstgeschwindigkeit über die Glaszylinder hinweg, auf die Gebäude der Foundation-Zentrale zu. Basilisk erkannte, dass Grimm vorhatte, dort Zuflucht zu suchen, doch er war zu nah, um ein Portal öffnen zu können – diese Kraft wirkte nur aus größerer Entfernung. Basilisk feuerte einen Energiestrahl ab, der weit danebenging – und einen der Behälter zerbrach. Sofort spritzten die darin enthaltenen klebrigen Superkräfte aus; Basilisk entging nur knapp einer Dusche.

Grimm jagte in Schlangenlinien über die Anlage, tauchte unter Hochdruckleitungen hindurch und sofort wieder auf und setzte alles daran, Basilisk abzuschütteln. Doch der Superschurke war zu schnell für ihn.

Basilisk nutzte seinen Vorteil und überholte Grimm, ohne dass dieser es merkte. Wie er vorausgesehen hatte, wechselte Grimm die Richtung, als er Basilisk nicht mehr hinter sich sah – da stieß Basilisk herab wie ein Falke.

Grimm wurde abrupt ausgebremst, als Basilisk ihm den Weg abschnitt. Reflexartig ließ Grimm eine Schalldruckwelle auf ihn los. Man konnte zusehen, wie die Schallwelle aus Grimms Mund herausbrach, dann traf sie Basilisk wie ein Fausthieb. Der Schurke wurde durch die Luft geworfen und die Schallwelle brachte dicht neben ihm zwei weitere Chemietanks zum Bersten. Superkräfte in allen Regenbogenfarben mischten sich auf dem Boden, zischten und schäumten auf, als sie miteinander reagierten. Basilisk versuchte verzweifelt, keinen Spritzer dieses Cocktails abzubekommen.

Mr Grimm sah sich um und stellte erleichtert fest, dass Basilisk verschwunden war. Er drehte sich um und wollte gerade fliehen, als er den Superschurken direkt hinter sich in der Luft schweben sah. Grimm hatte nicht einmal mehr Zeit, einen Laut herauszubringen – Basilisks Augen glühten intensiver als jemals zuvor, seine Kräfte waren stärker als in den gesamten vergangenen vierzehn Jahren, seit er sich mit Petes DNA verjüngt hatte.

Grimm hob seine Hand – die sofort zu Stein wurde. Er schrie auf, dann öffnete er ein Portal und entschlüpfte der Gefahr. Er war verletzt und das hier war nicht mehr sein Kampf.

Viral nahm die Computer-Anlage im Kommunikations-Bunker in Augenschein.

»Sieht so aus, als könnten wir von hier aus auf alles zugreifen. Wurm, du bist der Gastgeber.«

»Sollten wir nicht auf Basilisk warten?«

Mit einem Augenzwinkern sagte Viral: »Nee. Ich habe langsam das Gefühl, der Betonkopf hat einen Plan, von dem wir nichts wissen sollen. Ich werde das System mit einem kleinen Back-up für uns infizieren, für den Fall, dass er glaubt, er braucht uns nicht mehr.«

Die Sirenen heulten los und Eric Kirby schloss die Augen, als sähe er die Ereignisse vor seinem inneren Auge ablaufen.

»Basilisk, Trojan, Viral und Wurm. Die ganze Bande ist hier versammelt.«

»Es ist so weit«, sagte Toby. »Der Endkampf.« Überrascht stellte er fest, dass er überhaupt keine Angst hatte.

Auf dem Flug in die Mongolei hatte er viel Zeit zum Nachdenken gehabt. Er nickte seinem Freund zu. »Pete hatte recht. Wir waren völlig unorganisiert. Haben uns nur gierig auf die Superkräfte gestürzt, die wir cool fanden. Aber dieses Mal machen wir es anders. Jetzt arbeiten wir zusammen. Was meinst du, Pete? Wär das nicht das Beste?«

Tobys Frage überrascht Pete. Er hatte ihn noch bei keiner anderen Mission nach seiner Meinung gefragt.

»Äh . . . vier von denen, vier von uns, ein ausgewogener Kampf. Wir kennen ihre Fähigkeiten, lasst uns versuchen herauszufinden, was wir ihnen entgegenzusetzen haben.«

»Habt ihr vergessen, dass Hero.com offline ist?«, sagte Emily. »Wir haben keine Superkräfte mehr.«

Eric stand auf und breitete die Hände aus. »Hier ist das Zuhause von Hero.com. Hier müsst ihr nicht übers Internet gehen. Dieses Mal seid ihr direkt an der Quelle.« Er zwinkerte ihnen zu, während er den Computer hochfuhr. »Und die hauen ganz schön rein!«

Basilisk traf seine Leute vor dem Kommunikations-Bunker.

»Grimm ist entkommen.«

»Ich hasse diesen widerlichen Typ«, sagte Trojan. »Hab ihn ein paarmal auf den Partys des Rats getroffen. Hab ihm nie über den Weg getraut.«

»Viral, wie lange dauert es noch, bis der Satellit wieder online ist?«

»Vier Stunden. Der Virus ist nicht ganz durchgekommen, deshalb kann ich es nicht beeinflussen. Wir müssen es aussitzen.«

»Also schön. Jetzt zur letzten Phase. Es wurden hier nie Vorkehrungen für einen feindlichen Angriff getroffen, die Stiftung hielt so etwas schlichtweg für unmöglich. Wir wissen, dass der Rat die Vollstrecker auf Trab hält, also gehört diese Stadt ganz allein uns. Sobald wir das Kontrollzentrum erobert haben«, er zeigte auf die in der Mitte der Anlage aufragenden Hochhaustürme, »heißt es ›Game over‹. Macht keine Gefangenen. Keine Gnade.«

»Immer noch der alte Prediger, was?«

Basilisk drehte sich um: Pete schwebte direkt hinter ihm in der Luft, mit einem breiten Grinsen auf dem Gesicht.

»Du stirbst wohl nie, was?«, schnarrte Basilisk.

»Du zuerst!«, sagte Pete und riss gleichzeitig seine Hände nach vorn. Laserstrahlen schossen aus seinen Fingerspitzen. Basilisk reagierte gerade noch rechtzeitig und brachte einen kleinen Schutzschild hervor, der sie auffing.

Viral und Trojan gingen sofort in Kampfstellung, doch bevor sie etwas unternehmen konnten, tauchten Toby und Emily von zwei Seiten neben ihnen auf und ließen mit einem Donnerschlag ihre frisch gewonnenen Kräfte auf die beiden los.

Eine riesige Blase bildete sich um Viral und holte ihn von den Füßen – gerade als er eine Wolke von Krankheitserregern ausgestoßen hatte, die jetzt die Luft innerhalb der transparenten Blase verseuchte, sodass er selbst hustete und würgte.

Emily schoss mit atemberaubender Geschwindigkeit auf Trojan los und hieb etwa zwanzigmal in einer Sekunde auf sie ein. Die Schurkin sah nur verschwommen, wie eine Faust in rasender Folge erst in ihre Magengrube, dann gegen ihren Brustkorb und ihr Kinn schlug. Sie ging unter dem Ansturm zu Boden.

Wurm trat unauffällig den Rückzug an, glaubte, er könnte entkommen. Lorna stellte sich ihm in den Weg und machte ein missbilligendes Geräusch.

»Aber, aber, wohin so schnell, Gartenzwerg?«

Sie schoss eine Salve glühender Pfeile aus ihren Fingerspitzen. Doch Wurm reagierte erstaunlich schnell. Er löste sich zu einem Haufen Erdkörnchen auf, die zwischen Lornas Beinen hindurchrutschten und sich mit dem nächsten Wimpernschlag wieder zu Wurm zusammengesetzt hatten.

Lornas Pfeile schlugen stattdessen in Basilisks Rücken ein. Er ging vor Schmerz in die Knie, als sie explodierten und seinen Umhang in Fetzen rissen.

Pete landete und packte Basilisk bei der Gurgel.

»Nach dem, was du mir angetan hast, kenne ich tatsächlich keine Gnade!«, schnaubte er. Er hatte Super-Muskelkräfte, die selbst Basilisks steinernem Griff standhielten, als er versuchte, Petes Arm wegzureißen. Basilisks Kapuze rutschte zurück und Pete schnappte nach Luft: Selbst verformt und vernarbt erkannte er trotzdem seine *eigenen* Gesichtszüge.

»Was . . .?«

Petes kurzer Moment der Unaufmerksamkeit genügte

Basilisk, um vorzuschnellen und ihm einen kräftigen Kopfstoß zu versetzen. Pete taumelte zurück und sah Basilisks rechten Haken nicht kommen. Der Schlag warf ihn hoch und er krachte gegen zwei der Superkräfte-Tanks. Die bunte Pampe schwappte heraus und ergoss sich wie ein Wasserfall über ihn.

Toby versuchte, sich einen schnellen Überblick über den Kampf zu verschaffen. Erschreckt sah er zu, wie Pete zu Boden ging. Trojan hatte sich unter ihrem Umhang versteckt, sodass Emilys Hiebe wirkungslos blieben. Er sah sich nach Lorn um, als sie gerade . . .

. . . von Wurm hochgerissen wurde. Wie ein Ringer stemmte er sie hoch über den Kopf, dann warf er sie in hohem Bogen auf das Deck. Sie schlitterte und wand sich – dann kugelte sie über den Rand der Plattform hinaus!

Als Toby über den Rand blickte, sah er unter sich nichts als Wolken und Berge. Er machte einen Schritt auf Wurm zu und wollte gerade eine Feuerkugel schleudern, als Lorna wieder auftauchte, zurück auf die Plattform hüpfte und Wurm überrumpelte. Sie zeigte an Toby vorbei.

»Tobe! Hinter dir!«

Viral hatte sich aus seiner Blase hervorgekämpft, die er wie eine Plastikfolie hinter sich herschleifte.

»Netter Versuch, Kleiner. Aber gegen mich hast du keine Chance. Wie wär's mit einer Prise Ebola?« Er spitzte die Lippen und stieß eine grüne Wolke aus, direkt in Tobys Gesicht. Doch Toby hatte schon mit so etwas gerechnet und sich vorsichtshalber mit den passenden Superkräften gewappnet.

Mit einem tiefen Atemzug füllte er seine Lungen – dann pustete er mit solcher Kraft aus, dass Viral glaubte, von einem Wirbelsturm erfasst zu werden. Er wurde hochgerissen und gegen ein Gewirr aus Stahlgerüsten und Rohren hinter sich geschleudert.

Währenddessen kreiste Basilisk über Pete, der immer noch die dickflüssige Superkraft-Masse ausspuckte.

Basilisk lachte hämisch. »Das Zeug wird wehtun, noch viel mehr als das hier.« Er schoss einen weiteren Energiestrahl auf Pete, der den Jungen nach hinten riss, gegen einen weiteren Glastank, der krachend auseinanderplatzte.

Toby war Viral dicht auf den Fersen, als ihn eine Plasmascheibe seitlich am Kopf traf. Sein Blick verschwamm, er konnte gerade noch Trojan erkennen, die zwischen ein paar Leitungen hockte. Sie warf eine weitere Plasmascheibe, die ihn schmerzhaft am Hinterkopf traf. Er stürzte zu Boden und sah, dass Emily das gleiche Schicksal ereilt hatte. Sie war bewusstlos.

Toby biss die Zähne zusammen und versuchte, gegen den Schmerz anzukämpfen. Alles sah danach aus, als wären sie den erfahreneren Superschurken doch unterlegen.

Wurm baute sich über Lorna auf, die verzweifelt nach Luft rang. Er drückte ihr seinen Fuß auf die Kehle. »Zu meiner

Zeit wussten junge Mädchen, zu schweigen und möglichst wenig aufzufallen!«

»Lass sie los!«

Wurms Augen wurden so groß wie Untertassen. Auch ohne sich umzudrehen, wusste er sofort, wessen Stimme das war. »Dass ich das noch erleben darf! Commander Courage!«

Eric Kirby stand, mit beiden Händen auf seinen Stock gestützt, ruhig da. »Wer hätte gedacht, dass ich dich jemals wiedersehen würde.«

Wurm war ehrlich schockiert, wie sehr sein Erzfeind gealtert war. »Commander, du siehst so . . . *so alt* aus. Ich muss sagen, du hast mir beinahe einen Gefallen getan, als du mich all die Jahre in meinem Gefrierschrank gelassen hast. Ich sehe *wesentlich* besser aus als du.«

»Du könntest nie besser aussehen als ich, selbst wenn ich tot wäre!«

Die beiden Gegner umkreisten einander eine Weile. Lorna rieb sich den schmerzenden Hals, unfähig, einen Ton herauszubringen. Aber ihr war klar, dass der alte Mann keine Chance hatte. Eric Kirby zog eine lange Schwertklinge aus seinem Stock hervor und schwang sie gekonnt durch die Luft. Wurm verlängerte im Gegenzug die Finger einer Hand zu langen, dünnen Klauen, vier Klingen gegen eine.

In einem Wirbel aus aufblitzendem Stahl und scharfen Klauen gingen sie aufeinander los. Eric Kirby tänzelte immer noch so schnell und geschmeidig wie ein olympischer

Sportler. Als sich Wurm auf ihn stürzen wollte, machte er einen Salto über den Kopf des Schurken hinweg – sodass dieser mit dem Kopf zuerst gegen ein paar Stahlrohre rannte.

Basilisk warf einen Blick auf den Kampf hinter sich. Jetzt, wo die drei Kids außer Gefecht waren, witterte er schon den Sieg. Er wandte sich um, gerade als Pete wie ein Springteufel in die Luft schoss, sodass die tropfende Flüssigkeit, die auf seiner Haut brannte, nach allen Seiten spritzte. Seine Brille war weggeflogen, trotzdem konnte er erstaunlich klar sehen.

»Das ist dein Ende!«, brüllte er Basilisk entgegen.

Pete breitete die Arme weit aus und sein ganzer Körper erglühte silbern – eine Schockwelle traf Basilisk und wirbelte ihn über den Boden; ein Glastank bremste seinen Sturz und zerplatzte dabei.

Pete glühte hell wie eine Supernova und zwang Wurm und Eric Kirby, schützend eine Hand vor die Augen zu legen. Die kurze Ablenkung nutzte Wurm und stieß blind zu. Eine Wunde zog sich quer über Kirbys Brustkorb. Der alte Mann taumelte blutend zurück.

Wurm setzte gleich mit einem Rückstoß nach. Kirby parierte und traf seinen Gegner mit einem verheerenden Schlag, der Wurm in zwei Hälften schnitt.

Lorna verfolgte den Kampf wie gebannt und kniff in diesem Moment die Augen zu, weil sie ein Blutbad befürchtete. Doch dann blinzelte sie ungläubig.

Wurm lebte noch.

Der Schurke blickte entgeistert auf seine zwei Hälften. Wie durch Geisterhand bildete sich unter der einen Hälfte ein neues Unterteil und auf der anderen ein neuer Oberkörper. Wurms Gesichtszüge formten sich, als würde man einen Luftballon aufblasen.

Dann sahen sich die beiden Duplikate an und lachten.

»Zwei gegen einen«, sagten sie im Chor. »Die Rache ist unser!«

Eric Kirby war zu verblüfft, um sich zu verteidigen, als jetzt acht Klauen ausholten und auf ihn niedersausten.

»Nein!«, schrie Lorna und schoss Energiepfeile aus beiden Händen, die in die verdoppelten Schurken einschlugen.

Gerade, als Trojan zum vernichtenden Schlag gegen Toby ausholen wollte, lenkte Petes greller Blitz sie ab. Ohne eine Sekunde zu verlieren, blies Toby seinen Hurrikan-Atem auf Trojan. Eine Sturmböe erfasste ihren Umhang und trieb sie rückwärts gegen einen der Lagertanks. Die gläserne Hülle riss, zerbrach aber nicht.

Toby schleuderte eine Feuerkugel hinterher, die sie mitten auf die Brust traf und das Glas hinter ihr endgültig zerschmetterte. Trojan ging in einem Schwall zäher Flüssigkeit unter, doch Toby sah sie noch mit den Armen rudern, um sich an der Oberfläche zu halten. Die Flüssigkeit schwappte wie eine Flutwelle über die Plattform.

Toby spürte plötzlich neue Energie in sich aufwallen. Schließlich war er der Anführer der Superhelden; er konnte nicht zulassen, dass die Superschurken diesen Kampf für sich entschieden. Immer wieder hatten sie eine Niederlage einstecken müssen, immer wieder waren Basilisk und seine Leute ihnen durch die Lappen gegangen, hatten Pete entführt und waren jetzt ins Hauptquartier der Hero Foundation eingedrungen.

Er rappelte sich hoch und blickte zu seinen rundherum kämpfenden Freunden. »Los! Zeigt's ihnen! Diesmal siegen *wir!* Wir sind *Helden!*«

Lorna fühlte sich durch Tobys Schlachtruf überraschend motiviert und gestärkt. Sie riss ihren Blick von dem Wurm-Duo los und sah sich um. Emily lag immer noch bewusstlos am Boden und die Flutwelle schwappte direkt auf sie zu.

»Em!«

Die Welle riss sie mit sich und spülte sie auf den Rand der Plattform zu. Lorna schwang sich in die Luft und raste los – sie erwischte Emily gerade noch kurz vor der Kante. Sie sah noch, wie Trojan weiter mitgerissen wurde und wild mit Armen und Beinen rudernd in die Wolken stürzte.

Basilisk quiekte vor Schmerz, als die flüssigen Superkräfte seine Haut verbrannten. Er wusste, wie gefährlich eine Überdosis sein konnte, sogar für Primes. Schließlich hatte er gesehen, was schon geringe Mengen mit Jake Hunter angerichtet hatten. Pete hingegen schwamm regelrecht darin herum – nahm die rohen, undigitalisierten Kräfte durch sämtliche Poren seiner Haut in sich auf.

Basilisk schwang sich in die Luft, doch Pete schoss herbei und griff ihn an. Ineinander verschlungen wirbelten sie durch die Luft und prügelten aufeinander ein.

Basilisk wollte seine Versteinerungskräfte auf den Jungen wirken lassen, doch Petes Gesicht wurde plötzlich ausdruckslos und grau wie eine Maske. Eine goldfarbene Energiemasse ließ ihn aussehen wie eine lebende Statue. Er spürte keinerlei Wirkung von Basilisks Kräften.

»Ist das alles, was du kannst?«, spottete er.

»Was ist mit dir passiert?«, fragte Basilisk verblüfft.

»Ich bin stärker geworden, als du dir vorstellen kannst!«, antwortete Pete.

Und das waren keine leeren Worte. Er *fühlte* es.

Basilisk wusste, dass seine Zeit vorüber war. Doch einen Trick hatte er noch auf Lager. Er konzentrierte sich auf seinen eigenen Körper. Denn Basilisk konnte nicht nur andere zu Stein werden lassen, er hatte auch die Kraft, seine eigene Dichte zu erhöhen. Er packte Pete um den Hals und machte sich so schwer es nur ging.

Selbst mit der neuen Kraft, die er in sich spürte, konnte Pete nicht verhindern, dass er in die Tiefe gerissen wurde und wie ein Meteorit abstürzte. Er schlug mit solcher Wucht auf dem Stahldeck auf, dass die ganze Plattform schwankte. Der Einschlag brachte in einer Kettenreaktion Dutzende weiterer Tanks zum Zerbersten. Die zähe Flüssigkeit ergoss sich in einer bunt schillernden, zischenden Masse über Pete und Basilisk.

Toby raste auf Viral zu und sah ihn merkwürdig verrenkt zwischen einem Gewirr von Rohren liegen. Überall, wo sein Körper das Metall berührte, löste es sich in rasender Geschwindigkeit in Rost auf und die bunten Superkräfte spritzten unter Hochdruck heraus. Toby wich den Fontänen aus und wollte gerade einen Feuerball abfeuern . . . doch dann hielt er inne. Viral sah elend aus, wie ein vernachlässigtes Kind. Er war ein Ausgestoßener. Toby fühlte plötzlich so etwas wie Mitlied. In all seinen Abenteuern hatte er einiges gelernt und ihm wurde plötzlich klar, dass nicht jede Situation eindeutig als schwarz oder weiß zu beurteilen war. Seine Fähigkeit zu Mitgefühl und logischem Denken hatte sich weiterentwickelt.

»Beweg dich nicht, wir werden dir Hilfe besorgen, wenn das hier vorbei ist.«

Viral lachte, doch das verursachte ihm unerträgliche Schmerzen. »Und das soll ich dir glauben? Du meinst doch bestimmt eine nette Zelle in Diablo Island, oder?«

»Nein, das meine ich nicht.«

»Du hast doch gerade geschrien, dass ihr Superhelden seid. Ihr seid doch alle gleich. Sperrt alles ein, was ihr nicht versteht.«

»Das stimmt nicht.«

Das Deck erzitterte wieder, Pete und Basilisk rollten zu einem Knäuel verschlungen in ihrem Kampf auf Leben und Tod herum. Ein Rohr löste sich und stürzte auf Viral, er schrie vor Schmerz auf, als es seinen Arm zerschmetterte.

»Hör zu«, stieß er unter zusammengebissenen Zähnen hervor, »ich habe einen Virus in den Hauptcomputer eingeschleust. Ich kann ihn fernschalten.«

»Tu es nicht!«

»Fliegen hat mir noch nie gefallen. Hatte meine Füße immer lieber auf dem *Boden.*«

Viral schloss die Augen – und in diesem Moment kippte das gesamte fliegende Hauptquartier der Stiftung auf die Seite, als Virals Infektion das Antischwerkraft-System deaktivierte. Es war wie an Bord der sinkenden Titanic – der Flugträger stürzte wie ein Senkblei durch die Wolken, auf die Erde zu. Alle rutschten die schiefe Ebene hinunter.

***

Lorna hatte Emily noch fest im Griff, während sie über dem Stiftungs-Hauptquartier schwebte. Abgerissene Rohre und Versorgungsfahrzeuge rollten die schräg gekippte Plattform hinunter und stürzten über den Rand des sinkenden Flugträgers in die Tiefe.

Toby schwang sich zu seiner Schwester in die Luft. Losgerissene Trümmerteile stürzten wie ein Wasserfall über den Rand der Plattform und ergossen sich in die Wolken.

Pete und Basilisk waren noch immer in ihren erbitterten Kampf verstrickt. Die Superkräfte-Flüssigkeit klebte in zähen Fäden an ihnen.

Dann erlosch plötzlich Petes glühende Gestalt. Der Träger schlingerte bedrohlich, dabei schoss die Flüssigkeit über den Rand der Plattform hinaus. Um ein Haar wären er und Basilisk mitgerissen worden.

Basilisk stieß Pete beiseite und schwang sich in die Luft, während der Junge weiter unaufhaltsam auf den Rand zurutschte. In seiner Sturzfahrt durchschlug Pete einen Tank nach dem anderen, ein Meer von flüssiger Superkraft überschwemmte ihn.

Toby schoss nach vorne wie eine Rakete, um ihn zu retten.

In selben Moment kam Emily zu sich und sah, wie Eric Kirby auf den Rand zurutschte. Er blutete stark, war aber noch am Leben. Sie löste sich aus Lornas Griff und flog auf ihn zu. Gerade als er über die Kante flog, erwischte sie im letzten Moment seine Hand.

»Em, warte mal!«, rief Lorna. Dann bemerkte sie, dass die Wurm-Zwillinge an einem Rohr baumelten, die Beine ruderten durch die Luft, während der Flugträger weiter in die Schräglage geriet. Sie schoss nach vorn, doch bevor sie etwas tun konnte, um zu helfen, brach ein schwerer Stahlturm, der Hochdruckleitungen abstützte, quietschend und krachend zusammen und schlug gegen die Zwillinge. Lorna sah, wie sie in winzige Bruchteile zerplatzten, dann schwappte eine zischende Welle zähflüssiger Superkräfte über sie.

»Lorn, hilf mir!« Das kam von Emily. Eric Kirbys Gewicht zog sie zurück hinunter auf den kippenden Flugträger. Lorna flog zu ihr hinüber und half ihrer Freundin.

Toby war nur noch eine Armlänge von Pete entfernt, als dieser durch einen weiteren Glasbehälter schlug. Eine in allen Regenbogenfarben schillernde Schmiere klebte an Pete und er schien das Bewusstsein verloren zu haben.

»Pete! Ich bin hier!«, schrie Toby.

Er umklammerte den glitschigen Ärmel seines Freundes – plötzlich schleuderte ihn ein heftiger Stoß gegen ein Stahlgerüst. Er musste sich die Hand vor die Augen legen, um sich gegen die grelle Sonne zu schützen, als Basilisk auf ihn herabstieß.

»Ihr habt verloren!«, brüllte Basilisk. »Seht ihr nicht, dass ich gewonnen habe? Um euch herum fällt die Hero Foundation auseinander!«

Die Tatsache traf Toby wie ein Hieb. Basilisk hatte recht. Sobald sie auf dem Boden aufschlagen würden, würde es die Stiftung und Hero.com nicht mehr geben.

Mit seinem ganzen Gewicht drückte Basilisk Toby gegen die Stahlrohre.

»Ich wollte nur, dass du weißt, wie vernichtend ihr geschlagen seid, bevor ich dich töte!«

Toby registrierte zwei Dinge gleichzeitig: Petes Körper rutschte in einem Wasserfall künstlicher Superkräfte über den Rand der Plattform. Und erschreckenderweise erinnerte Basilisks Aussehen entfernt an Pete.

Basilisks Augen begannen, verhängnisvoll zu glühen. Toby spürte, wie seine Haut auf der Stelle austrocknete, und er schrie, als sich die ersten Risse bildeten. Toby streckte seinen Arm hoch, um Basilisks Blick abzuwehren, mit dem einzigen Erfolg, dass die Haut auf seinem Unterarm grau wurde.

Toby holte tief Luft – und teleportierte. Basilisk stolperte ins Leere und blickte wütend um sich, als er merkte, dass ihm seine Beute entwischt war.

Ein Stück unterhalb, nicht weit vom Rand des Flugträgers, tauchte Toby wieder auf. Sich mitten in den Himmel hinein zu teleportieren, war eine unangenehme Erfahrung, denn er musste sofort seine Flugkräfte aktivieren, um nicht abzustürzen. Er hielt nach Pete Ausschau: Sein Freund fiel inmitten von Trümmerteilen Richtung Erde und er fiel schneller als der Flugträger.

Toby sauste hinterher und fing seinen Freund auf, ohne zu wissen, ob der überhaupt noch lebte. Er wischte diese düsteren Gedanken beiseite und konzentrierte sich darauf, trotz des zusätzlichen Gewichts in der Luft zu bleiben. Commander Courage hatte behauptet, die Kräfte würden einiges aushalten. Toby hoffte sehr, dass das auch stimmte.

Zu seiner Erleichterung entdeckte er Emily und Lorna, die mit Eric Kirby in ihrer Mitte herabschossen.

»Wir müssen hier weg!«, warnte Lorna.

»Was?«

»Der Flugträger ... hat einen Atomreaktor ...«, stieß Kirby schwer atmend hervor und deutete mit den Fingern eine Explosion an.

»Ich habe gerade meine Teleportation benutzt!«, sagte Toby. Mit Petes zusätzlichem Gewicht wäre er niemals schnell genug, um einer Explosion zu entkommen – und der Flugträger würde in wenigen Sekunden in der Wüste aufschlagen.

»Halt dich fest!«, sagte Emily.

Toby hielt mit der einen Hand Pete, so fest er konnte, mit der anderen umklammerte er Emilys Schulter –

In diesem Moment stürzte die Plattform vom Himmel.

Auf dem ganzen Deck verteilt flammten Explosionen auf, als die zahlreichen Kraftanlagen der Belastung nicht länger standhielten. Die Hochhaustürme der Zentrale kippten wie Dominosteine gegeneinander, als die Mitte auf dem Wüstenboden aufsetzte. Von der Explosion des Atomreaktors sah man einen grellen Blitz.

Die Helden teleportierten gerade noch rechtzeitig, bevor sich eine radioaktive Druckwelle ausbreitete und die Hero Foundation in Milliarden Stücke zerriss. Ein Wolkenpilz erhob sich wie eine drohende Faust in den Himmel, während die Wüste Gobi unter der Detonation erzitterte.

Basilisk war besiegt, doch die Kommandozentrale der Hero Foundation existierte nicht mehr.

Das einzige Geräusch im Raum kam von dem rhythmischen Piepen des Lebenserhaltungssystems. Toby, Lorna und Emily saßen schweigend um Pete herum, der von Kopf bis Fuß bandagiert reglos dalag. Sie waren in einem sterilen Krankenzimmer in einer Privatklinik der Foundation.

»Wie lange wird er in diesem Zustand bleiben?«, fragte Emily, deren Augen vom Weinen rot geschwollen waren.

Toby war ganz überrascht gewesen, als sie ihn in ihrer Verzweiflung fest umarmt hatte.

Eric Kirby stand hinter ihnen. Seine Wunden waren verheilt, er trug einen frischen Leinenanzug. Nur seinen Stock hatte er noch behalten. Er schüttelte den Kopf. »Das wissen wir nicht. Er ist in ein sehr tiefes Koma gefallen, nachdem er solchen Mengen roher Hyperenergie direkt ausgesetzt war.«

»Ich dachte, diese Kräfte wären nicht gefährlich?«, bemerkte Lorna schnippisch.

»In geringer Dosierung, ja. Und selbst in höheren Dosen haben wir Primes eine natürliche Toleranz. Aber ein normaler Mensch . . . nun, wir wissen einfach nicht, welche Auswirkungen es auf ihn haben wird. Der Fall ist bisher noch nie eingetreten. Ehrlich gesagt wundert es mich, dass er überhaupt noch lebt.«

Toby verließ das Zimmer und trat auf den kleinen Balkon, der zum Krankenhausgelände hinausging. Seit ihrer Rückkehr hatte er an nichts anderes als an die Gesundheit seines Freundes gedacht. Sie hatten alle ihre Eltern benachrichtigt und ihnen gesagt, dass sie in Sicherheit waren.

Toby musste daran denken, wie die Ereignisse, die zum Untergang der Hero Foundation geführt hatten, außer Kontrolle geraten waren. Und er fühlte sich schlecht. Sie hatten eine hohe Verantwortung übernommen und sie waren gescheitert.

Eric Kirby legte ihm eine Hand auf die Schulter.

»Ihr habt euch prima geschlagen.«

»Wir haben versagt.«

»Ihr alle habt mir das Leben gerettet. Das halte ich nicht für ein Versagen. Und ihr habt Basilisks Pläne so weit durcheinandergebracht, dass wir Zeit hatten, unsere Mitarbeiter zu anderen Basen zu evakuieren.«

Toby verstand nicht gleich. Dann runzelte er die Stirn. »Welche anderen Basen? Ich dachte, das war das Ende der Hero Foundation?«

»Wenn ich getötet worden wäre, wäre es das auch gewesen. Das war das Hauptquartier der Stiftung, das erste, das wir angelegt hatten. Und es war das *Haupt*lager für unsere Superkräfte. Der Verlust ist groß und es wird eine Weile dauern, bis wir die Sammlung wieder aufgebaut haben. Von dort aus konnte man *alles* kontrollieren, deswegen wollte Basilisk es auch erobern. Doch wir haben noch ein paar Neben-Basen – von denen Basilisk nichts wusste. Sie sind kleiner und nicht so leistungsfähig, trotzdem werden wir es bald geschafft haben, Hero.com wieder online zu bringen. Auch wenn es zunächst nur geringere Leistung erbringen wird, bis wir in der Lage sind, ein neues Hauptquartier aufzubauen.«

»Diese anderen Basen, wo sind sie?«, fragte Toby, erleichtert, dass doch noch ein Hoffnungsschimmer bestand.

»Wir haben sie den vier Elementen entsprechend angesiedelt. Das bedeutet, *Luft* ist zerstört. Doch die anderen Orte müssen vorerst geheim bleiben, tut mir leid. Sobald wir den Satelliten wieder haben, können wir andere Downloader erreichen und sie können endlich zum Gegenschlag ausholen.

Und ihre Tapferkeit wird die Primes dazu bringen, ihr Versteck zu verlassen und sich dem Kampf zu stellen. Wenn ihr vier nicht gewesen wäret und Basilisk nicht ausgeschaltet hättet, hätten wir *alles* verloren.«

Toby grinste, erleichtert, dass sie trotz allem etwas erreicht hatten. Mr Grimm trat auf den Balkon und flüsterte Kirby etwas ins Ohr. Dann entschuldigten sich die beiden und gingen.

Alle waren überrascht, dass Grimm noch lebte, obwohl Toby vermutete, dass er sich beim ersten Anzeichen von Gefahr teleportiert hatte.

Kurz bevor er den Raum verließ, drehte Kirby sich noch einmal um.

»Ihr solltet alle nach Hause gehen und euch ausruhen. Wir benachrichtigen euch sofort, wenn sich an Petes Zustand etwas ändern sollte.«

Toby wünschte nur, dass es seinem Freund besser ginge, dann könnte das normale Leben wieder seinen Gang nehmen. Nun ja, ihr normales Leben. Er war sicher, dass Pete durchkommen würde, und Toby schwor sich, dass er sich dann nie wieder so anstellen würde, wenn es um den Zugang zu Hero.com ging. Seine Freundschaft war ihm wichtiger. Und sie könnten wieder ein Team sein – und das tun, was sie am besten konnten.

Als sich die Tür das nächste Mal öffnete, dachte Toby zuerst, es wäre nur wieder eine Krankenschwester, die vorbeischaute. Doch dann hörte er Lornas entzückten Aufschrei. Ihr Freund war gekommen.

Toby holte tief Luft und ging zurück ins Zimmer. Als er den Besucher erkannte, blieb er entgeistert wie angewurzelt stehen. Es war jemand, den er hier am allerwenigsten erwartet hätte:

Jake Hunter.

Toby ahnte noch nicht, dass Lorna sie alle soeben in etwas hineingezogen hatte, was ihnen einen Haufen Probleme bereiten würde – etwas, das ihr Leben für immer verändern würde ...

Andy Briggs

Blizzard

Die Welt ist in Gefahr! Und vier Jugendliche sind die einzigen, die sie retten können. Wird es Toby, Lorna, Pete und Emily gelingen, Blizzard zu stoppen, diesen Wahnsinnigen, der Eis vom Himmel regnen lässt und Wirbelstürme auslöst?

Arena

280 Seiten.
Arena-Taschenbuch.
ISBN 978-3-401-50268-7
www.arena-verlag.de

Andy Briggs

Basilisk

Nur ein Blick von Basilisk, und seine Gegner versteinern und zerfallen zu Staub. Und ausgerechnet er bittet Jake um Unterstützung beim Kampf um die Weltherrschaft. Ihn, einen ganz normalen Jugendlichen! Jake würde alles tun, um Basilisk zu beeindrucken und zu seinem Team zu gehören ... Wirklich alles? Atemberaubende Action, die die Nerven zum Zerreißen spannt!

Andy Briggs

Chamäleon

Jake ist in die Fänge dunkler Mächte gelangt und wurde in die Kerker der berüchtigten Gefängnisinsel Diablo Island gesperrt. Mithilfe seiner geheimen Superkräfte gelingt ihm die spektakuläre Flucht, doch die Gefahr ist noch nicht vorüber: Sein erbitterter Widersacher Chamäleon ist ihm dicht auf den Fersen – und sinnt unerbittlich auf Rache.

Arena

288 Seiten.
Arena-Taschenbuch.
ISBN 978-3-401-50289-2
www.arena-verlag.de